原爆と俳句

永田浩二

大月書店

原爆と俳句――もくじ

はじめに　生と死を詠う世界

短歌で戦争を詠えるか

１９８０年頃だった。講談社が戦後三五年の節目に『昭和万葉集』という全二〇巻＋別巻一巻のシリーズを完結させた。昭和の前半はまさに戦争の時代。ひとびとは、戦争という荒波の中でどのように生き、何を考えていたのか。それを伝統の詩形である短歌を集めることで浮かび上がらせる。この意欲的な企画は大きな評判を呼び、その年の菊池寛賞を受賞した。

そんななかで一本の番組がＥＴＶで放送された。「短歌で戦争をうたえるか」。『昭和万葉集』が評判になっている時だから番組は企画された。にもかかわらず、なぜ疑問形なのか。不思議なタイトルだと思った。

番組は、ふたりの論客による対論で進められた。哲学者の山田宗睦と作家の寺山修司が渡り合う。山田は、『危険な思想家』や『無名戦士の手記』などの著作があり、懐の深さで定評があり、『思想の科学』の元編集長。２０２４年6月、99歳でこの世を去った。一方、寺山は１９５０年代青森の高校生だった頃、新しい俳句の旗手として注目された。山田の主張は、当然ＹＥＳ。短歌で戦争を表現できるというものだった。ところが寺山の意見はまったく違っていた。膨大な短歌が時代を記録し、戦争を詠ってきたことは確かである。だが戦争について批判し、抗い、これでよいのかと刃を突き付けるには、一七音の俳句の方が優れているというのだ。俳句はこれまでの常識を覆すことが可能である。戦争に向きあい、真っ向勝負することができると寺山は力説した。

例にあげたのは、俳人・山口誓子の句である。わたしがこれまで目にしたことがない句だった。

海に鴨、発砲直前かもしれず　　山口誓子

大海原、広い空。鴨が悠々と飛んでいる。だがそれを撃ち落とそうと狙っている奴がいるかもしれない。これまでののどかさが一変する。緊張感があふれ、冷え冷えとした世界がそこにあった。戦争を記録するのは短歌ではなく俳句かもしれない。このことがずっと心の奥にひっかき傷のように残った。

昭和万葉集はがんばって全巻揃えた。入手した当初は興味深く読んだ。しかし、次第に感情の高ぶりや、時には、戦争の時代を詠嘆するような歌に次第に違和感を覚え、結局手放してしまった。

文学や演劇の世界で新しい地平を切り開いた寺山修司の作品に「血は立ったまま眠っている」がある。立ったまま眠っているものは何か。それは人間であり、大地に根をおろした木であり、詩であり俳句かもしれない。眠るということでいえば、死もまた立ったまま眠っていると言えるかもしれない。寺山修司自身の俳句にも生と死を詠ったものが多く存在する。いずれも寺山の高校時代の作品だ。

枯野ゆく棺《ひつぎ》のわれふと目覚《めざ》めずや　　寺山修司

月蝕《げっしょく》待つみずから遺失物《いしつぶつ》となり

俳句は、わずか一七の音で構成される詩。そのあまりの短さゆえに、俳句の周囲の時空間は逆に広くかつ大きい。一本の木のような俳句が立っていることで、それをとりまく時間や空間の巨大さ、途方もない永遠性が浮かびあがる。

この本のテーマは原爆という人類の課題に対して、俳句がどのように向き合い、闘いを挑んで来たかを問うものである。

原爆がわれわれが生きるこの世界にもたらしたものは何か。それを語ることはむずかしい。そして俳句。その短さゆえに、一見理解しやすそうだが、途方もなく奥が深い。句の周りに広がる沈黙や時空間の大きさゆえに、誤読や誤解を生むことさえある。好き勝手に受け止めてしまうことが起きがちであり、逆にそれを許容する懐の深い世界である。

わたしは文学を専門とする者ではない。それでも、このテーマを選び、書ききろうと思った理由は、ヒロシマやナガサキ、そしてビキニ事件を体験したわれわれ人類が、その悲劇とは何だったのかを、当時に立ち戻って考えようとするとき、原爆を詠んだ俳句が非常に有効な手段となりうることが想像できたからだ。

これから読んでいただくものは、先人たちの無数の知見によっている。わたしがもしゴールを切ることができるとすれば、そうした先人たちの業績のおかげによる以外にはない。

そもそも原爆と俳句とは、どんな関係にあるのだろうか。ひとりの詩人の詩から語り始めてみたい。

かくれんぼ

木の中へ 女の子が入ってしまった
水たまりの中へ 雲が入ってしまうように
出てきても それはもうべつの女の子だ
もとの女の子はその木の中で
いつまでも鬼を まっている

（詩集『巨人の夢』・1954年刊）

これは、詩人嶋岡晨が1954年に発表した詩「かくれんぼ」である。吉本隆明は、『戦後詩史論』において、この詩が、女の子が木のうしろへ隠れ、そこから出てきたという意味以外のどんな意味も表現していないにもかかわらず、女の子が木に隠れたことと、水たまりの中に雲が隠れるという二つの映像の結びつきを提示しながら、この二つを強引に切り離す操作によって、詩としての芸術性が生まれるのだと言った。さらに吉本は、もうひとつの嶋岡の詩を引用する。

生

蝶々はみんな知恵の輪
はなれないふたつの銀の輪

ときどき花にたずねるが
花にもそれはわからない
飛ぶこと飛ぶこと　謎をとくこと
ヒントはかんたん
ちょっと「死」に指を触れたら
知恵の輪はほどけるのです。

二匹の蝶が飛んでいる状態が、二つの知恵の輪として映像が結び付けられ、その映像の連なりに今度は意味を解くという課題が突き付けられる。その鍵は「死ぬ」ということなのだと。蝶は死者の生まれ変わり。あの世とこの世をつなぐ使いの者とされる。そうした使いの役割は、時空を自由に飛び回ることができる詩や俳句がもっとも得意とするものだった。

吉本が現代詩の典型としてあげた嶋岡晨。嶋岡には、俳句についての著作がいくつもある。その特徴は、死にまつわる風景、いのちの終わりをテーマにした俳句をアンソロジーとして収集してきたことにある。(『イメージ比喩』『詩のある俳句』『現代の俳句』)

巻貝死すあまたの夢を巻きのこし　三橋鷹女
蝶堕《お》ちて大音響の結氷期　富澤赤黄男
てんと虫一兵《いっぺい》われの死なざりし　安住敦

いつ死ぬる金魚と知らず美しき　高浜虚子

向日葵《ひまわり》の大声で立つ枯れて尚《なお》　秋元不二男

いつか死ぬ上から下へ秋の滝　橘孝子

死は柔らか搗《つ》かれる臼で擂《す》られる臼で　中村苑子

もうひとり紹介したい。前衛短歌の旗手として類例のない作品を残し、寺山修司を友とし、めくるめく言葉の世界に遊んだ歌人・塚本邦雄である。塚本は１９７４年に『百句燦燦』というアンソロジーをまとめた。塚本もまた、死にまつわる句を多く集めている。

なきがらや秋風かよふ鼻の穴　飯田蛇笏

縊死もよく花束で打つ友の肩　小宮山遠《とおし》

蝶死にて流るる水を今も踰《こ》ゆ　石田波郷

凍蝶《いてちょう》のいまわのきわの大伽藍　榎本冬一郎

雉子《きじ》の眸《め》のかうかうとして売られけり　加藤楸邨

死にたれば人来て大根煮はじむ　下村槐太

生と死を詠う俳句の真価が

生と死の境界。その境ははっきりしていたり、いなかったり。そこに俳句は存在する。そのあわいに俳句は存在する。死者は向こう側、生者はこちら側。だが、そうした境界があいまいになり、血みどろの世界が出現したのが、原爆投下後のヒロシマでありナガサキであった。この世の地獄とも言われる原爆に言葉はどう向き合うことができるのか。生と死を詠うことがもっとも得意であった俳句の真価が問われた。この原爆という得体の知れない化け物の本質を見極めようと、わずか一七音の俳句という器がたくさんの句の集積が格闘を続けてきたのだった。まるでそれは、巨大な一匹のスズメバチにたくさんのミツバチが、殺されても殺されても闘いを挑み、最後にはスズメバチの息の根を止めるさまも似ている。

被爆者の方が抱く感情や感覚を考えるとき、わたしはいつも岩佐幹三《いわさみきぞう》さんのことを思う。4年前、91歳で亡くなった日本原水爆被害者団体協議会（日本被団協）の顧問。学生も含め、大事にしていただき、映像作品もつくった。2024年秋、日本被団協はノーベル平和賞を受賞した。岩佐さんが生きておられたらどれほど喜ばれたことだろう。

岩佐幹三さん

「僕は原爆の火に焼かれる母さんを見殺しにして逃げた……」それが岩佐さんの口癖だった。罪の意識を胸に、戦争も核兵器もない世界を実現するために生涯をささげた。あの日の朝、岩佐少年は炎に包まれる家の前で立ちすくんでいた。母は倒れた家の下敷きになり、はりから顔を出し、額から血を流していた。「母さん、なんとか動いて！」「肩を押さえている物があるから動けんのよ」。母を押しつぶす柱をどかそうとしたが、びくともしない。「母さん、だめだ！　もう火が近づいてくるよ！」「そんなら、はよう逃げんさい」。唇をかみしめて言った。「母さん、ごめん。僕もアメリカの軍艦に体当たりして、後からいくけえね」。母を置いて逃げた。後ろから母が般若心経を唱える声が聞こえた……。岩佐さんがつくった句がある。

母唱う経の声背にし逃げ去りぬ　　岩佐幹三

岩佐さんは、母への罪の意識を胸に、核のない世界を訴えつづけた。

岩佐さんがとらえる死の世界には三つの相がある。一つ目の相は、自分が母の命を奪ってしまったという加害者の意識。二つ目は、自分の身の回りのたくさんのひとの無残な死を目撃し、その無念を想像し、追体験するこころの中の死。三つめは、自分が物理的に死を迎えるまでの時間である。

原爆を体験したひとたちは、こうした死をめぐる諸相を行ったり来たりしている。それら世界の間の行き来する軌跡こそが、被爆者の人生というものではないだろうか。

最後に一句紹介したい。その研ぎ澄まされた感覚に、いまも根強い人気が集まる永田耕衣の俳句である。

死蛍に照らしをかける蛍かな

一方はすでに息絶えており、生きているときにはあった光彩を失おうとしている。それを知ってか知らずか、もう一方の蛍は、死んでいる蛍に一生懸命光を注ぎかけ、励まそうとしている。そのけなげさと悲しさ。永田耕衣には原爆について直接詠んだ句はない。原爆をテーマにする俳句には、死者のかたわらにあって、その死を看取り、自身や神の無力を嘆くものが多い。あるときから、永田耕衣のこの句は原爆を詠っているのではないかとわたしは想像するようになった。これは妄想かもしれないが、俳句はかくも自在な解釈を可能にする不思議な文芸だ。

能書きはこれぐらいにして、本題に入ることにしたい。

第1章　原爆俳句までの軌跡

1　社会派の蕪村　ジャーナリストの子規

俳句という詩の形式。その器を最大限に駆使して、原爆を詠う、記録する、共有する、語り伝え、そしてわがこととして、多くのひとと考える。

それは、どのような人たちの格闘によって実現したのだろうか。それを理解するには、俳句という表現が、一九世紀から二一世紀にかけてどのような紆余曲折や変化を遂げてきたのかを問わなければならない。

はじめに、正岡子規の時代から見ていくことにしたい。

長谷川宏は、その大著『日本精神史　近代編　上』のなかで、江戸末期から明治期にかけて、高橋由

一、坪内逍遥、正岡子規の三人を、主体的かつ普遍的な方法を探究した人物と位置づけている。芸術がなにかを「写す」試みであることは論をまたない。絵でも小説でも俳句でも、われわれが目にし、耳にし、感じとる何かを表現することによって、なにか別のものを新たに生み出す営み、それが芸術であり、記録とされるものだ。そうして創り出されたものは、たとえ作者が死んでも、時代が経っても、消えてなくなりはしない。「写真」「写実」「写生」、唱えるひとにとって、言葉や定義は違ってはいるが、「写す」ことによって、ものごとの本質を見極めようとしたことは揺るがない。西洋の文明と芸術の質を競う。そのとき、日本の様式はどう対峙できるのか。その命題に向かって、由一も逍遥も子規も格闘した。圧倒的な力で迫って来る西洋の政治や経済や科学。そうした嵐のなかで、ものごとに真正面から向き合い、リアルに表現することは時代精神そのものであった。鮭の切り身を油絵具でひたすらリアルに表現すること、人間の会話や感情を小説にすること、客観写生によって一七音で世界を表現することは、同じ線上に並ぶものだ。「真」「実」「生」これは、われわれが息をし、涙を流し、いのちをつないでいる延長のなかに生まれるものだと、三人の表現者たちは気が付いていた。

与謝蕪村の俳句から

正岡子規は、俳句を近代に蘇生させるにあたって二人の先達をモデルとして位置づけた。松尾芭蕉と与謝蕪村である。子規は、1897（明治30）年、『俳人蕪村』を著し、この俳人を芭蕉に匹敵すると評価した。わざわざ俳人と記したのは、当時まだ蕪村は画家として認知されていた。子規は、俳人蕪村を顕彰する運動を展開。画家の中村不折とのコンビで、「蕪村寺再建縁起」という黄表紙の絵本を発行したりした。子規は、蕪村を俳句という文学の価値を高めるために、理想を求め実験を繰り返したひとと位置づけた。

金子兜太が著した『短詩型文学論』（岡井隆・金子兜太）。そこで兜太は、子規が蕪村を評価した軸として三つの美をあげた。一つ目は積極的美。二つ目は客観的な美。三つ目は人事的な美である。人事的とは、ヒューマニズムや社会性のことを指す。人事や社会を見つめた俳人として蕪村を評価したことは、子規の卓見と言われている。

菜の花や月は東に日は西に
牡丹散《ちり》て打《うち》かさなりぬ二三片

これら代表的な蕪村の句は、どこか癒されるような句だが、まなざしがまっすぐに貫かれている。写生からもう一歩踏み込み、精神や社会に対して透徹したまなざしを向けるヒューマニストの面を蕪村は備えていた。そこに光を当てる先人の論考がある。

１７６６（明和３）年の蕪村51歳の句。

百姓の生きてはたらく暑哉《あつさかな》

この句について、萩原朔太郎は『郷愁の詩人与謝蕪村』のなかでこう鑑賞している。

「生きて働くという言葉が、いかにも肉体的に酷烈《こくれつ》で、炎熱の下に喘《あえ》ぐような響《ひびき》を持っている。こうした俳句は写生ではなく、心象の想念を表象したものと見る方が好《よ》い。したがって、「百姓」という言葉は、実景の人物を限定しないで、一般に広く、単に漠然たる「人」即ち「人間一般」というほどの、無限定の意味でぼんやりと解すべきである。〈中略〉ついでに言うが、一般に言って写生の句は、即興詩や座興詩と同じく、芸術として軽い境地のものである。正岡子規以来、多くの俳人や歌人たちは伝統的に写生主義を信奉しているけれども、芭蕉や蕪村の作品には、単純な写生主義の句が極めて尠《すくな》く、名句の中には殆《ほと》んどない事実を深く反省して見るべきである。」

萩原朔太郎のこの論に対して、中村稔は、『与謝蕪村考』のなかで、暑さの中での労働の辛さを主眼とし、実景そのものではないとした朔太郎の読み取りは卓見だとしつつも、百姓を人間全般と読み替えることには反対の立場をとる。これは、あくまで百姓の身に寄り添った作者の感慨を詠んだというのだ。ここからは中村の圧巻の読み解きの一端を紹介したい。

1777（安永6）年、蕪村62歳の句。

さみだれや大河《たいが》を前に家二軒

五月雨によって川の水が増水している。それに押し流されそうな二軒の小さな家が寄り添うように立つ。この句の背景として、前年12月に結婚した一人娘の「くのを」を、金銭にばかりうるさい三井の料理人である婚家から取り戻したことが深く関係する。そこで中村はこんな想像をめぐらす。家二軒は、蕪村その人と娘のくのを。水嵩を増した大河は、世間の拝金主義に抗い、なんとかかわれと娘が助け合って生きて行こうとする姿を暗示しているのではないかと。

つまりは、大河という力のある巨大なものと、家二軒という弱いものとのぶつかり合いというだけでなく、蕪村のヒューマニズムの原点がそこにあると中村は、『与謝蕪村集』（清水孝之）を参考に読み解いた。

目からうろこが落ちるおもいがする。のどかなだけではない、リアリストであり社会派の蕪村がそこにあった。子規はこうした社会に向きあう蕪村の世界に惹かれたのだろう。

正岡子規の俳句

再び子規に戻る。正岡子規は25歳の時、東京帝国大学を中退し、陸羯南が社長を務める日本新聞社に入社する。そこでの仕事は新聞『日本』に記事を書き、俳句欄を投稿によって盛り上げることであった。『日本』は、近代ジャーナリズムの嚆矢となった新聞。政府の不正や社会の矛盾を告発し、正義のありようを問うことで人気を得た。１８９４（明治27）年、子規は、家庭用の新聞『小日本』の編集長に就任し、そこでも俳句を募集することになった。『日本』が厳しい政府批判で発禁処分を喰らっている間は、『小新聞』が日本新聞社の経営を支えた。子規が『日本』に連載した「俳諧概要」の中で、俳句とはなにかを書いている。論陣を張るにあたって、浅井忠や中村不折らの洋画家との深い交流があった。

この時代、新聞はメディアの中心に位置し、その世界を拡大しようとしていた。政府批判を押さえようと、「讒謗律」や「新聞紙条例」といった度重なる弾圧にもかかわらず、言論の自由は、民衆の手で広がっていった。新聞各社はスクープを競う一方で、俳句の投稿欄に投稿してもらい載せることで、双方向性を生み出し、読者を増やそうとした。そんな中で大きな出来事が起きる。「戦争」である。国民読者にいかにイキイキした記事が提供できるか。そこで求められたのが、現場を見て、文章を書く技術である。そこで活躍したのが、作家の国木田独歩であり、正岡子規であった。

子規は、日清戦争開戦から八か月目に新聞『日本』の記者として、近衛師団に同行し遼東半島に到着した。しかし二日後に下関条約が調印。記者としての取材活動はできなかった。子規は、帰国途中の船内で喀血《かっけつ》。床に伏すことが多くなった。

一方で、子規が編集する俳句のコーナーは人気を博し、『日本』『小日本』の部数拡大に貢献した。戦争によって読者は一挙に増加した。他の新聞もそれに追随した。俳句人口の拡大の背景には、こうした時代状況があった。

子規が大切にしたのは、自分を取り巻くすべてのことに気を配り、見つめ、感じ言葉にすること。これは俳句でも同じだった。政府と議会の間の綱引きや権謀術数を風刺した『日本』のなかで、「俳句時事評」は人気を博す。子規自身の句は、まさに無季の社会性俳句ともいえるし時事川柳ともいえる。子規の俳句はジャーナリストの表現そのものだった。

綱引くやや、しばらくは声もなし

ここまでを整理する。正岡子規による俳句の革新。そこには蕪村のヒューマニズムやリアリズムと社会性、芭蕉の抵抗の精神が流れ込んでいた。そして俳句の普及には、新聞というメディアの存在が大きく、戦争は新聞の部数拡大の背中を押した。そんななかで、戦争をタブーとするのではなく、俳句をわびさび、みやびの枠にとどめるのではなく、戦争そのものを俳句のテーマに扱い、ジャーナリスティックに詠うひとが増えて行った。

2　子規を引き継ぎ改革する

高浜虚子と河東碧梧桐《かわひがしへきごとう》

子規のあとはどうなったのだろうか。今日に至る俳句の世界の多様化と分裂が始まる。

まずは、高浜虚子と河東碧梧桐の物語である。二人はともに京都の第三高等学校で学んだ。碧梧桐の方が三高に一年遅れで入学。だが、1894（明治27）年、ともに学制改革のため、碧梧桐は仙台の二高に進むが、退学し上京する。一方、虚子は一時期小説家を志すものの、再び俳句に戻って来た。

子規が従軍記者をしていた際、『日本』俳句欄の選者を子規の代わりに務めたのは碧梧桐だった。1897（明治30）年に創刊された『ほとゝぎす』は、1901（明治34）年に『ホトトギス』とカタカナに改名する。その翌年1902（明治35）年に子規は亡くなってしまう。生前の子規は、後継者に虚子を選ぼうとするが、このとき虚子は辞退する。だが結局、『ホトトギス』を継ぐのは碧梧桐ではなく、虚子だった。

碧梧桐は、技巧を駆使し、新しいテーマに挑戦し、新しい言葉遣いを編みだし、自由律という形式を編み出した。これを「新傾向運動」という。碧梧桐の句をいくつか紹介する。

赤い椿白い椿と落ちにけり　　河東碧梧桐
空をはさむ蟹死におるや雲の峰
曳かれる牛が辻でずっと見廻した秋空だ

一方の虚子は「守旧派」とささやかれるようになる。だが、虚子は『現今の俳句界』という自身の評論の中で、当時の碧梧桐の句を批判する。

「今の俳壇に欠くる所はてかてか、なまなまの類が多くて底光りの少ない事である。〈中略〉碧梧桐の句にも乏しいように思われて渇望に堪えない句は、単純なる事棒の如き句、重々しき事石の如き句、無味なる事水の如き句、ボーッとした句、ヌーッとした句、ふぬけた句、まぬけた句……」

批評は、武田信玄の「風林火山」の一節をもじっていて、辛辣極まりない。碧梧桐はこれを見て、どれほど怒ったことだろう。一方、碧梧桐は、新しい俳句を生み出そうと1906（明治39）年から5年にわたって全国行脚を続けた。最初の旅はなぜか8月6日から始まっている。あとでも紹介するが、1910（明治43）年に碧梧桐が長崎を訪れ、この地に自由律俳句の種を撒いた。それがその後、原爆俳句に生かされるようになっていく。

1911（明治44）年、碧梧桐の弟子、荻原井泉水が口語自由律、無季俳句の砦となる『層雲』を創刊。『層雲』からは個性的な俳人が生まれる。尾崎放哉、種田山頭火が生まれた、後に長崎原爆俳句で燦然と輝く松尾あつゆきも『層雲』が俳句を学ぶゆりかごだった。1913（大正2）年、小説の世界に行っていた虚子が俳壇に復帰。その後しばらく『ホトトギス』は第一次黄金期を迎える。その代表は飯田蛇笏である。

芋の露連山影を正しうす　飯田蛇笏

『ホトトギス』の第二次黄金期は、4Sと言われる水原秋櫻子、高野素十《すじゅう》、山口誓子、阿波野青畝《せいほ》たちの才能が開花し、新興俳句運動が生まれた時である。虚子の『ホトトギス』から離脱し、新たに『馬酔木』を立ち上げた水原秋櫻子、『馬酔木』に参加した山口誓子。秋櫻子や誓子は「俳句は文学である」と考え、高浜虚子の「俳句は俳句である」という考えと対立し訣別した。秋櫻子が理念を掲げたときの言葉がある。

これより私等は定型俳句をして光あらしめるための戦《いくさ》に行かねばならない。幸いにして多士済々たる馬酔木の陣容は、友を加えて完全に強靭なものとなった。

新興俳句世代の俳句論

秋櫻子と誓子、さらに石田波郷、加藤楸邨らが新興俳句の第一世代。さらに彼らから影響を受けた第二世代が、戦争を詠み、原爆を詠み、平和を詠み、社会を詠むおおきなうねりをつくっていく。中でも、山口誓子ほど実作の要諦を鮮やかに提示した俳人は少ない。彼の戦後の俳論を集めた『誓子俳話』には、自身であみだした方法論が、平易に語られている。そのエッセンスをまとめてみる。ここに今日われわれが知る俳句の原点がある。

俳句は十七音を定型とする。この十七音をどう考えるべきか。誓子はふたつにわけて考える。ひとつは意味、十七音は言葉のかたまりであって、意味のかたまりである。ふたつには調べ。十七音には五・七・五のリズムがある。短歌のような流れるようなリズムではなく、かすかだがリズムがある。十七音には音がつまっている。つまり、俳句の十七音は、意味のかたまりであって、音のかたまりである。

実作としては、十七音に言葉をぶち込んで、それをゆさぶってリズムを調える。ぶちこみ、ゆさぶり。誓子は20世紀アメリカの詩人ジョン・クロウ・ランサムの言葉を引く。「意味をなす言葉は、韻律を受入れるために、いずれ変化せずにはいられない」。

ここで山口誓子は、原爆で歪んだヒロシマを詠んだ自身の俳句を例にあげる。原爆という巨大な世界を俳句はしっかり表現できると、自ら手本を示してみせた。

　瞬間に彎曲の鉄寒曝し

原爆投下の時点と今日ただ今の結合。その関係を句の裏ではっきり捉えて、句の表には何の説明もせず、ふたつを並べて置く。この方法を用いれば、一七音の表に出られないものを裏にまわすことができるというのだ。原爆投下の瞬間、地上は三〇〇〇度を超える高温にさらされた。鉄をも歪ませるほどの熱。しかし、歳月が過ぎ、その地獄が去ったあと、残骸だけが町にその姿をさらしている。当時ヒロシマにもナガサキにも、大勢の人々が屋外にいた。高熱は人々の衣服を一瞬で焼き、皮膚を溶かした。

わたしの母は、ヒロシマの爆心から八〇〇メートルの広島市八丁堀で被爆した。実家の隣には鉄筋三階の近代建築の呉服店・小田政《おだまさ》商店があった。小田政の建物は爆風と熱風でグニャグニャになり、第二の原爆ドームと言われた。

「瞬間に彎曲」の句は、この建物を連想させる。米軍が撮影したカラー写真が残っているが、よくもこんな状況で母は生き残ったものだと今さらながら震えが走る。

小田政商店

誓子はモンタージュの手法をエイゼンシュテインから学んだのだという説がある。だがそれは逆だ。エイゼンシュテインの方が俳句からヒントを得て映画にとり入れたのだ。エイゼンシュテインの代表作「戦艦ポチョムキン」はおよそ一〇〇年前1925年の作品。クリミア半島のオデーサの階段の場面が有名だが、オデーサでは今も戦闘が続いている。

夏草に汽罐車の車輪来て止る　　山口誓子

高柳克弘の解説によれば、青々とした生命感あふれる緑の夏草、人工的な真っ黒の汽罐車。動と静など、いくつかの対立をはらみながら、一句全体としての夏の盛りのぐつぐつとたぎるエネルギーを表現している。夏草は堂々と立っており、巨大な車輪と対峙している。

これは原爆と対峙する俳句、そしてそれをつくる作者自身も同じである。小さき者が得体の知れない大きな者に勝負を挑む。これこそが俳句であり、原爆俳句はその格闘と挑戦の証だった。

3　戦争の時代を詠む

時代はもう一度1930年代に戻る。1937（昭和12）年、盧溝橋事件をきっかけに日中戦争が本格化する。1931年の満州事変、32年の上海事変と、すでに日本と中国の間に戦争は始まっていたが、宣戦布告もないまま、戦線は中国各地に広がっていった。こうした時代にあって、戦争をテーマに俳句をつくることが盛んになっていく。山口誓子は、「戦争と俳句」（『俳句研究』所収　1937年12月号）

の中でこう言っている。

「もし新興無季俳句が、こんどの戦争をとりあげ得なかったら、それはつひに神から見放されるときだ」

戦争俳句に積極的に参加するべきという号砲だった。だが、戦争俳句と戦争協力俳句とは違う。戦争俳句は、前線で兵士として詠む俳句。戦火を想望する俳句。つまり戦場に行ってはいないが、戦場を想像して詠む俳句、そして銃後の俳句だ。この戦争俳句こそが、その後の原爆俳句を生む土壌になっているのではないか。イケイケどんどんでは決してない。戦争のなかでの命のはかなさ、生きることの悲しさ、戦争を憎み、退ける精神がそこにある。

『ひとたばの手紙から　戦火を見つめた俳人たち』（宇多喜代子）は、大切な俳人、戦後発見された句を丁寧に拾い上げている。まず、長谷川素逝《そせい》、富澤赤黄男、片山桃史を順番にみていこう。

日中戦争が本格化した1937（昭和12）年、中国戦線に赴いた長谷川素逝は翌年病のため帰国するまで、戦地で詠んだ句を『砲車』に収録した。未収録のものを含めて紹介する。

夏灼くる砲車とともにわれこそ征け　　長谷川素逝
霜おきぬかさなり伏せる壕の屍《し》に
コレラ怖《お》じ土民コレラの汚物と住む
秋白く足切断とわらへりき
うれしまま戦禍の麦のくたるなり

弟を還せ天皇を月に呪ふ

『ひとたばの手紙から』のなかで、宇多喜代子は最後の二句に触れる。麦畑のなかの戦争は沖縄戦を連想すると。そして最後の句「弟を還せ天皇を月に呪ふ」は、大戦末期に素逝がある俳人宅に一泊した際に、紙にしたためて示した未公開の句である。新井牽牛花《けんぎゅうか》が『俳句研究』（1977年10月号）で紹介した。あの時代、公になったらどれほどひどいお咎《とが》めがあったか、思っただけで身の毛がよだつと宇多は書いた。

富沢赤黄男も、長谷川素逝と同じように日中戦争に出征した。1937（昭和12）年に出征し、1940（昭和15）年5月に召集解除され帰還。戦場でつくった句を集めた『天の狼』を世に出した。赤黄男は、原爆俳句を多く作り、『句集広島』に積極的に参加した。いまも非常に人気が高い俳人である。

富澤赤黄男

落日に支那のランプのホヤを拭く
やがてランプに戦場のふかい闇がくるぞ
戞々《かつかつ》とゆき戞々と征くばかり
落日をゆく落日をゆく真赤《あか》い中隊
秋ふかく飯盒《はんごう》をカラカラと鳴らし喰ふ
網膜にはりついてゐる泥濘《でいねい》なり
戦闘はわがまへをゆく蝶のまぶしさ

草の香よ愛欲とへだたれるかな
江光り艦現実を遡る

赤黄男の作品は戦場から軍事郵便で内地に送られ、俳誌『旗艦』の仲間たちは、それを心待ちにしていた。生々しい戦争を赤黄男の独創的な感覚で表現したドキュメントの迫力がそこにある。

片山桃史は、富澤赤黄男と同じ１９４７年から50年まで中国戦線で従軍した。桃史は、大阪天保山の港から朝鮮の京城、中国の天津を経て、北支山西に向かった。

天地灼けぬ兵士乗船する靴おと
岩塩を嘗《な》め眼を瞑《つむ》り餓《う》え想ふ
枯原に円匙いっぽん立てて死ねり
水を欲《ほしが》り重傷者なりやるべきか
ひと死ねり兵器手入れの兵裸体
胸射ぬかれ夏山にひと生きむとす
一斉に死者が雷雨を駆け上る
なにもない枯野にいくつかの眼玉
敵眠り我眠り戦場に月

どの句も戦場のようすを生々しく伝える。天地が灼け、水を欲しがり、雷雨の中、死者が天に向かって駆け上がる。俳句という詩のかたちを用いてここまで描写できるのか、透徹したまなざし、その深さに驚く。桃史はその後、激戦地・東部ニューギニアに送られ、１９４４（昭和19）年1月戦死した。家族に公報が届いたのは１９４７（昭和22）年4月だった。遺骨もなく、どういう状況で亡くなったのかも知らされることはなかった。長谷川素逝は１９４６年に亡くなった。桃史や素逝が戦後も活躍していたら、俳句の世界はどう展開していただろう。原爆をどのように俳句で表現しただろうか。桃史の俳句には、戦後の原爆俳句の前史を形成していた気がする。

4　新興俳句への弾圧

これまで見てきたように、長谷川素逝、富澤赤黄男、片山桃史は、戦場で完成度の高い作品をつくった。彼らに導かれるように、新たな俳句の地平を切り拓こうとする気鋭の俳人が次々に登場する。高屋窓秋、西東三鬼、篠原鳳作、渡邊白泉、そして若き三橋敏雄たちである。

まず西東三鬼。１９００（明治33）年生まれの三鬼は、34歳の時初めて俳句の投稿を始め、いきなり大きな注目を集めるようになる。

水枕ガバリと寒い海がある

昇降機しづかに雷の夜を昇る

1935（昭和10）年、『京大俳句』に加入。「敬愛する山口誓子の言葉「もし新興無季俳句が、こんどの戦争をとりあげ得なかつたら、それはつひに神から見放されるときだ」に反応し、戦争を主題とした俳句を次々につくった。三鬼の言葉がある。「青年が無季派が戦争俳句を作らずして、誰が一体作るのだ。この強烈な現実こそは無季俳句本来の面目を輝かせる絶好の機会だ。〈中略〉貴君らの近代的知性が『戦争』に衝撃した火花を補ひ給へ！」（『京大俳句』1937年12月所載）

三鬼が俳誌『旗』に発表した作品は、実際に戦場に赴いたのではなく、想像のなかで生まれた句だ。戦火想望俳句という。つまり新興俳句こそが戦火想望俳句が生まれるゆりかごとなった。

機関銃熱き蛇腹ヲ震ハスル　西東三鬼
兵隊が征くまつ黒い汽車に乗り
占領地区の牡蠣《かき》を将軍に奉る《たてまつ》

戦争の時代、三鬼は大きな弾圧に見舞われる。そして敗戦後、三鬼は原爆や死の灰にしっかり向き合おうとした。それらについてはあとで述べたい。三鬼のもとで俳句を学び、渡邊白泉の弟子にもなった三橋敏雄も多くの戦火想望俳句をつくった。敏雄の1938（昭和13）年の作品。まだ18歳の若さであった。

射ち来たる弾道見えずとも低し　三橋敏雄
砲撃ちて見えざるものを木々を撃つ
そらを撃ち野砲砲身あとずさる

ここで西東三鬼と親交を結び、三橋敏雄の師であった俳人・渡邊白泉について述べたい。

渡邊白泉は、1969（昭和44）年、勤務先の沼津市立沼津高校から帰宅途中、脳出血に襲われ昏倒し、亡くなった。市立沼津高校は富士山の伏流水が流れる柿田川からも近い。正門の左には、「戦争が廊下の奥に立ってゐた」の句碑が立っている。かつて句碑の前に立った時、わたしはその文字の繊細さに驚くとともに、そこだけ清涼な風が吹いている感じがした。

渡邊白泉句碑

白泉は、慶應義塾の普通部四年生だった1929（昭和4）年16歳の時、『子規俳話』を読み、俳句に興味を抱いた。第一作は彼の人生を暗示している。

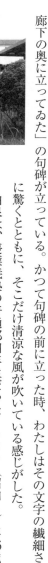

壁の穴より薔薇の国を覗く　渡邊白泉

薔薇にあふれているのは、園ではなく国。真白い壁は、これから作品を発表していくための、まっさらな原稿用紙のように見える。そこに穴が開き、未来の自分と日本が見える。当時は薔薇色の夢が溢れていたのだろうか。

慶應義塾大学経済学部に進学した白泉は、水原秋櫻子『俳句の本質』に啓発され、『馬酔木』に投稿を始めた。『句と評論』(1935年1月号)に、22歳の時、「街燈は夜霧にぬれるためにある」を発表。初々しい表現は、新興俳句運動の先人たちに驚きをもって迎えられた。俳句の世界では、三年前1932年の高屋窓秋「頭の中で白い夏野となつてゐる」が世に現れた時のような衝撃が走った。「ぬれるためにある」の「ある」は、存在理由として哲学的な広がりを持ち、おしゃれな表現がたまらない。若者たちが圧倒的に支持したのもうなずける。

『京大俳句』事件

1936(昭和11)年、慶應義塾大学を卒業した白泉は三省堂に入社。辞書の編纂に従事する。そこで西東三鬼と出会い、交流が始まった。翌1937年、三橋敏雄と出会う。三橋は白泉を師とした。白泉が『京大俳句』に加わったのは1939(昭和14)年、西東三鬼の斡旋によって『京大俳句』の会員になった。『京大俳句』の創刊は1933(昭和8)年。わずか五年で購読者は千人に達し、会員・準会員・雑詠欄の投句者は全国に広がった。中心のメンバーは、京都帝国大学医学部卒業の平畑静塔、同じく藤後左右、文学部の井上白文地や長谷川素逝。西東三鬼、片山桃史、渡邊白泉も加わった。なかでも人気を集めたのは、西東三鬼だった。

『京大俳句』は、虚子の『ホトトギス』のような主宰は置かず、会員が交代で俳誌『京大俳句』の企画・

編集を務めるという画期的な編集方針をとった。『新興俳人の群像「京大俳句」の光と影』（田島和生）によれば、大阪府女子専門学校（大阪府立女子大学を経て、現・大阪公立大学）に俳句部が生まれ、女学生俳句の嚆矢として京大俳句におよそ20人が投稿した。当時、『京大俳句』の誌上で女性たちはこんな戦争俳句を投稿していた。

英霊しづと帰る大地に鬨《とき》の聲《こえ》　橋本雅子

戦死せり三十二枚の歯をそろへ　藤木清子

渡邊白泉の話に戻ろう。白泉の句は、戦争想望俳句の中で、圧倒的な存在感を持っていた。どの句も戦争と同化することなく、冷静な距離をとり、鋭く批判した。厭戦と反戦。ゆるんだ句はひとつもない。

銃後といふ不思議な街を丘で見た　渡邊白泉

繃帯《ほうたい》を巻かれ巨大な兵となる

戦場へ手ゆき胴ゆき足ゆけり

赤の寡婦黄の寡婦青の寡婦寡婦寡婦

戦争の虚無と空虚、悲しみ、そして秘めたる怒りを込める。俳句に親しむ、そうでないにかかわらず、渡邊白泉というひとへの支持の厚さの理由がわかる。

『京大俳句』の会員になってから発表した句を見てみよう。

憲兵の前で滑つて転んぢやつた
馬場乾き少尉の首が跳ねまはる
手を組みて笑める男を殺し度《た》し
戦争が廊下の奥に立つてゐた

のちに社会性俳句という看板を担うことになる沢木欣一は、「憲兵の前で滑つて転んぢやつた」の句と出会ったときは19歳。「当時作者の勇気に驚いた。痛烈な揶揄」と『日々の俳句』（沢木欣一）の中で述べている。

渡邊白泉が特高を批判したのと同じように、新木瑞夫と中村三山も、特高や憲兵を鋭く批判する句を詠んだ。

憲兵の怒気らんらんと廊は夏　　新木瑞夫
徴兵署を出てじりじりと陽《ひ》に灼《や》かれ

特高が擾《みだ》す幸福な母子の朝　　中村三山
特高のさりげなき目が書架に
特高が退屈で句を考へてゐる

京都府警察の特高は、ひそかに『京大俳句』の会員たちの動向をさぐっていた。そのことを瑞夫も三山も、最大限の皮肉を込めて句にしていた。危機はひたひたと身近に迫っていた。思想弾圧の網がかけられ、嵐が吹き荒れるのは、文芸のなかで俳句はもっとも遅かった。小説では、1933（昭和8）年、小林多喜二が築地署で拷問を受けて獄死し、作家たちに恐怖を植え付けた。文学は、すでに永井荷風の『断腸亭日乗』のような日記のなかでしか生きのびることができなくなっていた。

そしてついに弾圧の手が俳句に及ぶ。多喜二の死から七年目のことだった。1940（昭和15）年、『京大俳句』の主要会員を対象に、治安維持法違反の嫌疑により検挙が行われた。2月11日。皇紀2600年の紀元節の祝賀式典が大がかりに行われた。三日後の2月14日、京阪神の会員が、京都府警の特高に寝込みを襲われた。平畑静塔、井上白文地、中村三山、波止影夫、仁智栄坊《にちえいぼう》、新木瑞夫、辻曽春、岸風三楼の八人が連行された。

逮捕されたひとり、仁智栄坊は、たまたま上京した際に警視庁の特高に逮捕され、日を置かず京都府西陣署に身柄を移された。このときの様子を栄坊は手記に残している。

「（ずばりと書け、え、革命精神燃やしたんやろが）。と脅し煽《あお》った黒いマフラーのあのボスのいうように、ぼくは、革命精神に燃え立ち、十七字の短詩を創っただろうか？（……何らか社会に寄与するところがあると思って？）と迫った検事に、ぼくはむっとなって、（あそびじゃありません）と答えたが、

戦闘機　ばらのある野に逆立ちぬ

ぼくは、革命精神に燃え立ちはしていなかったが、遊んでもいなかったはずで。

兵となり　男のうそがふと消える

鉄面皮な欺瞞に震えるほどの怒りを覚えたのだが、だがそのぼくと、マルキシズムの文献をあれこれ読んだほんの知識だけのぼくとを、特高は何故、短絡させてしまうのか」（『俳句研究』仁智栄坊1979年1月号から）。

仁智栄坊は、本名北尾《きたお》一水《いずみ》。大阪外語専門学校ロシア語科（現・大阪大学）を卒業した後、大阪逓信局に勤務し、ソ連からの通信を傍受し翻訳する任務に明け暮れていた。仁智栄坊の俳号は、ロシア語の「ニチェボー」から来ている。英語ならノープロブレム、韓国語だとケンチャナヨ、問題ないという意味だろうか。

栄坊は、戦闘機の墜落を詠ったことなどが、治安維持法違反にあたると解釈され、懲役二年執行猶予三年の有罪を言い渡され釈放された。出所後は、満州に渡り、満州電電のロシア語放送の責任者を務めた。敗戦とともに五年間シベリアに抑留され帰国。今度はソ連に洗脳されたのではないかという嫌疑を占領軍から掛けられ取り調べをうける。戦後の就職はままならなかった。栄坊も軍を批判する句を、逮捕の二年前の1938（昭和13）年に作っている。

シャンパンとオムレツに大佐の嘔吐　　　仁智栄坊
児を残し男はいくさに逃げてッた

新谷陽子さん

２０２３年５月、わたしは『京大俳句』を読む会の新谷陽子さんに会うため、城陽市の自宅を訪ねた。コロナ禍の真っただ中だったが、マスクを外して取材や写真撮影に応じてくださった。

『京大俳句』を読む会は、大阪俳句史研究会の西田もとつぐが２００９年から手弁当で始め、今は新谷さんが編集を担っている。京大俳句、満州俳句、広島・長崎など。新興俳句に関わる貴重な手記や証言を掘り起こし、解読することで、現代俳句の知られざる歴史を明らかにしてきた。

新谷さんの母は『大陸の花嫁』（井筒紀久枝）の著者として知られる。越前の紙すき工から満州移民に応募し、中国大陸に渡り花嫁となった。当時のすさまじい体験を俳句にし、自分史を綴ったものが『自分史文学大賞』に輝いた。

蚤虱《のみしらみ》じわじわ餓ゑて死にし子よ

穴掘ってわが子埋めし枯野かな

娘の新谷さんは、満州でつくられた様々な俳句の中から、かつて『京大俳句』に加わっていた人たちの作品を掘り起こした。新谷さんがこころ揺さぶられるという句と、私が好きな句が重なる。

『京大俳句』事件にふたたび戻ろう。検挙されたひとり、波止影夫は、平畑静塔と同じ、京都帝国大学医学部を卒業した精神科医だった。『新興俳人の群像』（田島和生）には、涙もろくヒューマニストの影夫がつくった、敵である中国軍航空兵の死を悼む句が紹介されている。

パラシユト墜《お》ちる敵機にひらひら見え　　波止影夫
血も見えず敵飛行士の亡せゐたり
埋めゐて敵なることを忘れゐたり

波止影夫は懲役2年、執行猶予3年の有罪判決を受けた。影夫は太秦署の留置場でひとりの大物俳優と一緒になった。戦後、黒澤明の映画『生きる』や『七人の侍』などで、圧倒的な存在感を示した志村喬である。志村喬35歳。影夫29歳。影夫は志村から映画の話を聞くことを喜びとした。太秦にはこころある映画人の多くが囚われの身となっていた。ただただ理不尽な弾圧。影夫は、医学部生の時、滝川事件に反対したこともあった。戦後「この海に死ねと海流とどまらず」「長き昭和にあきて又もやぞうに喰ふ」といった句などで健在であることを示したが、輝きは二度と戻らなかった。影夫にも原爆を詠んだ句がある。「原爆の跡よりも熔岩怖ろしき」（1955年）。

影夫は晩年こんな文章を残している。「京大俳句事件で苦しい生活を強いられたけど、現在、長く生きて尚、俳句を作り自由な生活を味うことができることは全く有難いことと感謝している。〈中略〉今後、生きる限り自由を愛し、正しい生活を守り、戦争には絶対に反対し、自由主義社会の実現のために生きぬき働きたいと考えている。」（『波止影夫句集・あとがき』（1984年）。この文章を発表した翌年、影夫は75歳で世を去った。

終わらぬ弾圧

1940（昭和15）年5月3日、俳人たちへの第二次検挙が行われた。『京大俳句』の石橋辰之助、和田辺水楼、杉村聖林子、三谷昭、渡邊白泉、堀内薫ら関東の会員が京都府警察部の特高に逮捕された。9月に白泉は起訴猶予となるが、執筆禁止を言い渡されて帰宅した。

第三次検挙は、8月3日で、『京大俳句』の西東三鬼ひとりが逮捕された。そして、第四次は、1941（昭和16）年2月5日。この時は、『廣場』の藤田初巳、細谷源二、中台春領、林三郎、小西兼尾、『俳句生活』の橋本夢道、栗林一石路、横山林二、神代藤平、『土上』の嶋田青峰、秋元不死男、古家榧夫、『生活派』の平沢栄一郎であった。通常の書物ではここまでで弾圧が収束したことになっているが、そうではない。

1943（昭和18）年12月、秋田の俳誌『蠍座《さそりざ》』が俳句の分野での最後の逮捕者を生んだ。ここでは『俳句生活』の俳人でジャーナリストの栗林一石路と、最後に弾圧を受けた『蠍座』とその裏側について書く。

栗林一石路は、1894（明治27）年、日清戦争の年、長野県青木村に生まれた。上田盆地から12キロ西の青木村には、青年たちが地域を育てるための自主青年会があり、その通信として『青木時報』がつくられていた。役場から二百円の補助を受け、村内千戸は無料配布された。一石路はその編集主任をした。青木時報が生まれる背景には、大正時代、画家の山本鼎らが起こした児童自由画運動や農民美術運動があった。1921（大正10）年創刊された青木時報は、一石路が亡くなる1961（昭和36）年まで続いた。

一石路は、自由律俳句の荻原井泉水が主宰する機関誌『層雲』に18歳から投稿を始めた。23歳の時、長野市に来た井泉水に会いに行く。ちなみに、長崎の原爆俳句の俳人・松尾あつゆきもまた『層雲』の同人だった。

1923（大正12）年、一石路は総合雑誌『改造』の臨時雇員の職に就く。編集長はリベラリストとしてその名をはせた、横関愛造。元・東京毎日新聞政治部長だった。米騒動以降、労働運動や社会運動の特集を積極的に取り上げ、読者からの支持を集めていた。1927（昭和2）年、一石路は新聞連合社に就職。新聞連合社は1936（昭和11）年同盟通信社と名前を変えるが、世界に送り出す情報の管理と国内のニュースを提供する国策会社だった。一石路は、プロレタリア俳句に目覚め、井泉水からは距離を置いた。生涯の朋友となる俳人・橋本夢道と出会ったのもこの頃だ。

シャツ雑草にぶっかけておく　　栗林一石路
夕焼けのけれども地球はうごいているんだ

1934（昭和9）年の夏、一石路は青木村の青年たちと沓掛温泉に行った際、こんな句を作る。

新聞にないほんとうの世の中のことを知りたいのです　栗林一石路

日中戦争勃発の翌年の1938（昭和13）年、一石路は同盟通信の従軍記者のキャップとして広東攻略戦を取材する。日本軍を賛美するのではなく、兵士や従軍記者の日常を伝えようとした。従軍記「兵隊とともに」は好評で、1940（昭和15）年4月改造社から出版され、日本放送協会のラジオで紹介された。一石路は戦後、『俳句人』（1947（昭和22）年）の中で、従軍記者としての経験についてこう書いている。

ひそめている意図はどうであれ、それを公《おおやけ》に書くには、結局現実と妥協しなければならぬ。しかし妥協はとかく現実を肯定する方向に陥りがちである。わたしの著書が影響をもったとすれば、その小さな意図よりも、全体として戦争協力の方向が強かったであろうと考えられる。これはまったく私の犯した誤りであった。

1941（昭和16）年2月5日、一石路は第四次弾圧の際、治安維持法で逮捕される。当時の様子を一石路は、「俳句獄中記」（『言論』1946年3月号）のなかで記している。

まだ朝はくらかった。寝ていると玄関に誰か来たようで「ごめんください、ごめんください」という低い声がした。もう起きて掃除をしていた妻が出て、一言二言対応していたが、やがて足をしのばせるようにして枕元へくると「貴方、あなた警視庁から来ましたよ」と言った。薄くらがりでわたされた名刺を見ると「警視庁特別高等部第二警部補河野某」とあった。たちまち異常な運命が自分をとりこにしたことを感じた。〈中略〉それからガサが始まった。二人の私服はそれとなく私をみているが、警部補という男は押入れの奥まで頭を突っ込んで、ほこりだらけになりながら、手当たり次第に本や雑誌をひっぱりだした。それはまるで餓えた犬がゴミ箱をあさる格好であった。

一石路は当時の様子を俳句に詠んだ。

けもののごとくきてがさがさと冬の部屋をさがす　　栗林一石路

同じく、第四次弾圧で拘束された細谷源二の独房での言葉がある。

「立ち上がって狭い房を歩いてみたが、寒さはひどい。壁にからだをぶつけることにした。一回、二回、三回、四回、からだをぶつけるたびに、ひしひしと狂おしい絶望感が量をふやしてゆく。『俳句を作っただけでこんな苦しみをするなんて、考えられないことだ』私はつぶやく。『人間いかに生くべきか』を俳句の上でうたい、より正しい人間として生きることがなぜいけないか。わからない、わからない。世のなかなんかみんな間違いだらけだ。戦争も間違いなら、人を殺す武器を作っていることも間違いだ。戦争に反対する人間をこんな小さな部屋に閉じこめるのも間違いだ。

(『泥んこ一代』細谷源二)

獄に秋風　片仮名で来る　子の手紙　　　細谷源二

1943（昭和18）年12月、秋田の俳誌『蠍座』が標的とされ、加才信夫、高橋紫衣風が逮捕された。俳句界最後の言論弾圧である。加才は留置中喀血し釈放されるが、容疑とは関係のないソクラテスやプラトンの全集が押収された。監房にはサイパン陥落のニュースが流れていた。『蠍座』の同人だった大河喜栄が『蠍座の軌跡』の中で書き残している。

秋風の補充兵となり母となり物言わぬ　　　高橋紫衣風
どん底は今夜の栗を飯に焚く　　　水泉明
トルストイ忌の青き灯に搏《う》たれゐる　　　牧隅五力

『蠍座』に集まった人々は、花鳥諷詠に飽き足らず、生活や社会とのつながりを模索し、人間の生の尊厳を表現しようと、最もふさわしい言葉を探していた。

大河は啄木の歌集、「鉄工葬おわり真赤な鉄うてり（細谷源二）」「どっとわらいしがわれには病める母ありけり（栗林一石路）」「銃後といふ不思議な町を丘で見た（渡邊白泉）」「雪つもる国にいきものうまれ死ぬ（高屋窓秋）」などの俳句を書いたノートを押収された。特高は、これらの作品をノートに写していることは、完全にマルクス主義を肯定していることだとして攻め立てた。

秋田の俳誌『蠍座』には、気鋭の新興俳句の担い手が参加する。『蠍座』の第33集（1947年11月）

には、鈴木六林男が、フィリピン・バターン半島のマリベレス高地の戦闘の際に詠んだ大変有名な戦争俳句が収録されている。

遺品あり岩波文庫「阿部一族」
墓銘かなし青鉛筆をなめて書く
鈴木六林男

当時、『蟖座』の若者たちに対して懇切丁寧に指導を引き受けていたのが、当時42歳の永田耕衣だった。洒脱で批判精神が旺盛な耕衣の指導は人気があった。『蟖座』に発表した耕衣の句がある。

友は減る懼《おそ》れざれども黒き蠅
背信の一友濃ゆし蠅の声
永田耕衣

永田耕衣

蠅とはなにか。背信とはなにか。耕衣は当時『鶏頭陣』の主要な同人。かつて、白樺派の作家・武者小路実篤の「新しき村」の活動や、柳宗悦の民芸運動に共感したこともある多才な俳人でもあった。

耕衣が属する『鶏頭陣』を主宰するのは小野蕪子であった。小野蕪子こそが実は俳句弾圧の黒幕だった。

小野蕪子は本名、小野賢一郎。東京日日新聞（後の毎日新聞）

小野蕪子

の社会部長から日本放送協会の文芸部長に転じた。東京日日時代の部下に子母澤寛がおり、谷崎潤一郎とも親しかった。俳句は原石鼎の指導を受けた。1941年、日本放送協会業務局次長兼企画部長に就任。日本俳句作家協会の常任理事、日本文学報国会俳句部会の審査委員を務めた。小野は高浜虚子にとってかわり、ホトトギスを潰し、すべての結社を解体させ、自分の意のままに俳句界を支配したかったとも言われるが、詳しいことはわかっていない。

いずれにしても、小野から警告を受けた永田耕衣は『蠍座』から去ることになり、その後『蠍座』の中心メンバーは逮捕される。

『鶏頭陣』に、小野の国家や文学についての考え方が、架空問答のかたちで掲載されている。一部を紹介する。

「まだまだ思想戦に勝ちぬくためには、文壇のどの部門でもギリギリ〆る必要がありませう。陣営も十二月八日を期して、思想の大掃除をすべく同人は話合っています」「やってくださいよ随分胸くそ悪い青年がいますからね。〈中略〉だがやりかたですね。よくない青年でも陛下の赤子にちがいないが反省する余地を与えなさい。」「断平としてやってください。国家をはなれて何の俳句の差がありますか。フランス文学の悪い面を賛美したり、労働めいた事に興味をもつ青年に何の文学が出来ますか」(『蠍座の軌跡』より引用)

なかでも蕪子が目の敵にしていたのが、『京大俳句』であった。蕪子が理想とした「清く豊かで、健康なる俳句」。『京大俳句』を筆頭に新興俳句は、そこからあまりに遠く、許すことができないものであった。

わたしは三〇年前、生前の永田耕衣を神戸市須磨の自宅に訪ねたことがある。NHK特集で、最後の白樺派作家といわれた耕治人と妻ヨシの晩年を描いたドキュメンタリーを制作した直後だった。同じように白樺派に傾倒し「新しき村」を訪ねたこともある永田耕衣。俳人の仲間では、西東三鬼、波止影夫、橋本多佳子らとの交流があった。書や絵をたしなみ、難解ではあるが、生死をテーマに、一度出会ったら忘れられない俳句で、1980年代の若者たちに人気を博していた。

死蛍に照らしをかける蛍かな　　永田耕衣
少年や六十年後の春の如し
朝顔や百たび訪《と》はば母死なむ

長いひげをたくわえ、仙人のような風貌でありながら、眼光は鋭い。自らを「田荷軒主人」と名乗る耕衣の家は古い数寄屋造だった。床の間には茶色く枯れかかった蓮の花が堂々と活けてあった。毎日死に向かって進む衰退のエネルギーを見極めるために置いてあるのだと言って笑った。さすが仙人といわれるだけのことだけある。耕衣は、自分はこれから川柳の可能性もあわせて極めてみたいと言った。

わたしがＮＨＫのディレクターだと知ると、途中から小野蕪子が行った悪事の話に移っていった。京大俳句弾圧の黒幕は蕪子である。西東三鬼の弾圧にも関係しているのではないか、中村草田男に対して、逮捕されるかもしれないと脅したという話もあるのではないかと語った。

このように評判のよくない小野だが、自身の俳句にめぼしいものは少なく、虚子や俳壇全体へのコンプレックスが彼を弾圧者に変えていったのではないかと耕衣は語った。小野蕪子の句を紹介する。

日本は南進すべし芋植うる　小野蕪子
エレベーターに相天上す　御慶かな

永田耕衣に会った頃、新興俳句弾圧についてのわたしの知識は今よりさらに乏しく、耕衣の言葉の意味がわからなかった。１９９５年１月発生した阪神淡路大震災によって、神戸の田荷軒は倒壊。耕衣は老人ホームでの暮らしを経て亡くなった。なぜもっと詳しく聞いておけなかったか、残念でならない。

２０２２年、ＮＨＫ放送文化研究所メディア研究部村上聖一研究員は、小野蕪子に関わる資料を発掘し、論文を発表した。その当時の日本放送協会は、内閣情報局の下に置かれ、戦争への協力というより旗振りを率先して行った。その詳細は『ラジオと戦争』（大森淳郎）に詳しい。

日本放送協会と情報局や特高とのつなぎ役となっていたのが、小野賢一郎業務局次長、つまり小野蕪子である。小野は情報局の宮本吉夫放送担当課長と頻繁に手紙のやり取りをしていた。多い時は月に四〜五通にのぼる。村上研究員は燕子が宮本にあてた手紙を分析した。

「木村某はマルキストであり依然として改心しないのにヘンじゃないか。」「講演部へ注意しろといってきましたので、夫《そ》れは私の方で注意するから名簿の一部を送って来たのです。」

村上は、燕子が警視庁の思想取締り担当と日常的に情報のやり取りをしており、ブラックリストに基づいて行動していたことを明らかにした。燕子は、戦争に協力的でない職員は現場から外すよう人事的な働きかけを行った。特高のブラックリストにあなたも入っているといって、俳人たちを脅すこともあったといわれている。

日本文学報国会俳句部会

1940（昭和15）年、大政翼賛会が生まれたとき、日本俳句作家協会が組織された。二年後、日本文学報国会ができると俳句作家協会は俳句部会に改組・統合された。1942（昭和17）年、文学報国会の会長は徳富蘇峰。理事に俳人の水原秋櫻子、俳句部会の会長に高浜虚子、富安風生。その下に小野燕子が就任。燕子はナンバー3となった。1944（昭和19）年、戦局の悪化と紙の不足により、新聞が各県一紙を原則としたように、俳誌も各県に一つと決められた。

『梅干と戦争』（小野賢一郎　1941年3月）にこんな一節がある。

「日本国民は天皇陛下に対し奉って祈ってゐる、感謝してゐる、全く幸福な国民である。天皇陛下に対し奉って祈るといふことは祈りのうちで最も神聖なる祈りである。〈中略〉感謝の心のない人の生活はうそである。祈念する心のない人に感謝の心は生れない。祈るといふことは神であっても仏であっても太陽であっても土であってもよろしい。祈りに感謝が伴《ともな》ふ。太陽にうそはない。大地に対して嘘はつけない。」

中村草田男の戦争一色に染まることに異を唱える「汝等《なんじら》老いたり虹に頭上げぬ山羊《やぎ》なるか」の句に対して、蕪子が激怒したと、後年、楠本憲吉は『一筋の道は盡さず　昭和俳壇史』のなかで書いている。文学報国会のナンバー2の富安風生は元逓信省の次官。1945（昭和20）年の『俳句の作り方味ひ方』にこんな句を載せている。刊行は12月。つまり敗戦の後もたいして変わっていなかった。

大日本は神国なりと読始《よみはじめ》　　富安風生

これは風生が神皇正統記を読み始めたときに作った句。ある句会で、風生は自身のこの句とまったく同じ句に出会ったことを書いている。日本文学報国会俳句部会の「勝ちぬく誓」と「綱領」はこうある。

勝ちぬく誓
一、みたみわれ大君にすべて捧げまつらん
一、みたみわれすめらみくにを護りぬかん

一、みたみわれ力のかぎり働きぬかん
一、みたみわれ正しく明るく生きぬかん
一、みたみわれこの大みくさに勝ちぬかん

日本文学報国会俳句部会綱領
一、日本文学としての伝統を尊重する健全なる俳句の普及
一、国民詩としての俳句本来の使命達成
一、俳句を通じての時局下国民の教養

小野蕪子らが先頭に立って旗を振った「健全なる俳句」とはなんだったのか。いのちのはかなさや、それが失われたことを悲しみ、戦争という巨大な暴力や言論の弾圧に抗うことは不健康なことなのか。

１９４５年8月15日。この日は日本のほぼ全土が晴天だったという。ラジオで終戦の詔勅が伝えられ、ほとんどの国民は「玉音」とよばれる天皇の肉声をラジオから初めて聴いた。正午の放送は難しく、さっぱりわからなかったと言われるが、実は玉音の後に、克明な解説が付加されており、両方を聴いた人のほとんどは何が起きたのかを理解することができた。この日の俳人たちの句をあげてみたい。

秋蟬も泣き蓑虫も泣くのみぞ　高浜虚子
かかる日のまためぐり来ての野菊晴　富安風生

切株に据《きょ》し蘖《ひこばえ》に涙濺《そそ》ぐ　中村草田男

旧来の世界から一歩も出ないような凡庸さが漂う。だが、こうした句ばかりではなかった。

もう敵機も来ない菜虫をとつてゐる　下村槐太
寒燈の一つ一つよ国破れ　西東三鬼
てんと虫一兵われの死なざりし　安住あつし
玉音を理解せし者前に出よ　渡邊白泉
新しき猿又ほしや百日紅《さるすべり》　渡邊白泉
敗戦を恨みよろこび十三夜　三橋敏雄

それぞれの8月15日。目いっぱいの皮肉や批評精神が込められている。だが、玉音放送の後でも、シベリアでは戦闘が続き、樺太《サハリン》の真岡では8月20日朝から、ソ連艦船からの砲撃が始まった。

朝寒し突如真岡は戦場《いくさにわ》　木村起誓子
沁むる身を蘇軍《そぐん》が医所《いしょ》に運ばれぬ
秋風や弾丸《たま》に裂《き》れたる電線《せん》揺るる

これは想像の中で起きた戦争ではない。人びとの無念を記録しようとする強い意志がそこにあった。

改めて整理しておく。戦争の時代、一部の俳人たちは、新興俳句の領域で、戦争の愚かさ、無残さを批判した。だが、それは文学報国会のなかで、かき消されただけでなく、治安維持法という稀代の悪法によって弾圧され、俳句で自己を表現するという場を奪われた。その苦しさ、悔しさはいかばかりか。それは人生を破壊するに等しいものでもあった。そしてそうした暴力に加担した俳句界の幹部たちがいた。表現の場を失ったひとたちの中には、そのまま沈黙の世界で生きたひともいれば、リベンジとしてふたたび俳句を詠んだひともいた。リベンジの対象として、原爆もテーマとして選ばれた。原爆という人類の悲劇に俳句が格闘を挑む。相手にとって不足はなかった。

第2章　第二芸術論の衝撃

桑原武夫の「第二芸術論」

今泉恂之介は『俳句史の真実』の中でこんなことを書いている。

「芭蕉の頃から現代までの三百数十年。この間、俳句の世界を最も大きく揺り動かしたのは、「第二芸術論」騒動ではないだろうか。敗戦間もない一九四六年、評論家・桑原武夫による言論の自由の挑戦に俳句界全体があたふたとし、一方的な防戦に追い込まれた。以来、この問題は持病のように俳句界に住みつき、病巣はいまも消え去っていない。」

今泉がここまで強調する「第二芸術論」の衝撃とはなにか。掲載されたのは、岩波書店の『世界』の1946（昭和21）年11月号。八ページにわたるエッセイ風の論考であった。同じ月、当用漢字表、現代かなづかいが文部省によって告示され、戦争を体験した国民にとって日本語のありようはこれでよい

桑原武夫

のかという問題意識が高まり、さまざまな施策が講じられようとしていた。

「第二芸術論」の論考を、順を追ってみていきたい。

まず冒頭。桑原の子どもが国民学校の授業で俳句をつくり、それを手直しするようせがまれたことがきっかけで、雑誌に掲載された有名な俳人の句をみてみようという気が起こったという。これは巧妙な仕掛けになっていて、あくまで当時の俳句に挑戦状をたたきつけるに至った経緯は、偶然の出来事だったのだという体裁をとっている。

当時の俳句のレベルはどのようなものか。それを測るために桑原は「科学的」な方法論を用いた。桑原の手元にあった雑誌や書籍の中から、有名な俳人一〇人の俳句を一句ずつ、合計一〇選ぶ。次に、無名とさほど有名ではない人の俳句を五句選ぶ。合計一五句をシャッフルし、桑原の同僚教員や学生たちなど、それなりにインテリのひとたちに見せて、句の順位をつけてもらい、果たして、その道の達人と素人の句を見極めることができるのかを調査した。

一五の句は以下の通り。

1. 芽ぐむかと大きな幹を撫でながら
2. 初蝶の吾を廻《めぐ》りていづこにか
3. 咳《せ》くとポクリットとベートーヴェンのひびく朝

4. 粥腹のおぼつかなしや花の山
5. 夕浪の刻みそめたる夕涼し
6. 鯛敷やうねりの上の淡路島
7. 爰《ここ》に寝てゐましたといふ山吹生けてあるに泊り
8. 麦踏むやつめたき風の日の続く
9. 終戦の夜あけしらむ天の川
10. 椅子に在《あ》り冬日は燃えて近づき来
11. 腰立てし焦土の麦に南風《はえ》荒き
12. 囀《さえずり》や風少しある峠道
13. 防風のここま迄《まで》砂に埋もれしか
14. 大揖斐《おおいび》の川面《かわも》を打ちて氷雨かな
15. 柿干して今日の独り居《い》雲もなし

3の「ポクリット」とあるのは、「ヒポクリット」の誤植だった。では、たね明かしをする。1．阿波野青畝、2．無名・半無名、3．中村草田男、4．日野草城、5．富安風生、6．無名・半無名、7．荻原井泉水、8．無名・半無名、9．飯田蛇笏、10．松本たかし、11．臼田亜浪、12．無名・半無名、13．高浜虚子、14．無名・半無名、15．水原秋櫻子

答えがわかってくると、確かに飯田蛇笏の句は素晴らしく見えてくるし、誤植があった草田男は、た

しかに中村草田男らしさが全開しているように見える。

ただ、高浜虚子や富安風生といった戦前・戦争中の俳句界の大権威たちの句が、埋没してしまうことは大きな発見のような気がする。学生や同僚の反応も、「虚子の句が無名人の句より優越しているとはどうしても考えられない」というものだった。これはほんとうに明快で、強烈かつ痛快なパンチであり、当時偉そうにしていたひとにとっては打撃であったことが想像される。いばってはいるものの、実はさほど立派な句ではないのではないかと、けんかを売ったのだ。

こうした検証を経て、桑原は俳句の世界の門閥や世襲に矛先を向ける。「たとへば、（高浜）虚子、（臼田）亜浪といふ独立的芸術家がいるのではなく、『ホトトギス』の家元、『石楠』の総帥があるのである。〈中略〉さらに党派は職人の職業的組合的なのだから、神秘家の傾向があり、新しい入団者に常に説教することが必要となり、これによって権威が保たれる」と桑原武夫は書いた。桑原は戦争中の大日本文学報国会での俳人たちの戦争協力にも触れる。文学報国会ができたとき、俳句部会だけが突出して申込み希望が多く、入会を制限したことがあった。権力に迎合し、大政翼賛になびくことの情けなさを批判した。

攻撃はさらに激しさを増す。「（俳句が）地に咲く花であるのに対して、西洋近代芸術は大地に根をはっても、理想の空高く咲かうとする巨樹である。ともに美しい花とはいへ、草と木の区別はいかんともしがたい」。

「第二芸術論」の核心は次のところである。

「（戦後俳句の世界で）俳句に新しさを出そうとして、人生を盛り込もうとする傾向があるが、人生そのものが近代化しつつある以上、いまの現実的人生は俳句には入りえない。〈中略〉かかるもの（自然を詠むようなこと）は、他に職業を有する老人や病人が余技とし、消閑《しょうかん》の具とするにふさはしい。かかる慰戯を現代人が心魂を打ち込むべき芸術と考えうるだろうか。」さらに桑原は、虚子の「句を玉としてあたためている炬燵《こたつ》哉」をあげながら、「菊作りを芸術といふことは躊躇される。『芸』というがよい。しいて芸術の名を要求するならば、私は現代俳句を『第二芸術』と呼んで、他と区別するのがよいと思ふ。第二芸術たる限り、もはや何のむずかしい理屈もいらぬ訳である」。

最後に桑原はとどめを刺す。「一つの作品をつくることが、〈中略〉厳しい仕事であるという観念のないところに、芸術的な何者も生まれない。また俳句を若干つくることによって創作体験ありと考えるやうな芸術に対する安易な態度の存するかぎり、ヨーロッパの偉大な近代芸術のごときは何時になっても正しく理解されぬであろう。」

桑原は「学校教育から俳諧（俳句）的なものをしめだしてもらいたい」と締めくくった。「第二芸術」という強烈な表題は、当時のインフレ防止の経済政策「第二封鎖」からヒントを得たと、後に桑原は語っている。

なんと激烈な論考だろう。当時桑原は42歳で東北大学法文学部の助教授。この二年後、学生時代を過ごした京都に戻り、京都大学人文科学研究所教授となる。そして、梅棹忠夫、多田道太郎、鶴見俊輔、加藤秀俊、梅原猛といった個性あふれる才能を束ねて、「ルソー」「転向」「フランス革命」といったテーマを選び次々と共同研究の成果をあげていく。

桑原は、フランス文学の枠にとらわれず、文化人類学や社会学の社会調査にも関心を示した。桑原が用いた一五句の中から優れた句を選ばせる方法は、ハーバード大学教授で、イギリス人の言語研究者I・A・リチャーズが1930年代のロンドンで行った手法にヒントを得たものだ。

桑原武夫は、東洋史の碩学で京都帝国大学教授だった桑原隲蔵の息子。第三高等学校、京都帝国大学の卒業。桑原が29歳で京都帝大の講師だった時に滝川事件が起きている。その後の京大俳句事件も知らなかったはずはない。桑原武夫の友人は三好達治。達治は現代詩の世界で大きな業績を残しただけでなく、俳句にも造詣が深かった。『京大俳句』の面々が、虚子たちに抗い、戦争に迎合するのではなく、抵抗を試みて潰されたことも意識していたに違いない。

当時の逸話が残っている。場所は大阪ミナミの法善寺横丁。その一角に伝説の居酒屋・正弁丹吾亭《しょうべんたんごてい》がある。創業一二〇年。店の前には織田作之助の句碑「行き暮れてここが思案の善哉かな」が立つ。

第三土曜日、関西の血気盛んな文人たちが勢ぞろいして「三土会」という親睦会が開かれていた。詩人の竹中郁、小野十三郎、歌人の平田春一、前登志夫、高安国世。そして俳人は山口誓子が顔を見せることがあった。私事で恐縮だが、わたしが生まれる前のことだが、小野は、わたしの父の父、つまり祖父が経営する造船所で、戦争中働いていたことがあった。小野の代表的な詩集『大阪』には、実家の造船所が多く歌われている。

さて、桑原の「第二芸術論」が世に現れた時、当然、三士会の議論は盛り上がった。なかでも、小野十三郎は、短歌や俳句を奴隷の韻律といってののしった。小野の目指す詩は、そもそも「芸術」であること、「文学」であることを拒否しようとしていた。歌人や俳人はそうではなく、たとえ古いというレッテルを貼られても、自分たちの詩の心は現代そのものであることを示そうと必死で格闘していた。現代詩、短歌、俳句が共通の土俵で語られ、それぞれ新たな地平を拓こうと懸命な時代だった。(『小野十三郎雑話集　千客万来』小野十三郎より)

「第二芸術論」を改めて読み直してみて気が付いたことがある。やり玉にあげたのは、『京大俳句』に代表される反ホトトギスの俳句ではない。高浜虚子や富安風生といった大日本文学報国会の俳句部会の重鎮たちが狙いうちにされている。彼らは、戦後も何事もなかったかのように俳句の世界の宗匠として君臨し、反省の色がみられない。そんなことでよいのかという義憤が桑原のなかに湧き上がったのではないか。

1971(昭和46)年、桑原武夫は「第二芸術論」から二五年経って、毎日新聞にエッセイを載せた。そこで、高浜虚子の言葉に触れている。「虚子が俳句を始めたころ、世間で俳句を芸術だと思っているものはなかった。せいぜい第二十芸術くらいのところか。十八級特進したんだから結構じゃないか。戦争中、文学報国会の京都集会での傍若無人の態度を思い出し、虚子とはいよいよ不敵な人物だと思った。」とある。このエッセイのなかで、褒めてくれた俳人として西東三鬼をあげている。「あなたのおかげで戦後の俳句はよくなってきました」と言われたのだという。桑原は俳句が嫌いなのではない。エッセイの最後に大好きな句として蕪村の一句をあげている。

いかのぼり昨日の空のありどころ　　与謝蕪村

１９８０年代前半、わたしは桑原さんに番組で三度にわたって御世話になったことがある。一回目は愛読書について存分に語っていただくラジオ番組「一冊の本」。桑原さんが選んだのは『三国志演義』であった。父譲りの歴史好き。中国の合戦の時代を彩る人物のとりこになり、ひとりひとりの名前を覚えた。中でも魅せられたのは三国時代の英傑たちが発した含蓄にあふれた言葉だ。一方日本では、例えば徳川家康が遺した「人の一生は重荷を負って遠き道を行くが如し、急ぐべからず」が有名だが、そこに文学性はなく、言葉があまりに貧弱ではないか。今の日本の政治家たちが発する言辞がつまらないことの理由は、日本の政治文化の低さでもあるといって、桑原さんは悲しそうに笑った。

二度目は、『日曜美術館』の「富岡鉄斎」の回。わたしはスタジオでフロアディレクターを務める中で、印象に残った言葉がある。晩年になっても創作意欲が衰えない鉄斎。傑作「富士山」の連作の中で、山頂を目指して登るひとびとを見て、桑原さんは、「これはアンガージュマンだ」と言った。フランスの哲学者・サルトルが言うアンガージュマン。投企とも参加とも訳されるが、知識人や芸術家が現実の問題に取り組み、社会運動などに参加することを意味する。つまり、霊峰富士に登る姿は、傍観者ではなく、自身が危険を冒してでも社会の変革に参加する姿であり、芸術家はそうでなければならないと、桑原さんは語った。第二芸術論が出た時、桑原さんに対して、西洋かぶれのフランス文学者に何がわかるという批判があった。だが、わたしが知る桑原さんは、父親譲りの漢籍への該博な知識を備え、日本の古典に深い愛情を抱くひとであった。

三度目はＮＨＫ教育テレビの『若い広場・学問のすすめ』。桑原さんに若手の研究者たちが、さまざまな質問をぶつけ、それに桑原さんが答えるという企画だった。番組の収録は、京都・北白川の京都大学人文科学研究所の中庭で行われた。スペイン風の白い柱と丸い窓が強い日差しに輝いていた。司会は、比較文学者で、岡倉天心や北村透谷を研究する大久保喬樹。ほかに17世紀デカルトの時代の数学や科学の枠組みを研究する平松希伊子、メルロ・ポンティを研究する古田実、ニホンザルの形態から人間の二足歩行のメカニズムを探究する浜田穣が挑んだ。テーマは、学問の作法について問うものだった。研究者の好奇心や、例えばかわいそうだという根源的な感情は、研究者にとってどう扱うべきものかを、桑原さんに尋ねた。現代に生きるわれわれが古典に向き合うにあたって、どういう発想や着想を持つか。学問的な情熱はいつもいまの社会に開かれていなければならないと桑原は言った。

打ち合わせの場で、桑原さんにとって、自身がもっとも誇れる研究はなにかと、誰かが大胆にも質問した。すると、桑原さんは、ルソーでもスタンダールでも、フランス革命でもなく、石川啄木の名前を挙げた。石川啄木の「ローマ字日記」の解読と現代文へ書き起こしたことで、ローマ字日記が啄木の短歌や評論と同等、もしくはそれ以上の価値があることを立証しようとしたことが、自分にとって後世に残る仕事ではないかと言った。つつましく謙虚な語り口に驚いた。

わたしは、調子に乗って尋ねてみた。「桑原先生、第二芸術論は後世に残らないのですか?」すると、桑原さんは少し頭を掻くようなしぐさとともに言った。「うーん、あれは若気の至りというようなものです。」。驚いた。まさかそんな答えが返って来るとは予想しなかった。

桑原さんの代表的著作に『文学入門』がある。その中で、桑原さんは、「文学以上に人生に必要なものはない。すぐれた文学とは新しく、発見があり、明快であり、われわれを変革するもの」とある。わたしは、新しい時代の俳句に、そうしたことを期待していたのだという答えを期待した。だが、桑原さんはひらりと身をかわした。こちらに二の矢三の矢をつがえて尋ねる知識と余裕がなく、深まらなかったことが残念でならない。

「第二芸術論」に対して、俳人の山口誓子は詰問し、それに桑原が解答したもののなかに気になる表現があった。「俳人が全人格をかけていかに努めようとも、俳句は近代芸術たりえない。ヤミ屋やストや原子バクダンに取材し、いかに詠みをきかせても、十七文字の短詩型では、それらを現実に生きたものとして、そこに含まれる近代的問題はとらえられない。その詩型を捨てる途しかないだろう」と桑原は断じた。俳句に原爆は表現できない。ほんとうにそうだろうか。これについては紙幅を費やして語っていきたい。

無着成恭と「第二芸術論」

さて、「第二芸術論」を因習から脱却するための励ましとして受け止め、人間らしい生き方を模索していた若者がいた。無着成恭である。無着は、1945（昭和20）年3月に、旧制中学を卒業したあと、山形師範学校で教員になる勉強をしていた。桑原が調査のサンプルに使おうとした無名・半無名の俳句は、東北大学生と無着たち東北の学生俳句の仲間たちがいっしょに集めたものだった。当時、国語より数学の方が得意だった無着は、「第二芸術論」の影響を受けて、音声学上、日本語の音はいくつあり、それらを組み合わせるといくつの言葉が生まれ、順列・組み合わせの観点からいくつの俳句が生まれるかを計算していた。因習にまみれた国語ではなく、もっと科学の眼を注ぎ込もう。そして社会を見る眼を養おう。新しい国語を教えたいという希望に燃えていた無着にとって、桑原武夫の論考は未来を指し示す灯のようにみえた。

1948（昭和23）年3月無着成恭は山形師範を卒業し、翌月、山形県南村山郡山元村立山元中学校に赴任した。学校は国民学校から、六・三制による新制中学校に改組されたばかりだった。無着は当時21歳。国防色の詰め襟服に身を包み、自宅から片道一時間半歩いて中学校に通った。生活綴り方運動に共鳴した無着が、子どもたちに日々の生活の中で気が付いたことを作文としてまとめたのがクラス文集「きかんしゃ」である。これが「山びこ学校」に結実し、日本中を感動の輪に巻き込んだ。

無着は教員になったばかりの頃、生徒たちに自分の暮らしを自分の言葉で表現する力を身につける第一歩として、俳句を教えようと考えていた。しかし、ひとりの生徒が書いた詩に出会ったことから、俳句ではなく詩や作文を書かせるように変わっていく。

　雪がこんこんと降る　人間はその下で暮らしているのです。

与謝蕪村や三好達治を連想させるこの詩は、石井敏雄の作品。「母の死とその後」の作文を書いた江口江一とともに、大きな衝撃を与えた。無着は後年、俳人・鷹羽狩行との対談で、自分が俳句をやっていたおかげで、石井の作文に詩を感じることができたと語っている。（『人それぞれに花あり・無着成恭の対談集』１９８４年）山元中学の生徒たちに俳句を作らせることはほとんどなかったようだが、無着自身は生涯にわたり、生と死をテーマに多くの俳句をつくった。

２０２３年３月、わたしは、成田空港に近い、千葉県香取郡多古町一鍬山にある福泉寺を訪ねた。小ぬか雨が降りしきる中、庭の枝垂れ桜の花びらに小さなしずくがとどまっていた。戦争中の治安維持法を濫用した生活図画事件について研究を続ける東京芸術大学講師の川嶋均さんと一緒だった。

無着さんは耳が遠く、言葉少なだったが、大事な話をしてくださった。

「第二芸術論」についての話題は深まらず、あいまいなやりとりに終わった。ただ、生と死を詠むにあたって、俳句こそふさわしいと力を込めて語った。俳句はわずか一七音しか

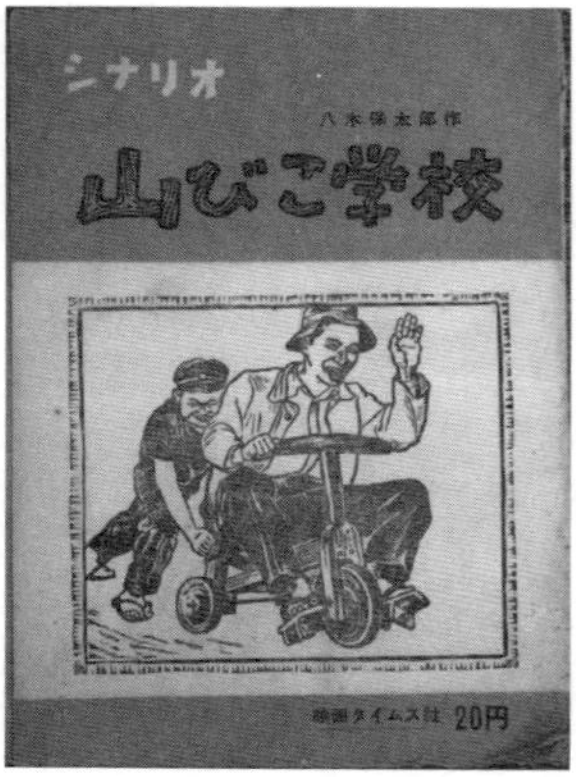

シナリオ山びこ学校

ない。けれど、その中に永遠の命がつまっている。俳句は短いが、それは人生の短さのあらわれでもある。俳句こそが人生の短さを詠む詩のかたちとして適しているのだと。

無着が編んだ句集『忸怩戒《じくじかい》』には、これまでつくった句が集められている。

人の道より一歩それ凍死体　無着成恭

無着成恭さん

これは、1951（昭和26）年の作。老朽化した山元中学校の校舎が新しくなった時お祝いに駆けつけた隣町の校長が酒に酔い、帰途道に迷って凍死したことを詠んでいる。

死を語り涙ながらの初笑ひ

1975（昭和50）年の作。老人たちが寺に集い、死について面白おかしく語り合う。笑うことと泣くことは、さほど違わないことなのだった。

「すまなかった」の一言欲しい菊の花

1989（昭和64）年、昭和天皇が死去したときの句。アジア・太平洋でひきおこした戦争について、人間としての誠意を示し、一言謝ってほしかったと無着は強く思った。

生きているから死ぬのだと蟬に言ふ

1991(平成3)年の作。僧侶でもあった無着の因縁生起論。死んだ後に死はない。生は死をもって完結するのだった。

お寺を辞する前に、無着さんに尋ねた。「日本がふたたび戦争起こす、もしくは戦争に巻き込まれるようなことは起きないでしょうか」。すると、無着は笑みをたたえて言った。「いや、戦争のことを知っていて、戦争はいけないという先生たちが教室の子どもたちにきちんと伝えていくかぎり、戦争が起きることはありません」。力強い言葉だった。お目にかかって四か月後、無着さんは敗血症でこの世を去った。享年96。

無着さんの他にも、桑原の「第二芸術論」に共鳴したひとは多い。中でも、戦前戦中から口語俳句の運動を続けてきたひとたちにとっては、わが意を得たりと、好意的に迎えられた。

口語俳句運動のリーダーのひとり、市川一男は『口語俳句』の中のエッセンスを紹介する。

「俳句とは、いつの時代でも、その時代の大衆の中から生まれ、いつも大衆とともになければならない。俳諧とは、その成立した動機から考えても、本来口語的なものであった。貴族文学に対抗して生まれた庶民の文学である俳諧は、当然庶民の口ぶりでうたわれるべきものなのである。わたしたちのこのような考え方を理解せずに、俳句は大衆の文学であるといった言葉尻をとらえて、俳句の芸術水準をひきさげるものだなどと、いきり立った知名の俳人もいるが、それはまちがいである。敗戦という現実によって、眼からウロコを取り除かれた私たちは、過去の無知と横着に対するつぐないの意味からも、この近代の陽の目をみない、暗い閉ざされた世界に一つの窓をあけ、その窓から、現実の社会の風を、思うぞんぶん吹きこんでやりたいと思うのである。閉ざされた俳句の世界に、この現実の風を吹き込んだらどうなるであろうか。今日の日本の社会であたりまえに通用している世界観や人生観や芸術観を、或はその倫理や常識や生活原理を俳句の世界に持ち込んだらどうなるであろうか。（俳句の世界の）旧指導者たちにとっては、それは俳句の世界の消失を意味しようが、これこそ俳句の解放であり、閉ざされた世界が現実の社会と合流し、一体となることを意味する。終戦まで私たちは、天皇の臣民であったが、今日はこの国の主権者であり、民主日本の市民である。そうした日本の市民たちが、折に触れ、自分の感じたこと、考えたことを、喜びにつけ、悲しみにつけ、気軽に素直に、また美しく歌えるような歌をもっていたら、これは何とすばらしいことであろうか。」

文語では「見よ東海を」と表現するしかないが、口語なら「東の海をごらんなさい」「ごらん東の海を」「ごらんなさい東の海を」「見てごらん東の海を」「見たまえ東の海を」「見ろ東の海を」という多様な言い回し、それぞれの場合にふさわしい適切な表現が出来ると市川は言った。市川一男は「私たちの俳句」という詩を発表した。

「詩をつくるより田をつくれ」
これは昔のことわざだが
詩をつくるのが田をつくるさまたげになるならば
私たちは今でもさけぶ
「詩をつくるより田をつくれ」
田をつくりながらつくれる詩
その詩をつくることによって
田をつくるわざもくわしくなるような詩
私たちの俳句は
こういう詩でありたいのだ

市川の「口語俳句」のほかに、戦前から口語俳句を続けてきた福岡の吉岡禅寺洞の「天の川」に加え、静岡県島田市の田中波月の「主流」、京都市の奥田雀草の「高原」といった口語俳句の結社が、戦後次々に生まれた。

口語俳句の運動は、現代の話し言葉で俳句をつくろうとする一大文化運動であった。そのなかで１９５０年までの間にこんな句が生まれている。

旅さきの野天映画でも朝鮮の民家がやかれている　　市川一男

肉親失った人もみえ治水工事にはるかな眺めを役人否定してゆく　まつもと・かずや

白日音のない旋律のなかにたっている　吉岡禅寺洞

靴に砂ばかり靴をぬいでひもじくなる　田中波月

もう辻辻が日暮れ失職の顔で歩く　江崎美実

俳人の鈴木六林男は、こうした流れとは別に、1946（昭和21）年2月、『青天』を創刊し、巻頭でその新鮮な志を綴った。

「烈《はげ》しい戦争は遂に終った。この思想の混乱と生活の窮乏の最中より俳句に純粋さと自由さを取り戻すために青天は出現した。文学する良心より生まれた新興俳句に再び好機が齎《もたら》されたのである。〈中略〉国民のひとりひとりが悉《ことごと》く深刻な歴史的受難の渦中にあるとき、われわれは俳句文学の正当なる発展を期し決意と熱情に燃えてここに出発する」

鈴木六林男の言葉は、『青天』の第7号でさらに熱を帯びる。

「真に俳句を改革せんとする同志よ！松尾芭蕉のハイクに似たハイクが一番いゝ俳句であると云ふ理由は断じて無い。諸君、僕らは僕ら自身の俳句を書こう。君は君自身の俳句を俳句なりと勇敢に提出し給え。時にはそれが原因してツルゲーネフの『阿呆の批評家』のように一躍有名になってもいいではないか」

六林男は、自分の句集に、できた句をすべて載せ、「ケツの穴の毛まで見てもらうんや」「それが本当やないか」と言い、なにもかもさらけ出す中で、自身の俳句を極めようとした。戦後すぐ六林男は、生まれたばかりの女児を亡くし、それを口語を交えて句に詠んだ。

死児にして腹あたたかしそれをなぜる

新俳句人連盟

さて、敗戦から八か月後の１９４６（昭和21）年5月12日、俳人たちの有志は、東京・小石川後楽園涵徳亭に集まり、新俳句人連盟を立ち上げた。参加したのは新興俳句やプロレタリア俳句の作家。京大俳句事件などの弾圧を経験したり、長く沈黙を強いられてきた俳人たちであった。そこで確認された声明は、次のようなものだった。

俳句が民衆のものとして生まれ、民衆に愛されつつ発展してきた詩としてきたことに意義を感じる。

長きにわたって低下していた詩的位置を現代詩の水準に高める。

俳句は常に時代や社会の進展とともに進展しなければならない。そのために、民主主義日本確立の障壁となっている俳閥とたたかう。

内容、形式に渉《かかわ》る一切の歪曲された俳句および俳句観念を是正し、俳句本質の究明、現代俳句の確立、封建的結社制度と意識の排除、進歩的俳句作家の提携、親和、文化諸団体との交流、新人の育成、その他才能と個性の何たるかを昏迷せる俳壇に明らかにする。

さらに、この場で「俳人の戦犯追及」が決められた。対象とされたのは以下のひとたちであった。

文学報国会俳句部会の役員（部会長、部会代表理事、幹事長、常任幹事）
情報局その他官庁にあって、俳句指導にあたったもの
戦時中軍国主義を鼓吹した俳句結社の主宰者及び指導的幹部
俳壇に大きな影響力をもつ作家で、軍国主義を鼓吹したもの
地方における軍国主義俳句の指導者
反軍国主義的俳句作家の逮捕に貢献し、弾圧協力したもの
軍部との関係を利用して自己の結社勢力の繁栄をはかったもの

機関誌として始まった『俳句人』。今日まで連綿と続いているが、かつては国鉄の駅の売店でも売られるほどの人気を博した。口語俳句の旗手のひとり、まつもと・かずやは、国鉄亀有駅の売店に『俳句人』が置かれていたことに、俳句に新しい時代がやってきたことを実感したという。亀有は、日立製作所の企業城下町。工場で働く労働者たちの間で、『俳句人』は人気があった。

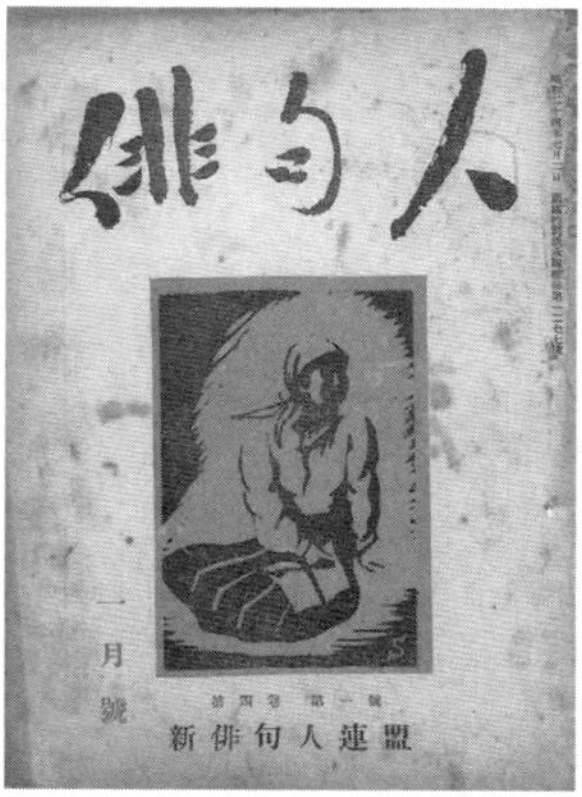

『俳句人』

『俳句人』の創刊号から一年間、戦争中に発表を控えなければならなかった作品を掲載するだけでなく、俳句弾圧の真相を明らかにし、さらに俳壇の戦犯問題の記事を連載した。

　文学報国会には、名だたる作家、詩人、評論家、出版人、言論人が参加している。会長は徳富蘇峰。その下に、久米正雄、柳田國男、徳田秋声、菊池寛、武者小路実篤、久保田万太郎、吉川英治、高村光太郎、西條八十、佐藤春夫、佐々木信綱、土屋文明、中野好夫、辰野隆、折口信夫。顧問に正力松太郎、賛助会員に岩波書店の岩波茂雄や、平凡社の下中弥三郎がいた。俳句と川柳界では、高浜虚子、富安風生、川柳の前田雀郎。水原秋櫻子は短歌の部門で役職を務めた。ほかにも、中塚一碧楼、荻原井泉水、飯田蛇笏、松根東洋城、高野素十、山口青邨、佐藤紅緑らも、文学報国会の動きに順応した俳人であった。文壇の中心とその周辺のひとたちは、ほとんど参加したと言ってよい。

　結局、新俳句人連盟は、戦犯は特定することをしなかった。俳句弾圧の現場で真っ先に名前があがることが多い小野蕪子は、1943年2月に亡くなっており、高浜虚子や富安風生、水原秋櫻子を追放することは、影響が大きすぎて、現実に行動に移すことはできなかった。結果として、ひとりひとり追及するのではなく、「率直な告白によって、その良心を実証するのなら、それ以上追及せず、ともに手を取って民主的文化運動に進もう」という態度を表明することで収束を図り、これ以上深く追及することはなかった。この時、真っ先に名前があがった富安風生は、後年こんな句をつくった。

一生の重き罪負ふ蝸牛《かたつむり》　富安風生

新俳句人連盟の機関誌『俳句人』に俳句を投稿したメンバーは、きら星のようだ。高屋窓秋、富澤赤黄男、西東三鬼、橋本多佳子、横山白虹、平畑静塔、石橋辰之助、波止影夫、三谷昭、横山林二、橋本夢道、栗林一石路、湊楊一郎、東京三、細谷源二、鈴木六林男、澤木欣一、古家榧夫、藤田初巳、佐藤鬼房の名前がずらりと並んだ。

『俳句人』には、今後の俳句が進むべき道について、栗林一石路と西東三鬼のふたりが語り合った記事が掲載された。こうした動きは、桑原武夫「第二芸術論」より半年も前から始まっていた。新俳句人連盟の幹事長になった栗林一石路は、生活と密着し、社会的認識を持ちながら俳句をつくることで、新しい俳句の道を切り拓くことができると語った。

「第二芸術論」が突然現れたことで、俳句界に新たな動きが生まれたと語られることもあるが、正確さに欠ける。桑原の指摘を受ける前から、俳人たちの間にさまざまな胎動があり、「第二芸術論」は、そうした動きの後押しをしたと捉えるのが確かなところだろう。

ところが、新俳句人連盟は、創立一年後の第二回総会で、西東三鬼らが脱退するという騒動に巻きこまれる。日本民主主義文化連盟の要請を受けて、新聞『アカハタ』に連盟として分担金を支払うかどうかの問題をめぐっての対立が起きた。西東三鬼は、日本民主主義文化連盟との縁を切るようにという動議を総会に提出したが、15対14、一票は白票ということで、三鬼の案は否決された。その結果、西東三鬼、富澤赤黄男、橋本多佳子らが退会することになった。三鬼らの退会は、俳人たちがもっとたくましく、過激に、社会の先導役となり、世の中を引っぱっていくべきだという栗林一石路たちの考えと、社会とは無縁ではないものの、もっと芸術性を高めることに力を注ぎたいという三鬼たちとの間の相違が原因だとされている。歴史において、もしもということを言うべきではないが、もしも分裂騒ぎがなかったら、戦後の俳句の風景は少し違うものになっていたかもしれない。

1947（昭和22）年5月、銀座の汁粉とみつ豆の老舗「月ヶ瀬」は、日本俳句新聞と現代俳句社の後援を受けて、優れた俳句に賞金総額二万円を贈るというキャンペーンを行った。『戦後思想史と口語俳句』（まつもと・かづや）によれば、月ヶ瀬の店内には、壁一面に若山牧水の和歌が貼ってあったという。選者は、石田波郷、久米正雄、中村草田男、中村汀女、栗林一石路、石橋辰之助。月ヶ瀬のみつ豆の宣伝コピー「みつ豆はギリシャの神も知らざりき」は、橋本夢道が考案したものだった。選者による予選を経て、一般のお客さんの投票によって入賞者を決めるという方式が人気を呼び、投票数は八万を超えた。

その中で、戦前、新興俳句の旗手として治安維持法違反として逮捕され、その後北海道に渡った細谷源二の「地の果てに倖せありと来しが雪」が佳作に選ばれた。この時代、桑原の予言に反し、俳句はひとびとの思いを反映する器として、人気を高めていくことになる。

敗戦から立ち直っていくなかで、あの戦争、あの原爆とどう向き合うかが、戦後の俳句の地平を切り拓くにあたって、重要なテーマになっていく。それは新俳句人連盟にとどまらず、俳句を表現の場に選んだすべてのひとにとって大きな試金石となった。

第3章　ヒロシマを詠む

1　原民喜らが見つめたもの

原爆を詠った二三の句

原爆をテーマにもっともはやく俳句をつくった俳人はだれだろうか。答えは簡単ではない。あの地獄の風景のなかで、渦中にあったひとたちは、生き延びることに必死だった。そして何より作った俳句を発表する機会が失われた。そもそも敗戦前は日本における戦争被害を語ってはならないという日本軍の縛りがあった。その後アメリカによる厳しい検閲が敷かれた。だがそんななかにあっても、俳句という表現手段を用いて原爆と向き合おうとしたひとが少なからずいた。

その代表が原民喜である。

作家・原民喜はこう書き残している。

一九四五年八月六日、言語に絶する広島の惨劇を体験して来た私にとって、八月六日という日がめぐり来ることは新たな戦慄とともにいつも烈しい疼きを呼ぶ。三度目の夏に、私は次の如くノートに書き誌《しる》しておいた。

――三度目の夏に――

お前が原子爆弾の一撃より身をもて避れ、全身くずれかかるもののなかに起ちあがろうとしたとき、あたり一めん人間の死の渦の叫びとなったとき、そしてそれからもうちつづく飢餓に抗してなおも生きのびようとしたとき、何故にそれは生きのびようとしなければならなかったのか、何がお前に生きのびよと命じていたのか、答えよ、答えよ、その意味を語れ!

原民喜

原民喜が原爆を体験したことを語ること。それは言葉をかえて言えば、彼の文学の意味を問うことであり、原爆について文学は何ができるかを問うことであった。

もう一度あの日に戻ってみよう。原民喜は自宅のトイレで被爆。はだかの状態だったが、妹から渡されたパンツをはき、炎が押し寄せるなか、浅野家のお泉邸・縮景園を通過して京橋川に逃げ、一夜を明かし命を拾った。最初に書き残したのはカタカナのノートである。

最初のノートは、八月六日の朝から始まる。

八月六日八時半頃　突如　空襲　一瞬ニシテ　全市街崩壊　便所ニ居テ頭上ニ　サクレツスル音アリテ　頭ヲ打ツ　次ノ瞬間暗黒騒音　薄明リノ中ニ見レバ既ニ家ハ壊レ　品物ハ飛散ル　異臭ハナヲツキ眼ノホトリヨリ出血　恭子ノ姿ヲ認ム　マルハダカナレバ服ヲ探ス　上着ハアレドズボンナシ　達野顔面ヲ血マミレニシテ来ル　江崎負傷ヲ訴フ　座敷ノ椽側ニテ持逃ノカバンヲ拾フ　倒レタ楓ノトコロヨリ家屋ヲ　踏越エテ泉邸ノ方ヘ向カヒ栄橋ノタモトニ出ズ　〈中略〉水ヲクレ　水ヲト火傷ノ男　夜モスガラ河原ニテワメクアリ　オ母サン　オネエサン　ミッチャント身内ノ名ヲヨブ　女ノ負傷者ハ兵隊サン助ケテ　助ケテヨ　ト号泣ス……

こうしたノートがもとになって、九編の「原爆小景」が生まれた。その一編の「コレガ人間ナノデス」はすさまじい。

コレガ人間ナノデス
原子爆弾ニ依ル変化ヲゴラン下サイ
肉体が恐ロシク膨張シ
男モ女モスベテ一ツノ型ニカヘル

オオ　ソノ真黒焦ゲノ無茶苦茶ノ
爛レタ顔ノムクンダ唇カラ洩レテ来ル声ハ
「助ケテ下サイ」
ト　カ細イ　静カナ言葉
コレガ　コレガ人間ナノデス
人間ノ顔ナノデス

この有名な詩で、原民喜は、核兵器攻撃直後の惨状を、これが人間に起きてよいはずはない。許されざることだという思いを胸に溢れさせながら、これが人間なのです、さあとくとご覧ください、そしてこの現実をどう受け止めますかと、読者に迫った。一方、俳句では、生々しさが消えている、原の俳号は「杞憂」。中国の故事にある、天が落ちてくることを心配する男の話。誰もそんなことは起きないと相手にされなかった。しかし、あの日その心配は現実のものになったのだ。杞憂がつくった句は1935（昭和10）年から一〇年間。〈原子爆弾〉と題した二三句で終わっている。想像だが、原は俳句という詩の型では、原爆というすさまじい現実を表現できないと考え、詩や小説『壊滅の序曲』『夏の花』『廃墟から』に展開していったのではないか。原爆を詠った二三の句を記した原稿に、小さく「即興ニスギズ」の記述があった。句の一部を紹介する。

夏の野に幻の破片きらめけり

短夜を倒れし山河叫び合ふ
日の暑さ死臭に満てる百日紅《さるすべり》
重傷者の来て呑む清水生温く
水をのみ死にゆく少女蟬の声
魂呆けて川にかがめり月見草
廃墟すぎて蜻蛉の群を眺めやる
餓ゑて幾日ぞ青田をめぐり風そよぐ
黒とんぼ流れにうごき毒空木
もらひ湯にまた新しき虫の声
秋風に弱りゆく身は昼の夢
小春日をひだるきままに歩くなり
吹雪あり我に幻のちまたあり
こらへ居し夜のあけがたや雲の峰
山近く空はり裂けず山近く

8月6日の広島。旧市内には居住者、軍人、通勤や建物疎開作業への動員等により周辺町村から入市した人を含め約三五万人の人がいたと考えられている。日本人だけでなく、米国生まれの日系米国人や、ドイツ人神父、東南アジアからの留学生、当時日本の植民地だった朝鮮と台湾、さらには中国大陸からの人々、そして米兵捕虜など、様々な国籍の人がおり、こうした人たちも原爆の惨禍に巻き込まれた。旧市内は今の中区・東区・南区・西区にあたるが、あの日から冬までの四か月、何人が亡くなったのか正確には分かっていない。広島市は、放射線による急性障害がピークを過ぎた12月末までに、約一四万人が死亡したという推計値を出している。爆心地から一・二キロメートルでは、その日のうちにほぼ五〇％が亡くなった。それより爆心に近い地域では八〇～一〇〇％が死亡した。即死あるいは即日死をまぬがれた人でも、近距離で被爆し、傷害の重い人ほど、その後の死亡率は高い。

山河が叫び、死臭が満ち、黒い雨が落ちる地獄絵のなかで、水を求める少女。人の肩に爪を立てながら死んでいるひともいた。放心状態のなか、飢えがわが身を襲う。風が吹き抜ける青田の中を食べ物を求めて歩く。原民喜の二句が推敲されず残っているのは、当時のひもじさの記憶をそのまま残したかったからだろうか。どん底にあっても時間のなかで、薄皮をはがすように日常が戻って来る。時計は何事もなかったかのように、時を刻む。「空ははり裂けず」の言葉は、逆に、あの日は空がはり裂けたようだったことを思い起こさせるのだった。

原爆投下直後に詠われた俳句

原爆投下直後、広島で最初から俳句を主に原爆を記録しようとしたひとはいないのか。さがす中で、西田紅外という俳人に出会った。西田は１９４６（昭和21）年、伊藤踞石とともに俳句結社「夕凪」を立ち上げた広島の俳句界の重鎮である。1980（昭和55）年、『句集　屍畳』を刊行。その中で8月6日と7日につくった句を発表していた。その一部を紹介する。

熱風に巻かれ肉《しし》の襤褸《らんる》のひらひらす
われは神か余命ある目に縋《すが》らるる
屍《しかばね》に躓《つまず》き人のことどころでなし
胸に灼けつく白き名札の学徒の死
「帰りました」と丸焼け人間これが母
人間の払塵《はたき》眼だけが生きている
終《つい》の水飲めるだけのみいのち嘔吐《は》く
畳で死ねて一本の蠟燭なし
屍《しかばね》と屍手をつなぐことなし沖へ沖へ

西田の見た惨状。わずか二日間で別人のように変化していく気がする。最初は俳句の様式にとらわれているようにみえるが、現実のあまりのすさまじさに、自分を縛っていたものが吹き飛んでいく。「これが母」は、原民喜の「コレガ人間ナノデス」に通じる。「これが」という言葉しか出てこない、これまで経験したことのないありさまだったことが伝わってくる。命がまだあるひとに劫火が迫る。しかし助けることなど到底かなわない。「われは神か」とつぶやく裏には、もし神や仏がいるのなら、なぜこんな地獄を許すのかを問いたい気持ちが含まれている。

こうした生々しい俳句をつくっていたひとは決して少なくないように思う。『夕凪』を立ち上げた伊藤踞石は、広島市内の中心部の国民学校（小学校）の校長だった。夏休みであったため、中心から離れた西区古田の自宅にいて直撃を免れた。高浜虚子が主宰する『ホトトギス』の系統の「寒椿句会」は開業医が多く、中心部に住んでいたため直撃を受け多くが亡くなったという。

俳句を再開するには特別な道具は必要ない。紙と筆記用具さえあれば、再開することが可能だった。瓦礫のなかで楽しみに飢えていたひとびとにとって、俳句は格好の娯楽となったようだ。1945（昭和20）年11月、広島県国民詩歌協会の総合文芸誌『みたみ』が発行され、詩・短歌・俳句が掲載された。飯野幸雄の調査によれば、先に紹介した『夕凪』だけでなく、『廻廊』『青桐』『俳誌たけはら』『野火』（後に『廣島』さらに『断崖』と改題）『若竹』『斧』『花むしろ』『焼野』『雷斧』『夜』（後に『YORU』と改題）、『虹』『春星』『早苗』『氷点』など、多くの俳句結社の俳誌が発行されている。

こうした俳誌の隆盛にもかかわらず、やはりテーマとして扱うことがためらわれたもの、それは原爆を詠むことである。最初のためらいは日本軍・日本政府に対してである。日本政府は長崎に原爆が投下された翌日の8月10日、連合国に対して抗議した。在スイス加瀬俊一公使を通じてワシントンに打電された抗議文には「広島への核攻撃がいかに残虐であるか、人類文化への罪悪」だとする文言がある。ただしなぜか長崎についての言及はなかった。

一方で、日本政府は被害がただならぬほど甚大であることを隠蔽した。広島に調査に入った陸海軍は翌日には原子爆弾であることを突き止めていた。庶民が命名したのはピカドン、政府は特殊爆弾。その差が埋まるには長い時間が必要だった。

2　ビキニ事件　詩人たちが動き始めた

『死の灰詩集』の発行

原爆に対して、そして核実験に対して、表現者たちの多くが本気で向き合うようになったのは、1954年3月1日、太平洋ビキニ環礁の東の海域で、日本のマグロはえ縄漁船・第五福竜丸がアメリカによる水爆実験の死の灰を浴びた事件からである。もちろん、それまでに、原民喜、大田洋子、栗原貞子たちの検閲をのりこえるための格闘があり、わたしはそれを『ヒロシマを伝える』の中で書いた。

第五福竜丸が母港の焼津に帰港したのは、3月14日午前5時50分。この日の荷下ろしはできず翌日になった。船主の西川角市は、乗組員の顔が真黒に焼けただれているのを見て驚いた。この出来事をいち早く知ったのは、船主の近くに下宿していた読売新聞の通信員・安部光安だった。記事は翌16日の読売新聞に掲載された。見出しには、「邦人漁夫、ビキニ原爆実験に遭遇」「二三名が原子病」「焼けただれたグローブのような手」とある。日本中が大騒ぎになった。当時の主なメディアは、新聞とラジオ。ラジオの受信契約者数は1952（昭和27）年に一〇〇〇万を超え、1954（昭和29）年3月末には一一七〇万。日本中の四分の三の家庭にラジオが行き渡っていた。ラジオからは、「お富さん」が流れ

第五福竜丸

ていた。「死んだはずだよお富さん、生きていたとはお釈迦様でも知らぬ仏のお富さん」の歌詞は、戦地からの引き上げを連想させ、大ヒットとなった。

第五福竜丸の帰港以降、港に荷下ろしされたマグロなどの大物魚類の放射能検査が始まった。１９５４年の3月から12月、魚を廃棄した船は八五六隻。およそ四八万キロの魚が棄てられた。魚は危ない、食べられない、そうした声が広がり、魚屋、寿司屋は打撃を受けた。そんななか、各地で水爆実験反対の声が高まり、署名運動が始まった。中でも東京杉並区では、魚屋・地域の女性たち、科学者、教員、僧侶や神主、労働組合、協同組合、医師、文化人たちが結集し、大規模な署名運動が始まった。区内の署名は二八万七一九筆。全国では実に三一八三万七八七六筆に上った。

世の中の大きなうねりを受けて、文学・芸術・評論の世界でたくさんの、実にたくさんの人々が、ビキニ事件をわがこととしてとらえ、言葉をつむいだ。

労作『ビキニ被災資料集』には、ビキニ事件について、多岐にわたる表現物が紹介されている。

劇作家の秋田雨雀が記した日記がある。雨雀は1923年の関東大震災で起きた朝鮮人虐殺が闇に葬られることを憂え、戯曲にしたことでも知られる。『秋田雨雀日記Ⅳ』の一節を見てみよう。

> 3月17日（略）日本の漁夫二十数名は水爆の被害を受けたので大問題になっている。原爆の研究者、医師が活動を開始している。二人の被害漁夫が東京に送られている。被害マグロが地下2メートルのところに埋められている。各新聞が原爆記事で埋められている。政府の態度がはっきりしない。
>
> 3月22日（略）水爆〝死の灰〟からストロンチウム検出。人体に一〇〇年間有害。すでに骨髄にも変化があると発表……東京新聞。
>
> 3月31日（略）水爆についてのアメリカの態度はよくない。アメリカは道義的破産をしている。
>
> 9月24日晴、昨夜の夕刊と今日の朝刊休刊。久保山さんの死が方々で噂されている。（略）水爆の久保山さんが死んだ！　久保山さんの死はアメリカの不合理を世に示してくれた。

秋田雨雀だけではない。作家の野上弥生子は、なぜアメリカはそれほど熱心に原子兵器を持とうとするのかを問い、石垣綾子は、金さえもうかればよいという死の商人たちの資本主義の食指は水爆へ動くと批判した。阿川弘之は怒りよりも悲しみに襲われると書き、阿部知二は、人間の名において原水爆の廃棄を要求すべきだと論じた。

詩歌・短歌・俳句のひとたちも動き始めた。もっとも機敏な動きを示したのは詩人たちだ。

『死の灰詩集』の発行が現代詩人会（現・日本現代詩人会）によって企画されたのは事件からわずか二か月後の1954年5月上旬。発行は10月5日である。なんと素早いことだろう。

編集委員には、安藤一郎、伊藤信吉、岡本潤、草野心平、壺井繁治、村野四郎ら一四人が名前を連ねた。9月2日、編集委員の代表・安藤一郎は、集められた詩の一部をベルギーで開かれた「国際詩学隔年会議」で読み上げ、世界の詩人に訴えた。

第五福竜丸無線長の久保山愛吉さんが亡くなったのは9月23日。初版印税は福竜丸の被害者に送られることになった。

収められた作品は一二一編。多くの詩人が「死の灰」をテーマに結集するという明治以来の文芸の歴史で例を見ないものだった。海外で訳出されることを意識したからだろうか、日本人だけが被曝したのではなく、マーシャル島民や核実験に関わった米軍兵士たちのことにしっかり言及したものがあった。いくつかを紹介したい。

しかし　あなたがたのうち　　　　**田村正也**

まず光が見え次に煙が見えました。家の戸はバタンと鳴りました。
(ロンゲラップ島の住民が言った)
しかし　あなたがたのうち　たれが　最初の一撃で最後の卑屈をうちたおすか〈中略〉
開いた戸からは　さばくの時間しか感じられなかった　とつぜん髪ふりみだした海と空がなだ

れこんだ。おしつぶされたベンチや鏡　くだかれた魚やサボテンがおしよせた　そして　いちばんあとから　生きる狂気のような　すはだかのひとびとが　もえさける胸に　気をうしなった鳩をだきしめて　一人ずつ　もどってきた　いっさいは　わたしたちとまじりあった　貧しさ　うれしさ　だから　ねがわねばならぬことも　愛し合っていることも　どこからきたのかも　すっかり知っている　穴のあいた兵士たちとその家族　ゲルニカの廃墟と　ヒロシマの惨苦　ロンゲラップ島のそぼくと唯一無二の平和が　わたしたちの履歴だった　わたしたちは人間の顔を　その灰とぬかるみのおくに　ひらいた　顔は世界を　ひらいた

南の島　知られざる死に　金時鐘

肌が　黒いので　斑点も　目立ちは　しなかったろう
髪が　ちぢれて　いるので　抜毛も　気には　とめなかったろう
臓腑の　胃液までを　吐きつくし　ただれた　犬のように　死んだとしても
これら　太陽の子は　人間の罪として　とがめは　しなかったろう
耳目の　外の　遠い　島々の　名もない人達
誰が　この人達の　放射能を　測ってやるのだ？
誰が　この人達の　嘆きを　聞いてやるのだ？
代償のない　モルモットよ　限られた世界の中で　禱《いの》りをあげるな

太古然たる　その弔いに　打ちあげられた　魚の　白さが目にしみる
ああ　せまい　地球の　さ中で　アイクよ、　ダレスよ
ビキニ島は　余りにも　東洋に近く　あまりにも　アメリカに　遠い

作者の金時鐘は2024年現在95歳。波乱に富んだ経歴の一部だけ紹介する。戦前の皇民化教育のただ中で、トルストイに親しんだ。1948年、植民地下にあった南北朝鮮の分断されない選挙を求めた「済州島・四・三事件」では「山部隊」の一員として参加した。その後、アメリカ軍政による「焦土作戦」に遭遇。1949年5月、日本への密航船で神戸市須磨にたどりついた。1952年、朝鮮戦争に反対する吹田事件に関わる。大阪では、詩人の小野十三郎らとともに市民が文学の担い手となるための「大阪文学学校」を支えた。

金時鐘にとって、マーシャル諸島の被曝者は、植民地時代に尊厳を奪われた自身と重なるものがあったのではないか。ヒロシマ・ナガサキ・福竜丸と三度の日本人の被爆という語りが氾濫するなかで、「南の島　知られざる死に」は、読む人に実際の被害をより正確に見つめさせ、偏狭なナショナリズムから解放する画期的な作品だった。

珍しいひとの作品もある。高橋和巳と結婚したばかりの高橋たか子は、当時京都大学文学部フランス文学科の大学院生。詩「廿三人の漁夫たちと共に」の最後にこう綴った。

死の灰を振りかぶった

第五福竜丸の漁夫たちよ
日本の悲しみよ
私たちは切にあなたたちの恢復を祈る
そしてあなたたちの犠牲が世界の眼覚めとなるように
あなたたちが人類の破滅を防ぐとりでとなるように

こうした詩人たちの動きに刺激を受けて、俳人たちが動き始めた。占領下の検閲がなくなり、ビキニ事件を経験したなかで、なにもしなくていいはずはない。そこで生まれたのが『句集広島』であった。

3 『句集広島』を読む

今から8年前の冬、広島の中心部・福屋百貨店の脇の古書店、アカデミイ書店の二階で、薄い、表紙が柿色の句集を見つけた。『句集広島』。ビニールのカバーが掛けられており、中身は二〇〇ページに満たない。定価二〇〇円のとろが一万円近くしたと思う。これこそ、1955（昭和30）年8月6日、被爆から一〇年目に発行された伝説の句集だった。

本を開くと、六二ページにタバコの焼け焦げの痕。原爆で焼かれた町やひとびとを連想させた。本の中とびらには、フェンスで囲われる前の原爆ドームの写真が使われていた。写真は宮原双馨聲。双聲とは二つの声を表す。生者の声と死者の声だろうか。紙質は荒いざら紙で茶色に変色し、丁寧に扱わないとポロポロと破れてしまいそうだった。

応募総数一万一千余句

広島を代表する俳句結社「夕凪」で前の主宰を務めた飯野幸雄さんが、句集が生まれた時の事情について詳しく教えてくださった。

発起人は宮原双聲・鳴澤花軒・野田誠など一九人が編集委員に名を連ねた。いずれも現在の俳人協会、現代俳句協会の広島を代表する俳人たち。中央の俳句雑誌などにも呼びかけて公募をした。応募総数一万一千余句。応募者は六七四名、うちおよそ二五〇人が被爆者であった。香川杜詩夫・野田誠・結城一雄・宮原双馨の四人が予選をしておよそ六千句を選び、編集委員一九人の選を経て、委員のなかで六人以上が選んだ句を掲載することになった。その数は一五二一句。掲載者数は五四五人。すべて没になったひとは一二九人。大変な厳選が行われたという。

飯野さんによれば、当時の広島の俳句結社の重鎮の多くは市の中心部に住んでおり、原爆によって命を奪われた。残されたひとたちは、流派の違いをうんぬんする余裕はなく、大同団結して懸命に助け合ったのだと言う。そのひとたちが中央の句界にも働きかけ、当初予想をはるかに上回る規模の立派な句集が完成した。出来上がった『句集広島』は、二五冊を一組にして麻ひもでくくられていた。外装を傷めないようにひもと本との間に、紙が挟まれていた。その紙は、応募句・応募句の作者の氏名などが、

『句集広島』

ガリ版で丁寧に印刷されており、選考が実に丁寧かつフェアに行われていたことを表している。飯野さんは、そのガリ版の文字を見て、当時の協力者で俳人の岡崎水都であることを発見した。水都はガリ切りの名人でもあった。岡崎水都については、改めて言及することにする。

刊行後、編集に携わったひとたちは、１９６６（昭和41）年、広島俳句協会を新たに立ち上げた。

原爆による被災から一〇年経ってからの刊行になったのは、これまで語ってきたように、占領下にあっての言論の自由の制約、原爆について語ることを許さない検閲が背景にある。１９５２（昭和27）年の、サンフランシスコ平和条約締結まで、文芸の世界は監視されていた。そんななかで、原爆投下直後に生まれた俳句を含めて、『句集広島』は、広島の被爆者たちの声やヒロシマに思いを寄せるひとびとの思いを、俳句というメディアを通じて初めて大掛かりに伝える試みを行った。

真っ赤な柿色の表紙に……

『句集広島』。まず表紙から見ていきたい。装幀は紺野耕一。戦前の広島はアヴァンギャルド美術が花開いていた。靉光、山路商、丸木位里、柿手春三らとも交流があったようだ。戦後は中国新聞の文化欄で、美術の記事を執筆した。そういえば、句集の発行元は当時まだ流川にあった中国新聞の文化局に置かれている。

真赤な柿の色。それが滴るようでもあり、ひとつひとつのしずくが人間のようにも見える。地上から六〇〇メートルの上空で炸裂した原子爆弾は、地面を三〇〇〇度の熱で焼いた。柿色のしずくは、劫火のなかで溶けてしまった皮膚が垂れ下がるようすにも見えてくる。人間の血液の色だとすれば、もっと鮮やかな赤なのかもしれないが、それだと正視することが難しい。ぎりぎり許容できる範囲ということで、柿の色が選ばれたのではないだろうか。

「はじめに」を執筆したのは森戸辰男である。


「筆舌につくせぬ、という言葉があるが、あの日の苦悩・悲嘆・絶望は、まさしくそれにあたるものであったろう。あるいは、十年という間隔をおいた方が、かえってその表現をたやすくするかもしれない。と同時に、この十年の間に、は、生活と生命の問題ともつながる、憎しみと善意、怒りと寛容、恐怖と希望など、いろいろの感情が絡みあって、広島市民の移りゆく込み入った、心の天気図が造られてきた。〈中略〉俳句はわが国の数ある短詩型文学のうち、わけても人々の心の生活ともっとも密接につながる庶民的な文学といえよう。ここに句を寄せられた人々の中には、あるいは初めて句作された方もあるのではないか。にもかかわらず、心のいたでと魂の願いを素朴に大胆にぶちまけたこれらの句にこそ、よく吟ずる人の上手な句にもまして、一段と強く人間の心をうつものがある」

と書いた。憎しみ、怒り、そして絶望。森戸からそうした言葉が出るのは当然のことだ。この句集の中にあふれる憤怒の感情は強い。

森戸辰男は、1984（昭和59）年、95歳で生涯を閉じるまで、毀誉褒貶、波乱万丈の人生を歩んだ。広島県福山市の出身。一高時代は、弁論部で、作家・徳冨蘆花に大逆事件をテーマにした「謀反論」を語ってもらう講演会を主催し、大きな騒動を起こした。東大の経済学部時代、経済学者・高野岩三郎のもとで研究。無政府主義者クロポトキンの論文を執筆し、発表するが、右翼教授たちから攻撃を受け、大内兵衛とともに大学を追われた。吉野作造らは言論の自由を守るため抗議に立ち上がった。戦後は、鈴木安蔵らとともに憲法草案を発表。師の高野岩三郎は天皇制廃止を求める「共和国憲法」を発表した。高野はその後、新しく生まれ変わった日本放送協会・NHKの初代会長になった。森戸は教育基本法などにも着手するが、その一方で、教科書の検定制度を立ち上げた。高度成長期、「期待される人間像」を作成したこともある。『句集広島』が生まれたとき、森戸は初代の広島大学学長。苦学生たちのために夜間部を創設し、学生たちに寄り添う大学人であった。『句集広島』の「はじめに」の中で森戸は、「原子力はいま、人類を縮み込ませる恐怖を前兆とするものから、人類を伸び上らせる希望を約束するものに変ろうとしている」と書いた。

わたしは幼児のころ、まだできて間もない広島原爆資料館に連れていかれたことがある。原爆瓦やぼろぼろの衣類、母の実家が提供した熱線で曲がった日本刀などを見学した後、最後の展示に怖さを感じたことを覚えている。それは米国政府から貸与されたマジックハンドだった。広島復興展覧会以降、出口の近くに置かれ、職員によってデモンストレーションが行われた。放射性物質は素手で触ることはできないため、金属のはさみで操作する。その巨大な蟹のような、無機質な手が、展示のなかでいちばん不気味に思えた。そんな大げさなはさみを使わないと危険だということは、つまりとんでもなく危険なのではないか、子ども心に強く感じた。

当時の広島では、原爆の被害に遭ったからこそ、どの町よりも強く原子力を平和のために利用していくべきだという声があったのは確かだ。わたしの祖父も同じような考えだったような気がする。だが今、あの苛酷な福島の原発事故を経験したわれわれは、森戸の「はじめに」の中に、時代的な限界を感じる。

森戸の発言の中でもう一つ無視できないものがある。それは原爆ドームの保存についての考え方だ。1952（昭和27）年8月6日、地元の中国新聞は「平和祭を語る」という鼎談記事を載せた。森戸辰男広島大学学長、浜井信三広島市長、大原博夫広島県知事の三人。老朽化する原爆ドーム（旧産業奨励館）の保存について三人とも否定的だった。

浜井市長「私は保存しようがないのではないかと思う。石の人影、ガスタンクとも消えつつあるし、いま問題となっているドームにしても金をかけさせてまで残すべきではないと思っています」

大原知事「敵愾心を起こすなら別だが、平和の記念とするなら残さなくてもいいと思う」

森戸学長「私も残す必要はないと思いますね。あのドームの向かいの建物は残っているんだし、建物の建て方が悪いんですね。とにかく過去を省みないでいい平和をつくる方により意味があります。そういうものをいつまでも残しておいてはいい気分じゃない」

結果として原爆ドームは残った。保存にあたっては、ひとりの女性の声の力が大きかった。広島市の祇園高校一年生の楮山《かじやま》ヒロ子は１９６０（昭和35）年白血病で亡くなった。あの日爆心から一・三キロの平塚町の自宅で被爆した楮山は、亡くなる前年の日記にこう書き記した。

「あの痛ましい産業奨励館だけが、いつまでも、おそるべき原爆のことを後世に訴えかけてくれるだろう。」この言葉が多くのひとのこころを揺り動かし、建築学者・佐藤重夫たちの尽力の結果、１９６６（昭和31）年、原爆ドームは永久に残されることになった。

応募者の多くが被爆者

『句集広島』の中身を見て行こう。応募者六七四名のうちち二五〇人あまりが被爆者である。このことが句集の性格を決定づけた。句の中の世界は原爆の実相を描き出している。その光景はすさまじい。その中には、すでに紹介した原民喜の一二句もある。ここでは触れない。名前の上には小さく「故」と表記された。まず後藤あくりの句から紹介する。

並べ焼く屍の炎きそひ合ふ　　後藤あくり　広島
片陰の屍とみしは動きたり
一畳を敷き広島の雨に病む

後藤あくりの家は広島市翠町、編集委員の鳴澤花軒の家の向かいにあった。後藤一家はみな家の中で原爆に遭った。あくりの妹の千代子は、女学校の挺身隊員として被服支廠で救援にあたった。次々に人々は被服支廠に、水を求めにやってくる。歩いてくるひとたちの顔はぺろりとむけていた。一週間たっても電柱から火が出ていた。

薬塗るや裸形も女体も知らで　亀井一郎　広島
わが火傷《やけど》早や膿臭の蚊帳《かや》に満つ　亀田富子　広島
腐爛地蔵抱くや息絶ゆ秋立つ夜　小西信子　広島
腹を紫にして死にましたと妻もう哭くな　紺野耕一　広島
日の果ての呻き聞きおり油蟬
バッタほどやせ残る子を抱かず哭く

翌年復員した父親である自分は、その現場にいて一緒に見送ることができなかった。その無念。怒りと悲しみはより激しさを増す。

被爆屍体手で除《よ》け河水すくひけり　佐伯泰子　広島
じゃがいものごとき皮膚垂れ被爆者寒がる

広島の七つの川。河原にはたくさんの死体があった。水を求めて川までたどり着き息絶えたひと。上流から流れてきて漂う遺体も多かった。被爆者が寒がる様子は、わたしの母もよく話していた。母が避難した京橋川のデルタでは、真夏なのにもかかわらず、焚火が行われていた。翌朝、母が目を覚ますと、焚火をしてくれた兵士たちが息絶えていた。

昼寝より屢々《しばしば》覚《さ》めて血便す　　阪田鬼手　広島

ぶよぶよと漂《ただよ》ふ仏蝿だけは生きている
無造作に積まれ無造作に焼かれ今日も昏《く》れ　　佐々木猪三美　広島

黒い太陽半焼けの手は砂を握っている
怒りを忘れたら私がない虎落笛《もがりぶえ》

どの句も体験したひとでないと詠めないすさまじさ。口語俳句ならではの迫力がそこにある。素手で砂を掘るという動作は、せめてきちんと葬ってあげたいという必死な思いのあらわれだ。虎落笛の音は、作者のからだの奥底から湧き上がる怒りの音のようだ。

被爆の手われも西日に塗油待つ　　佐々木通晴　広島

地上が三千度の熱で焼かれる。野外にいたひとたちは、鉄をも溶かす熱に耐えられるはずはなかった。一瞬のうちに「フラッシュバーン」と言われる火傷が襲い、からだの表面から水分が奪われ、皮膚が裂け、垂れ下がった。その痛みを少しでも緩和しようと、広島の町のあちこちで、食用油が缶で支給され、ひとびとは患部に塗りたくった。爆心から二・三キロメートルの御幸橋のひとびとを8月6日の11時過ぎに撮影した松重美人の写真も、油を塗ろうと集まってきたひとびとの姿だった。

一口のトマトに笑み少年早や死骸《むくろ》　　柴田杜代　広島
屍体裏返す力あり母探す少女に

蒲公英《たんぽぽ》に人類の敵を指させよ

あの日とトマトとの記憶は、多くの広島市民に共通するものだ。原爆を詠った歌人・正田篠枝は歌集『さんげ』の中で、トマトの歌を三首遺している。「食べたいと　言いしトマトを　与えざりし　児《こ》のうつしえに　母かこち泣く」。わたしの母もあの日同じ経験をし、一生そのことを悔いていた。あの朝、久しぶりにトマトが手に入った。今食べるか、帰ってからにするのか。母の妹は、帰ってからにすると言って、建物疎開の勤労動員に出かけて行ったまま帰らなかった。トマトは仏壇に供えられ、爆風で家ごと潰された。また、屍体を裏返す少女の句も、忘れられない句である。母を探したい一心で、力をふりしぼって死体を裏返す。地獄絵のなかでも消えることなどない切なる願い。

水を飲みこぼし罪なく死んでゆけり　　大野薫　広島
眼窩潰《がんかつい》えし裸列なしうめき来る　　新庄美奈子　広島

片陰に死を待つと言ひあへず死す
死体蹴寄せれば蛆《うじ》まろび落つ
くちびるの血膿よけつゝ瓜食ます

編集委員を務めた新庄美奈子。どの句も正視できない惨状をしっかり見つめ、記憶し、それを言葉として定着する。ゆるぎない覚悟にあふれている。こんなひどいさまを、自分が書き残さずしてどうしよう。俳句という詩の型を使ってどこまでできるか。至高を目指すような清々しささえ漂う。死臭がたれこめる壕のなか。栗原貞子の詩「生ましめんかな」もこうした死臭のなかでの新たな命の誕生を歌ったものだった。

焼け残る母の腹なり児をかばう
河底の屍の瞳玻璃《はり》と光り　　新本敦之　広島

玻璃はガラスや水晶。光の中に祈りをみようとする句は多い。1975（昭和50）年に行われた「市民が描く原爆の絵」のキャンペーンは、NHK広島放送局が、画家の四國五郎の協力を得て行われた。市民が記憶していた光景の多くは、母親が命尽きるときまで、子どもを守ろうとする姿だった。

死屍のぞきのぞき夏野のひろしま行く
小さき死屍あれば吾子かと炎天下　　鳴澤花軒　広島

夜の秋ＡＢＣＣの灯君臨す

編集委員の鳴澤花軒。新潟県白根市の生まれ。東京帝国大学で英文学を学んだ。東大の英文学講座の同級生に、芥川龍之介や久米正雄がいた。高浜虚子の俳句の英訳を手掛けたが、原爆で中断を余儀なくされた。原爆投下時は広島高校教授。その後、広島大学教授となった。ヒューマンで人望を集めた花軒は、広島の句壇を支え、多くの句を残した。比治山の上のＡＢＣＣ。１９４６（昭和21）年、放射線の医学的・生物学的晩発影響の長期的調査を行うべきだとするトルーマン米国大統領令を受けて、原爆傷害調査委員会（ＡＢＣＣ）が設立された。１９７５（昭和50）年、放射線影響研究所に改組される。ＡＢＣＣが市民に対してまるで君主のように君臨する。検査はするが治療はしない。被爆者が亡くなると駆け付け、葬儀の費用を負担するかわりに、臓器を提供させる。そんなむごいさまを詠んでいる。

熱風に巻かれ肉の襤褸《らんる》のひらひらす　　西田紅外　広島
氷水のませば死ぬる呑ませけり
墓石に角なしひろしまつひに終る

原民喜とともに原爆の地獄を俳句によってこの世にとどめようとした西田紅外。一〇年後の『句集広島』にも一五句を寄せていた。原爆とはなんだったのか。その思惟は深化し、われわれに直視し考えよと迫る。

みどり児《ご》は乳房を垂るる血を吸へり　　西田昭人　広島

西田昭人の句はこのひとつ。だが、二ページにわたって細かい文字で8月6日から8日にかけてのことが綴られる。編集部もその詳細でリアルな描写を切れなかったのだと思う。その要旨を紹介する。

当時わたくしは府中町の東洋工業に勤めていた。六日朝は義勇奉公隊として広島市内へ出張を命じられた。向洋（むかいなだ）駅で汽車を待っているとき警戒警報が鳴るが、広島駅に着いたころは解除になっていた。鶴見橋で朝8時の点呼。さあ、作業に取り掛かろうとしたとき爆音が。横川あたりの上空をB29一機が旋回。何か黒い物体が落下するのを見た。「なんだろう」と思った瞬間、稲妻のような青白い閃光。伏せたつもりだったが、数分後に気が付いたときは、二、三間（三～五メートル）吹き飛ばされていた。人がぞろぞろと避難し、わたくしも京橋川に入った。そこで初めて負傷していることに気が付いた。手を洗えば手の皮、顔を洗えば顔の皮が全部むけてしまう。河原からあがり、橋から周りを見回すと、真っ黒い土けむり。ところどころに火の手があがっていた。素っ裸の夫人たちが、乳房のあたりから血を流している。崩れた壁の下から助けを求めるうめき声。会社にたどり着いたのは一〇時頃だったか。数百人の患者が窓ガラスの壊れた医務室で手当てを受けていた。傷は手・足・顔だけでなく背中も半身焼かれていた。もはや目も見えなくなり、そのまま気を失ってしまった。行動をともにしたMくんは六日の夜亡くなったそうだ。九月中旬、杖にすがって歩けるようになった。一九四七（昭和22）年四月、県病院でケロイドの摘出手術を受けたが、全快しない。今も明日をも知れぬ命をひたすらいたわっている。

焦《や》けてうごめく学徒に黒き夕立す　　檜垣千柿　広島
盲《めし》ひたる吾子に冷水口伝《くちづたえ》す

作者の次男は中学二年生。勤労動員で被爆死した。妻は家屋倒壊の下敷きになり負傷した。黒き夕立とは、原爆によって発生した三つの雲が雨を降らせた。最初にできたのは、爆発の衝撃で舞い上がった土やほこりなどが、火球と地表の間の空気が暖まってできた上昇気流にのって約四〇〇〇メートルまで上昇してできる雲。きのこ雲の軸の部分に当たる。次にできたのは、きのこ雲の「かさ」の部分。火球が上昇し、上空で膨張するうちに温度と気圧が下がり、空気中の水蒸気が水滴となったもの。三つ目の雲は、熱線で発生した大火災が原因だ。熱気に伴う上昇気流で、水蒸気とすすなどが上空で雲になった。三つの雲が黒い雨を降らせた。雨には大量の放射性物質が含まれ、人体に取り込まれることで内部被曝をもたらした。

黒い雨洗えば骨カサコソと哭き　　廣末真司　広島
恥部より黄昏へおびたゞしき流血
くらき海下駄が屍が泡立ち合う

廣末氏の三つの句。圧倒的な密度で迫る。どの言葉もこの世のものとは思えない情景を的確に言い表す。

川炎《も》ゆと見しがびっしり死者の顔
炎下へ乳房もとめて冷えゆく手
暁の蝉焦土にいのち蘇る
いまも怯えごゝろ被爆者われに雁の空
宮原双馨　広島

編集委員で常任委員の宮原双馨の句。乳飲み子を抱いた母親たちが衣服を焼かれ乳房を露出する。しかし、大事な乳児たちの息はすでに絶えようとしている。怯えごころというのは、今でいえばＰＴＳＤということか。深い心の傷を癒すのは、空を渡りゆく雁の姿か。

ほとも乳房もわかたず黒き塊炎《も》ゆる
焦げ丸太かと見し夏日屍に苛烈
弁当腐りゐたり焦土に子を探す
和多野石丈子　広島

編集委員の和多野石丈子。わ行の名前ということで句集の最後に置かれた。8月7日、長男の死体を日赤病院玄関の死傷者の中に発見する。

広島以外の俳人の句と原爆の図

悲風よ逆流はいつだ　狂った民族に善意を降らしてやれ
あらい・まさはる　群馬

昨夜　それは最早や　神々の夢みた伝説の炎ではない

あらい・まさはるは『俳句基地』同人。群馬県で小学校長を務めた。本名は新井正治。狂った民族とはアメリカのことだろうか。神々の夢みた伝説の炎とは、原子力エネルギーのことか。群馬にあって、必死に悲劇に向きあおうともがいていた。

雲暑し民族の一部焼き殺され　加藤かけい　名古屋
広島の死屍幾万の夜は明けず　金本生海　広島

民族、幾万といった大きな言葉が使われる。俳句によってなにを表すことができるのか。人々はことばを懸命に探し求めていた。

ケロイドの国包んで　空　オリーブ油のような美しさ
折鶴が羽ばたくのです　空気は汚染《よご》さないで下さい　北川重彦　福岡

『句集広島』には、広島以外の全国から、当代一流と言われた俳人たちが参加している。そのひとたちの中で目立つのは、丸木位里・丸木俊（赤松俊子）が描いた「原爆の図」、峠三吉や四國五郎による『原爆詩集』やそれに連なる詩を展示した原爆展、さらにアサヒグラフが原爆写真の特集を組んだことなどに触発され、それによって句を生み出した。まず、前衛俳句のトップランナー富澤赤黄男を見てみよう。

『句集広島』の一一六ページには一〇句掲載され、そこだけ別世界のような光彩を放っている。これは、赤黄男に師事して来た編集委員で常任委員の野田誠の影響もあるように思う。その一部を紹介する。

蝌蚪《かと》の水　まぼろしかなし　茸雲　　富沢赤黄男　東京
白いかなしみは　白い鳥嘴　あけてゐる
月光や　まだゆれてゐる　絞首の縄
盲目の星　いっぽんの葦　生きてゐる
歴史の眩暈《めまい》裸足《はだし》ハ波ニ洗ハレテ
秋ハ無言ノ　イチマイノ　血ノ　落葉フル
裂けた爪　灰は音なくふるものぞ
雲の叫喚　羊は縄につながれて

傑作ぞろいの富沢赤黄男の句のなかで、『句集広島』の中の句はどんな意味を持つのだろうか。まっすぐな、ただまっすぐなまなざしがそこにある。

赤黄男は1902（明治35）年、愛媛県の生れ。1926（大正15）年に、早稲田大学政経学部を卒業した後、24歳の時、広島の工兵隊に配属され、二年後少尉として除隊した。原爆を体験していないが、俳句という詩の型になにができるか懸命に模索していた痕跡がたどれる。

まだゆれている絞首の縄は、1948（昭和23）年、およそ三年半におよぶ極東国際軍事裁判によって、東條英機元首相以下七人が絞首刑になったことを詠んでいる。まだゆれるとは、本来責任を問われるべきひとが裁かれなかったことに思いが及ぶ。二つのカタカナを用いた句は、原民喜の「水ヲ下サイ」を連想させる。「雲の叫喚」の句は、生贄となったひとびとを指すが、後年公開されたロスアラモスでの原爆の開発のフィルムを見ると、まさに実験動物として羊が使われていた。

富沢赤黄男は、『句集広島』以外にも原爆について句を作っている。俳句の可能性を追求し、西洋文学に引けを取らない日本の現代文学の可能性を俳句によって実証しようとした赤黄男は、その後も本気で原爆と格闘した。

大地いましづかに揺れよ　油蟬　　富澤赤黄男
寒い月　ああ貌《かお》がない　貌がない
草二本だけ　生えている　時間

社会性俳句の旗手と言われた澤木欣一もまたヒロシマを詠んだ。

人面がたちまち土塊《つちくれ》牙二本　　澤木欣一　石川
顔くずれ白シャツに指生きてゐる

澤木欣一は、句の説明に原爆写真に七句と記した。これは1952年の夏発行された『アサヒグラフ』の原爆特集を見たことを物語る。アサヒグラフの特集は後に劇作家として活躍する飯沢匡によって企画された。
飯沢の本名は伊沢紀《いざわただす》。武蔵高校、文化学院を経て朝日新聞に入社。１９４５（昭和20）年12月に『アサヒグラフ』の副編集長になった。１９４６年正月号（1月5日号）の「はつわらひしんぱんいろはかるた」では、「いろはかるた」に驚くべき写真を使う。「憎まれ子世に憚る」は東條英機、「惣領の甚六」が近衛文麿、「嘘から出た誠」には長崎原爆のきのこ雲を使った。当時はアメリカが原爆については知らせない・語らせないという検閲（プレスコード）を徹底させていたにもかかわらず、そのまま世に出回り、おとがめなし。そして１９５２年すでに編集長になっていた飯沢は、満を持して原爆特集を組んだ。この時のことを飯沢は80歳を過ぎた時、自伝『権力と笑のはざ間で』のなかで克明に述べている。長くなるがメディア史においても貴重な歴史的証言であるため要約して紹介する。

１９５１（昭和26）年11月に、古巣のアサヒグラフの編集長に戻ってくると、副編集長に一條尚を抜擢した。一條の飲み仲間の一人から、大阪の朝日新聞写真部の宮武甫が原爆投下当時、中部軍司令部つき報道班員であったことを聞いた。宮武は広島で8月8日から5本のフィルムを撮影し、大阪に戻った。放射能の影響で不鮮明になった写真もあった。やがて終戦になり、占領軍は写真の提出を求めたが、宮武は聞き流し、提出しなかった。広島で宮武の撮影を手伝ったのは、五十九軍司令部つきの岩本寛光少尉。岩本は飯沢匡がアサヒグラフの編集長になったとき、編集部員のひとりとして在籍していた。

朝日新聞東京本社から、写真部員の松本栄一と科学朝日の半沢朔一郎編集長とともに長崎を撮影。焼いた50本のポジ写真は、ＧＨＱの検閲の結果、すべて没収されたが、松本はネガは焼却せずそのまま持っていた。ほかにも朝日新聞西部本社の冨重安雄が撮った写真もみつかった。これらの写真を入手した飯沢は、すべて入手し、発表のチャンスを待った。１９５２（昭和27）年4月、サンフランシスコ講和条約締結。占領軍の検閲はなくなった。飯沢編集長はこれを機に特集を組むことを部員に提案するため、入手した写真をテーブルの上に並べた。

見渡す限りの焼け野原、黒焦げの遺体。東京や大阪、多くの都市で撮られた空襲被害の写真はすでに見慣れたものとなっていた。しかし、テーブルの上の写真はそれとは違っていた。被災者たちは死にきれず、声も立てず動こうともしない。被害者は閃光を浴びて全身が焼けただれていた。ひとみの底には納得のいかない虚ろさがあった。部員の背筋にぞっと悪寒が走った。飯沢は言った。「やりましょう！　八月六日号の全頁をあげて、このむごたらしさを余すところなく、世界の人に見せてやりましょう」。部員たちは徹夜の編集にとりかかった。

だが、当時「出版の神様」と言われた営業部の責任者は、こう言った。「こんな汚いもの売れっこない」。結果はどうだったか。出版の神様の予言に反して、4回の増刷によって70万部の売り上げを記録。紙不足のなか破天荒といわれる出来事となった。「こんな汚いもの」この言葉は、原爆を世に伝えようとするひとたちが、一度は必ず出くわす言葉だった。しかし、そうした心ない言葉にくじけることなく闘った言論人がたしかに存在し、読者はそれを支持した。

原爆の図見て来しよりの鵙《もず》の贄《にえ》　諏訪部珂男　茨城
原爆図触れ合ふ手と手冷たかり　栗間清美水　神奈川
寒く大きな館にすぐ原爆図　榎本冬一郎　大阪
原爆図西日射すまま褪《あ》するままに　伊丹三樹彦
嬰児をつゝむ劫火を正視せり　関口比良男　埼玉
手もよ足もよ瓦礫に血噴き黒雨ふる
子の父の皮膚ぶらさげて起たんとす
のけぞって童眼の手の水を指す　田原千暉　大分

写真より一足早く、日本社会に原爆被害の実相を伝えたのは絵画である。『《原爆の図》全国巡回』（岡村幸宣）によれば、1950年2月、丸木位里・赤松俊子の共同制作で、原爆投下の惨禍を描いた『八月六日』が、東京都美術館で開催された「第3回日本アンデパンダン展」のなかで展示された。この作品こそ、原爆の図第一部『幽霊』だった。その後、第二部『火』第三部『水』が完成。1950年8月18日、東京・有楽町の日本交通協会で三部作の完成記念会が開かれ、大きな反響を呼んだ。10月5日から、広島の爆心地近くの五流荘（爆心地文化会館）で開かれた展覧会をきっかけに、巡回展は全国に展開していった。岡村によれば、CIC（米軍の諜報機関）が蠢いたものの、多くのひとびとが結集し、全国展示は成功を収めた。原爆の図の展覧会は、原爆のメカニズムや、峠三吉や四國五郎らの詩などを展示する「綜合原爆展」とも連動し、大きなうねりとなった。およそ四年の間に全国一七〇か所、一七〇万人が見た。俳句はこうした中で生まれた。

大分市の田原千暉は、１９５２年にヨシダヨシエらが企画し大分市で開催された「原爆の図」展を見たと推察される。田原は、その後、長崎の原爆俳句大会を支える中心メンバーとなっていく。これについては後述したい。

「句集広島」の中に、かつての京大俳句の会員がいることを、新谷陽子さんから教えていただいた。ひとりは、アヴァンギャルドな俳句をつくった苅米砂吐子の「ノーモアヒロシマズ」の連作である。

ノー・モア・ヒロシマズ・こつこつと石を刻むは『墓』　　苅米砂吐子　千葉
ノー・モア・ヒロシマズ・ぶよぶよと膿《う》んで腐るは『神』
ノー・モア・ヒロシマズ・ぼあぼあ骨を刺すは『旗』
ノー・モア・ヒロシマズ・ぎりぎり思想ではない『雲』
ノー・モア・ヒロシマズ・る・る・る・る・と明日を指すは『鳩』

一連の五つの句は、どうしてこのような作品ができたか不思議に思うほど変わっているが、一度見たら忘れられない。カルタのようでもあり、なぞなぞのようでもある。神、旗、思想といった言葉がちりばめられる中、るるるると歌を歌う鳩に平和の願いを託す。これは砂吐子というひとが、俳句への夢を再び取り戻す行為だったのかもしれない。

ところで、『句集広島』のなかにただひとり、韓国の俳人の俳句が最後の近くに二句掲載されている。作者は李漢水。もうひとつの俳号は李桃丘子。李漢水については愛媛大学の中根隆行による精緻な論考が多くある。

原爆忌迎ふ妻はも国さみし
我も知る君がいのちやたんぽぽ黄　　李漢水　韓国

李漢水は、1940年代から俳句に親しむようになった。正岡子規の句「三千の俳句を閲し柿二つ」に出会ったのがきっかけだった。李漢水の父は、朝鮮を代表する経済学者の李順鐸。戦前の京都帝国大学経済学部で河上肇のもとで学び、朝鮮の河上肇と言われたこともある。李順鐸はミッションスクールで日本の植民地主義を批判したことで、西大門刑務所に終戦まで収監された。朝鮮戦争後に北朝鮮に拉致され「拉北者」となった。そんな父を持つ李漢水は、ホトトギスの人たちから大切にされた。かつて朝鮮・木浦の新聞記者だった村上杏史は、帰郷し「愛媛ホトトギス会」の中心メンバーとなったが、李漢水と村上は戦後深い友情で結ばれた。『句集広島』の二句は、原爆には直接言及することなく、国の寂寥、いのちの喜びを表すたんぽぽの花を詠っている。

広島や長崎では、多くの朝鮮半島出身のひとたちが被爆した。李漢水自身は被爆していないが、広島の被爆者一〇人のうちひとりが朝鮮のひとたちと言われる。敗戦とともに彼らは解放された。これからどう生きていけばいいのか。民族運動や政治運動が日本国内で盛り上がる一方、故郷に帰ったひとたち、朝鮮半島にとどまったひとたちの間でも様々な分断が起きた。広島では、1949（昭和24）年10月2日、広島女学院講堂で、集会が開催された。議長団は峠三吉たち。会場にはたくさんのチマチョゴリ姿の女性の姿があった。そこで、初めて原爆反対の決議がなされた。そして、その後の朝鮮戦争。日本は軍事物資、兵站の供給地として潤ったが、朝鮮半島が受けた傷は深かった。そんななかでの『句集広島』への参加の呼びかけ。李漢水がどのような気持ちで投稿したのか、わからない。言いたいことは山ほどあったことが想像されるが、句の中ではごくおだやかな世界が表現されている。

戦後長く、朝鮮半島に帰った被爆者への救済は行われなかった。被爆者健康手帳を求める裁判を孫振斗が起こすのは、句集広島から一七年後の1972年である。

1954年の李漢水の句がある。「末枯る、向日葵のなほ豪奢なる」「もの影の外を飛びをり秋の蝶」。1994年、李漢水はホトトギスの同人に推挙された。

最も年齢の低い作者の俳句

一五二一句のなかで最も年齢が低い作者は、行徳功子さん10歳の句である。

蟬鳴くな正信ちゃんを思い出す

2023年8月、ソプラノ歌手の小暮沙優さんは、広島・神戸・東京で、原爆句集『広島』を歌う公演を行った。小暮さんは1978年生まれで、東京二期会の所属。中学生の時に、『いしぶみ　広島二

小暮沙優さん

中一年生全滅の記録』と出会った。旧制広島第二中学校の一年生三二一人が体験したあの日の記録に衝撃を受け、平和への思いが育っていった。実は企画が立ち上がるまで、広島に足を踏み入れたことはなかった。自分にはその資格がないと感じていたからだ。

企画を立ち上げたのは兵庫県尼崎市の島田牙城さん。俳句同人誌『里』の主宰者である。島田さんは2022年のひとつのニュースに目が留まった。当時の編集委員の結城一雄さんのお宅で、印刷されたばかりのままの『句集広島』が五〇〇冊見つかったという記事だった。この句集がおよそ80年の歳月を経て、ふたたび世に現れたことの奇跡をかみしめ、その輪を広げようと、『里』の同人でもある小暮さんのコンサートを思いついた。公演の題は「つなぐ」と決められた。わたしは広島と東京の会場に伺った。

「わたしは声です。ただの声です」という小暮さんの朗々とした声が、静まり返った会場の隅々に響く。冒頭に歌われたのは「椰子の実」の歌。なぜ椰子の実なのか、はじめはよくわからなかった。ああそうか。それは、米国ロスアラモスで開発された原爆が広島と長崎に投下された後、今度は、南太平洋マーシャル諸島でふたたび核実験が再開され、やがてそれは巨大な水爆開発につながっていったことを表していることに、歌を聴きながら気がついた。遠き南の島で起きた悲劇から、われわれはどのようなメッセージを受け取り、それを読み解けるか。問われているような気がした。

天上をたゆたい、地上に舞い降りた大きな鳥。その鳥が歌うような独特の節。胸の奥底まで響いたのが、行徳功子さんの「蟬鳴くな正信ちゃんを思い出す」だった。『句集広島』の46ページにはこうある。句を出したのは、熊本県の行徳すみ子とある。すみ子さんの句がまず二つ。

春泥に馳せてくる子あり亡き子かと
原爆忌母呼ぶ声の耳になほ

行徳すみ子さんは、母としてあの原爆で子どもを失った。自分に向かって駆け寄ってくる子どもの姿。そこに亡くなった子どもが生き返ったような幻覚を見る。忘れようとしていても、なにかのきっかけで、楽しかったころのことがよみがえるのだ。

二句の次には、こんな説明がある。「八月六日広島市小網町仮宿先にて罹災。正道（十才）、正信（七才）、弘子（四才）、功子（十才）、相次いで死亡。夫正吉（四七才）も九月一日死亡、私一人のみ生き残り、故郷熊本にかえる。」

そして、次の行にこう記されている。長女功子遺作　三句

蟬鳴くな正信ちゃんを思い出す
弟の真白いシャツが眼に残る
弘子ちゃんまた姉ちゃんと遊びましょう

伊達えみ子さん

哀切極まりないとはこのことか。先に弟の正信ちゃんが亡くなった。蝉の鳴き声を聴くたびに正信ちゃんのことがよみがえる。弟を思いやる究極のやさしさとかなしみがある。このときすでに、姉の功子ちゃんの体調もよくなかったはずだ。自分ももうすぐ命が尽きることを感じた功子ちゃんは、弟とともに亡くなった弘子ちゃんと一緒の世界に行くことを、弱った体で必死に詠んだのではないか。また遊ぼうというのは、あの世の風景かもしれない。母のすみ子さんは、その後故郷の熊本に帰った後、がんばって生きのびられ、句集に応募した。娘が弟や妹を思いやった証をきちんと残す。大した精神力だと思う。

発表会の日、母のすみ子さんが娘の功子さんの生きた証しを遺したいという願いは、小暮さんの声を通じて、一本の言葉の柱となって、再びこの世に立ち現れた。その柱は墓標のようでもあるが、天空にまで突き刺さる一条の光のようでもあった。

ソプラノ歌手の小暮沙優さんの「つなぐ」の広島公演の会場にひとりの年配の俳人が招待されていた。伊達みえ子さんである。「つなぐ」の公演に寄せられた伊達さん自身の原稿をもとに綴っていきたい。

伊達みえ子さんは当時16歳。伊達さんの家族は、広島市南観音町（西区南観音三丁目）に、父（48歳）、母（40歳）、姉、みえ子さん、妹、弟の六人家族で暮らしていた。兄は「南太平洋方面にて戦死」という公報を受け取ったばかりだった。当時、広島市は空襲に備えるため、建物疎開といわれる家屋の取り壊しが続いていた。あの日の朝、父は、町内会に駆り出され、爆心から西へ〇・七キロの小網町で作業中被爆、倒壊した家屋の下敷きになった。父は、全身に傷を負いながらも、大きな梁の下敷きからなんとか抜け出ることができた。一緒に作業をしていて下敷きになった仲間二人。火の手はどんどん迫って来る。だが梁はびくとも動かない。父はただ仲間を置いて逃げるしかなかった。そのことが父を生涯にわたって苦しめた。

19歳の姉は、八本松（現在の東広島市）にあった軍需工場に出勤するため広島駅に止まっていた汽車の中で被爆。吹き飛んだ窓ガラスの破片が顔面に突き刺さった。燃え盛る市内をさまよった末、翌7日の夕方、やっと自宅にたどりついた。

伊達さん自身は、広島市郊外（現在の佐伯区）の工場にいた。工場は、瀬戸内海に浮かぶ毒ガス兵器製造の島・大久野島に送る管を造っていた。閃光のあと、構内にドーンという轟音が響く。辺りは真っ暗になり、爆心地近くにあった銀行や官庁の書類や障子やふすまの切れ端がひらひらと頭の上に降ってきた。伊達さんは語る。

「当時は皇国のためと思っていました。食事以外に休みはなく、食事も米粒以外ほとんどない粗末なので、体調を崩したり、慣れないプレス機の操作中に指を挟んで、指を切断するほど大けがを負ったり、それを苦に自殺するひともいました。寒さにこごえながら、しもやけは夏ごろまで治りませんでした」

南観音町の自宅は爆心から二キロメートル。13歳の妹は建物疎開の作業が非番だったので家にいた。母、妹、そして2歳の弟は、ガラスの破片で傷を追い、打撲したが、家は焼失を免れた。伊達さんが働いていた工場は救護所にかわり、伊達さんも被爆者の介護にあたった。「被爆したひとたちを工場の寮に連れていき、部屋に並べて看病しました。からだは倍以上にふくらみ、すぐにうじがわき、目や鼻、口、耳からも這い出てきました。亡くなったひとは、二人がかりで寮の外に運びました。あのときのことは二度と思い出したくありません」

一方、広島駅で被爆した姉は、からだだけでなく精神的に負った深い傷に耐えられず、1949年、職場で青酸カリを飲んで自ら命を断った。

父は、原爆病院への入退院を繰り返し、1957年には皮膚がんで右足を膝上から切断。義足となった。その後、さらにがんは左足にもひろがり、麻酔なしで背中や腹部の皮膚をはぎ取り移植しなければならなくなった。我慢強い父だったが、「殺してほしい」と悲鳴をあげ、「あのとき死んでいた方がよかった」とつぶやいた。劫火のなかで仲間を助けることが出来なかった罪の思いは、父を生涯苦しめた。夜中に飛び起きて棒立ちになり震えていた。

戦後、伊達さんは、流川教会に通い、聖書を学ぶ婦人部の副部長を務めた。1949年6月、広島の多くの人びとの人生を変える出来事が起きる。日本製鋼所広島工場（日鋼広島）の争議である。GHQの経済政策であるドッジラインの方針によって、従業員の三分の一にあたる七三〇人の解雇が突然言い渡された。抗う労働者。支援者は日本中から訪れた。6月15日、警官隊との衝突。その場に伊達さんもいた。峠三吉が激励の詩を朗読し、赤松俊子や四國五郎は現場の絵を描いた。伊達さんは時代を記録するには短歌が適していると考え、峠や四國の「新しい詩《うた》の会」の仲間でもある歌人の深川宗俊のもとで短歌を学んでいた。

伊達さんによれば、戦後の気分として、とにかく市民はしゃべりたくてしゃべりたくて仕方がなかったという。そのためには俳句ではなく短歌が、そのときの自分にはピッタリだった。合評会では、末席にいたが、峠三吉さんは優しかった。

『句集広島』編集委員の句

1950年、原爆の図が広島にやってきたとき、原爆ドームをバックに、丸木位里・赤松俊子、峠三吉や四國五郎が写真を撮った。四國の左隣が伊達みえ子さんである（写真は217ページ）。

戦後三菱の造船所で働いていたが、その女子寮をほとんど家出同然で結婚した。夫の伊達一雄さんは、広島の戦後教育を語る上で知らない人はいない伝説の教員だ。無着成恭などとはまた一味違った「音楽」などの方法を用いて、戦後教育を切り拓いたことで知られる斎藤喜博に私淑した。斎藤は、短歌や合唱を手掛かりに、被差別部落を中心に生きることの困難を抱える子どもたちに体当たりで向き合った。

伊達みえ子さんは、次第に短歌ではなく俳句に近づいていく。師は広島を代表する俳誌『夕凪』の代表、高井正文である。『夕凪』は戦後の広島の俳壇がよみがえったことの証しを示すかのように活発な活動を続けていた。句集広島には、句集の編集委員だった高井正文の句が一〇句掲載されている。そのうちの三句を紹介したい。

執着の瞳が生きその他たゞ灼土《しゃくど》　高井正文　広島
魄《たましい》はぜしあと生きながら蛆わかす
その後のポプラ日影つくれり子どもの日

高井の句は、諧調を保ちながら、これ以上ないほどの強烈な言葉がくさびのように打ちこまれる。木の芽やポプラの日影に心を震わせる作者が、慟哭のなかで生み出した句であることがよくわかる。
次に、伊達さんがつくった広島の三句を紹介する。

蟬の穴のぞけば被爆の16歳　伊達えみ子
ひろしまの蟬の木夜は少年棲み
ヒロシマの椅子が足りない蟬しぐれ

どの句も心にすっと入って来る。こちらが力み身構える必要がない。蟬は長い間地面の下で、羽化の時を待ってようやく穴から出てくる。当時伊達さんは、青春真っ盛りの16歳。これからどんな素敵な人生が待っているのか、長い幼虫の時間を過ぎて、ようやく最後の脱皮によって羽化していく。しかし、そこに原爆があった。自分が生きてきた軌跡は、あの蟬の細い穴のように、のぞけばたどることができるのだろうか。時間は未来に開かれ、過去にさかのぼる。幻のなかに迷い込むような感覚を覚える傑作だ。蟬がなく樹木。その木の陰には亡くなった少年たちが網を持って、まるでかくれんぼをするかのように待っている。この本の冒頭で紹介した嶋岡晨の「かくれんぼ」のような二つの時間が流れる。そして、原爆の日の朝の慰霊式典。あそこに参列しているのは生き残った、残されたひとたちでしかない。ほんとうは亡くなった多くのひとたちの椅子だって用意されるべきではないのか。死者たちが見守るための椅子に思いをはせるべきではないのか。伊達さんは、このあと、中曽根康弘首相の句碑建立に異を唱える活動を始める。それについては後半の別の項で述べたい。

『句集広島』は10歳で被爆死した少女の遺作から、名のある俳人、韓国の俳人まで、原爆を詠うというひとつのテーマで結集した傑作だった。句集の「おわりに」にはその覚悟の強さがはっきり見える。

「このような仕事をすることが、果たしてどれだけ平和将来のために役立つか、それを問うことはしばらく待っていただきたい。よしんば早急な成果は望めないとしても、ただそれだけの理由で、こうした役割が、放棄されてよいはずはない。あらゆる場所で、あらゆる形で、ひとびとの「はかない努力」はくりかえされて来たし、今後もまたくりかえされなければならない。そのような捨石の累積の頂点で、すべての悲願切望は成就するのだ。

〈中略〉あの日を永遠にとどめよう。忘れ去られることのないように。忘却が生むおろかな反復によって、ふたたび、地表の亀裂に、おびただしい血が流しこまれることのないように。消えやらぬ数々の戦慄の記憶と、深い深い慟哭を、ここに刻みこんで遺そう。同時に、力強い平和へのうたごえを、ここにぎっしり詰めこもう。とめどない涙も、ここにひとつの底光る決意として象嵌（ぞうがん）するのだ。平和のために。

〈中略〉十年の歳月を経てようやく生まれ出たこの句集であっても、今日以後の、人類のあいだで果てしなく繰り返されねばならぬ訴えと叫びを自覚するものにとっては、それは決して遅過ぎたものではないことが理解されるに違いない。おそらくこれは、一つの「終結」ではなくて、一つの「開始」であるべきだと信ずる。今後、第二第三の新しい仕事が、同じ目的のもとに展開されねばならぬ。〈略〉」

4 『句集広島』その後

「句集　ひろしま」

『句集広島』が生まれたのは1955（昭和30）年。その三年後の1958（昭和33）年、柴田杜代、小西信子、塩田育代、鳴澤富女たちは、女性たちだけの句集『黒雨以後』を年に一度、編集長を代えながら発行することにした。柴田杜代は、「一口のトマトに笑み少年早や死骸《むくろ》」の作者。小西信子は「子の担架追へり必死の虫時雨」という哀切極まる句をつくった。

第1号に結集したのは広島県を中心に暮らす九五人。病院から投稿したひとが五人いた。応援したのは、宮原双馨・高井正文・木村里風子の男性俳人。表紙は、画家の浜崎左髪子が担当した。原爆投下後、焼跡に真っ先に生えた雑草をスケッチした絵だった。第1号の中からいくつか紹介する。

ご都合で神信じられ春きざす　石丸真理女
死を思ふ雪馥郁《ふくいく》と視野をあふれ　正路時枝
鋭き刃かくしてリンゴむかれおり　石井昌子
妻でなく母でなく白い息を吐く　増原敏子
焼酎を残し寒夜の轢死体　山口春

原爆がもたらした傷は、歳月のなかで癒えるどころか、より深まっていく。鋭い刃はどこにその切っ先を向けているのか。「轢死体」は誰を指すのだろう。わたしには、1951年3月の深夜に、東京・吉祥寺と西荻窪の間の国鉄の線路に身を横たえ自ら命を断った原民喜を連想せずにはいられない。

『句集広島』から一〇年が経った1965（昭和40）年、広島中央公民館を活動拠点にして、広島市とその周辺にある俳句結社が集まって、「平和への祈り」をテーマに詠った俳句を募集し、平和祈念俳句大会を毎年開催するようになった。主催は広島俳句協会。1969（昭和44）年12月、広島俳句協会は『句集　ひろしま』を出版した。出句者は五三八人。出句数はひとり五句で、二六九〇句に及んだ。『句集広島』が、原爆投下直後の生々しさ、原爆について初めて知ったという衝撃にあふれているのに比べ、『句集　ひろしま』には、歳月が醸し出す課題、被爆者が生きる困難、東アジアが直面する新たな戦争が詠まれている。

朝焼けの雲われを呼ぶひろしま忌　鳴澤花軒

嘴《くちばし》合はす鳩の透明ひろしま忌　宮原双馨
屍となり唖蟬《おし》の鳴りいだす　岡崎水都
原爆忌どの顔もニッポンの顔で曲《ゆが》んでる　奥田雀草
あの子の分まで生きてくださいと酒一升　助信　保
原爆忌原潜くるなと怒る霊も　名倉高志
ケロイドの合はぬ手合はせて生きている　前田正之
白血球との戦い　死の灰のえにし消えず　三好孝子
冬日透け原爆ドームがらんどう　渡辺艸泉
ひろしま忌浅蜊《あさり》煮らるる口開けて　品田良子
原爆忌　乳房《ちち》なき胸に手を重ね　沼田総子
ひろしま忌吾子はそれぞれ主婦として　神笠千鶴枝

最初の三句は、『句集広島』の編集委員の鳴澤花軒と宮原双馨、そして選句のためのガリ版印刷を手掛けた岡崎水都。静かななかにさまざまな思いを蓄えている気がする。屍になったひとたちの声を代弁するように、これまで黙していた蟬が鳴き始める。これまでどれほど長い間沈黙を強いられてきたのかという、思いがよぎる。

高度成長の時代、ひとびとは戦争の時代など忘れたようにがむしゃらに働いた。だが、病気を抱え、ケロイドのひきつりに苦しむひとたちは、そうした経済優先の社会の中で置き忘れられた存在になっていた。たくさんのひとたちの努力で残された原爆ドーム。しかし、平和への願いは実現しているのか、ただのがらんどうではないか、失望にあふれたさまが俳句から浮かび上がる。

2023年6月14日、わたしは学生たちをともなって広島にいた。創業一〇〇年の「オタフクソース」から学ぶ学部横断のゼミであった。原爆投下後、廃墟同然となった広島の町で、新たな食を支える調味料が生まれた。占領軍から配給された小麦粉をもとに、鉄板の上で野菜などを焼くお好み焼。それに合ったソースを開発するにあたって、わたしの祖父・尼子三郎もお手伝いした。祖父が広島工業高専（現・広島大学工学部）で学んだソースの製法を記したノートが新製品の手がかりとなった。戦後復興の涙ぐましい奮闘。創業者の佐々木清一の言葉が碑となって出迎える。

オタフクソースの碑

「真の道を探り、深くざんげし合い、世界平和を心から祈りましょう」

日本の企業の中で、「深くざんげし合い」という文言を創業者が言葉として刻んでいるところは珍しいのではないか。広島は戦前戦中は、中国大陸や朝鮮半島に軍を派遣する最前線の町。大本営が置かれたこともある。そうした歴史は、最初の原爆投下の地となったことと深い関係がある。戦後のお好み焼は、軍都広島で、物資として鉄板が比較的手に入りやすかったことから生まれた。オタフクソースでお好み焼きの戦後史を学んだあと、学生たちに平和公園と原爆資料館についてわたしが解説を行った。つたない説明にもかかわらず、焼け焦げた子どもの衣服の前で、座り込み動けなくなってしまう学生がいた。

翌6月15日、わたしは学生とは別れ、『句集広島』に詳しい方たちに、広島市職員会館に集まっていただき話を伺った。声をかけてくださったのは、三篠句会を主宰し、俳誌「雉」を発行する鈴木厚子さんだ。毎年夏に「ひろしま市民交流プラザ」で、平和を願って詠んだ俳句の色紙や短冊を展示する催しを続けてきた。２００４年に始まった企画は二〇年途絶えることなく続いている。

鈴木さんは１９４４（昭和19）年の生まれ。実家は広島市内から五〇キロメートル東の八本松（現・東広島市）。あの日の朝、西の方向から突然ドーンという大きな音が聴こえたかと思うと、空が真っ赤になり、夕焼けのようにいつまでも燃えあがっていた。やがて、広島市内に爆弾が落ちたという知らせが入った。その日は、鈴木さんの18歳の次兄が広島県農林課に出向いていたため、両親と15歳の三兄はすぐに次兄を探しに広島に向った。次兄は無傷だった。すぐ連れ帰ったものの、一〇日後、天井に届くほど、どす黒い血を口から吹き上げて亡くなった。20歳の長男は、10月戦地で病死した。

戦後、公務員の父、助産師の母。三兄はどうなったのか。鈴木厚子さんの役目は、飼っている鶏やヤギの世話。大切な栄養源である乳を搾り、卵を採った。父のワイシャツのアイロンをしわ一つなくかけるのも、幼い鈴木さんの仕事だった。

1963（昭和38）年父は64歳。肝臓を患っていた。当時はまだ入市被爆は認められず、原爆病院に入院することも、原爆手帳ももらえないなか、亡くなった。肝臓は被爆者の研究に役立ててほしいという父の遺言に基づき、アルコールに漬けられ広島大学医学部付属病院の標本になった。父を看取った後、母は急に体が弱り、原爆病院に入院した後、1965（昭和40）年に亡くなった。鈴木さんはこの頃の、8月6日の朝の大部屋の病室の様子を覚えている。頭から布団をすっぽり被っているひと、天井をかっとにらんだままのひと、手に数珠を握りしめて家族の名前を呼ぶひと……。

その後鈴木厚子さんは結婚。夫の仕事の関係で、金沢や徳島など各地に移り住んだ。そして、2002（平成14）年、夫が定年退職したことを機に、広島に戻り、俳句を手掛かりにした平和活動を始めた。原爆という悲劇を後世にどう伝えていけばよいのか、日々真剣に考える中で、俳句の持つ力に改めて気づいたという。鈴木厚子さんの句を紹介する。

大いなる蟬穴あまた原爆忌　　鈴木厚子
被爆樹の青桐あおき実を宿す
赤茶けし慰霊碑に沁む蟬しぐれ
口中に砂を嚙みいて原爆忌
被爆ドーム芯に灯籠またたけり
あさがほや手を合はせては死に向かひ

この日、広島市職員会館には、鈴木さんのほかに、『ひろしまの祈り』の執筆者五人が集まってくださった。新長麗子さんは当時4歳。廿日市の疎開先から、爆音とともに大きな黒雲をはっきり見た。父を探して焦土の広島を歩いた。父は助かり81歳で亡くなった。だが父の妹は、8月末に頭髪が抜け、皮膚に紫斑が出て亡くなった。その叔母の意子は20歳の時白血病で亡くなった。新長さんの句。

かたりべの背に夕やけ爆心地　　新長麗子

松本恵和さんは、原爆投下時は2歳。広島県の北部にいた。「被爆川泥を背負うて蟹の立つ」。石井和子さんは胎内で被爆した。「荒梅雨を受けて平和の灯の淡し」。堀向博子さんは、母のたったひとりの弟を原爆で亡くした。遺骨はいまだに出てきていない。毒ガスの島・大久野島と広島原爆の共通性を考える。堀向さんの句「蟻一ぴき濡れて慰霊碑登りけり」。大槻敏子さんの句「名水を汲み来て供ふひろしま忌」。松浦敬子さんの句「蝉しぐれ被爆の川へ沁みにけり」

『ヒロシマの祈り』の方たちとともに、この時100歳と5か月になられた俳人・木村里風子さんが来てくださっていた。『句集広島』の編集委員の鳴澤花軒の弟子で、広島俳句協会の会長や俳人協会広島県支部長を長く務めた。さらに、里風子さんから俳人協会広島県支部長を引き継いだ、『夕凪』の元主宰者飯野幸雄さんが加わる。飯野さんは戦後の原爆俳句の検閲の研究を続けてこられた。

里風子さんは、開口一番、「原爆の悲惨をどう伝えるかだけでは不十分だ。なぜ原爆が落とされたのか。

前列左から飯野幸雄さん、木村里風子さん、鈴木厚子さん

その前を勉強せんといかん。原爆投下は戦争が長引いた結果なのだ」と熱く語った。里風子さんは戦争中、黒竜江省で、ソ連と満州との国境の警備に当たった。1945年5月、アメリカとの決戦に備える目的のため、本土に戻され、福岡県・博多で終戦を迎えた。8月16日から宇品の暁部隊に合流し遺体処理に当たった。対岸の似島から漂う死臭が流れてきたという。いわゆる入市被爆者の認定対象は当初8月15日までに広島に入ったひとに限られていた。里風子さんは16日に市内中心部に入ったため、長らく補償の対象にならなかったが、その後認定基準は20日まで拡大された。

里風子さんは、戦後の広島を代表する俳句結社『夕凪』の主宰を2023年5月まで務め、特別養護老人ホームや小学校で、俳句の楽しさを教えることに力を注いだ。

送り火や潮みちてくる波の音　　木村里風子

俳句結社『夕凪』の主宰を務め、里風子さんの後、俳人協会広島県支部長を引き継いだ飯野幸雄さんが里風子さんの言葉を補う。飯野さんの句。

ひろしまや夏川黒き波の襞《ひだ》　飯野幸雄

里風子さんの師・鳴澤花軒は、『ホトトギス』の伝統俳句の世界の人だったが、原爆を詠うことに熱心だった。その弟子の岡崎水都や高井正文らとともに、灯籠流しは1946（昭和21）年から再開し、平和祈念俳句大会はその翌年から始まった。

原爆投下からわずか三か月後の11月あたりから、八丁堀の「大学」という名前の居酒屋に集合し、生き残った者たちが結社を超えて俳句の未来を語り合った。これがその後『句集広島』が生まれるゆりかごになった。

盛んなる被爆銀杏の芽吹く色　鳴澤花軒

苔むした句碑のある寺

飯野幸雄さんと鈴木厚子さんが、わたしに見せたいものがあるということで、車で北へ向かった。西区にある三滝寺、高野山真言宗の古刹。寺伝によれば809（大同4）年、空海（弘法大師）による創建とされる。三滝山の東側の山の裾に伽藍が広がる。山の上に向かって三つの滝があることからこの名前がついた。中国三十三観音の第十三番札所や広島新四国八十八ヶ所霊場第十五番札所で、桜や紅葉の名所としても知られる。

寺は爆心地から三・二キロ。三滝山に切れ込む谷の底に位置し、それが幸いして原子爆弾投下の際にほとんど無傷で、臨時救護所に使われた。

谷川に沿って急な参道の階段をゆっくりゆっくり登る。それでも息があがる。朱塗りの鐘楼の近くに句碑があった。ここは古くから文人墨客の集うところだった。

焦土かく風　たちまちにかをりたる　久保田万太郎
落花濃し三滝のお山父母恋へば　中村汀女

鐘楼からさらに登ったところに、三三人の原爆の句を刻んだ句碑があった。これは1977（昭和52）年、当時の広島俳句協会の会長・宮原双馨が呼びかけ、原爆から三十三回忌にちなんで建立された。いまは苔むして文字をはっきり読み取ることは難しいが、宮原双馨、赤井伏竹、木村里風子の句もあった。いくつかを紹介する。

暁の蝉焦土にいのち蘇へり　宮原双馨
地を摑《つか》む羽化の蝉あり爆心地　赤井伏竹
原爆忌　万の市民の短い翳　木村里風子
跼《かが》み聞く廃墟真晝《まひる》のきりぎりす　今井南風子
掘れば瓦礫《がれき》くらき隙間《すきま》に手が嵌《は》まる　香川杜詩夫

腐爛《ふらん》地蔵抱けば息絶ゆ秋立つ夜　小西緑雨
生きのびし者みな老いて原爆忌　塩田育代
茶柱の沈み傾くひろしま忌　中村初枝
アッパッパのおばさんたちが平和祭　結城一雄
過去帳へいつの日わが名広島忌　吉岡寿恵乃

鈴木厚子さんに誘われ、句碑よりさらに山の上にある木の舞台を目指して階段を登っていたとき、急に懐かしい気持ちに襲われた。そうなのだ。ここはむかしむかし訪れたことがある……。

わたしの母や祖父・祖母は原爆投下の際、八丁堀で被爆。燃え盛る街を北に逃げた。大名浅野家のお泉邸（縮景園）の庭の松も燃えていたが、庭園の道を縫うように走り抜け京橋川に降りた。逃げたルートは近所に住んでいた原民喜とほぼ同じである。川の水は満ちておらず、すこし砂地が残っていた。母たち家族はそこで一夜を明かした。夜は真夏なのにもかかわらず震えるほど寒く感じたそうで、近くにいた兵隊さんたちが焚火をしてくれたという。母は、八丁堀の交差点から北東にある幟町小学校の給食を担当する職員だった。東京大空襲の時は、家族そろって東京に住んでいた。母は食糧難の時代、すこしでも家族の食糧事情をよくしようと、陸軍の食糧専門学校製パン科に進んだ。実習で焼いたパンを家に持ち帰って、家族や近所のひとに喜ばれたという。しかし、度重なる空襲を生き延び、これ以上東京にいては危ないということで、生まれ故郷の広島に帰り、近所の幟町小学校で、小学生ではなく、校舎に寝起きしていた兵隊さんの食事の世話をした。当時の職員名簿のいちばん最後に、母・尼子公子の名前があった。御世話をした兵隊さんのなかに、原爆を描き続けた画家・四國五郎の三歳下の弟・直登さんもいたであろうことがわかった。

母の実家の本家は尼子商店といい、元禄時代からお茶、醤油を手広く商う商家だった。胡町には醤油蔵がいくつも立ち並び、絵葉書にもなった。絵葉書の存在を教えてくださったのは、原爆資料館の図書室の司書・菊楽忍さんだ。

京橋川のデルタで生きのびた母たちが次に目指したのが、三滝寺だった。きれいな水が手に入るということで、多くの避難者たちが集まってきていた。そのなかにお隣の医院のお医者さんもいた。母は急性症状に苦しんだが、この医師からビタミン注射を受けたことで生きのびることができた。そうでなかったら、わたしはこの世に存在しない。

母の家族はその後、宇品港から瀬戸内の島・能美島に渡り、新鮮な魚や野菜などに恵まれ命をつなぐことができた。祖母はその後、肺がんに倒れ亡くなったが、祖父も母も、それなりに健康に人生をまっとうすることができた。

わたしが小学生の夏休みのこと。、母と祖父は、当時お世話になった方たちにお礼をいうためのあいさつ回りをした。わたしも姉もいっしょの旅だった。能美島の港は波一つないおだやかさ。ついうとうとしてしまう。船に弱いわたしもまったく大丈夫だった。岸壁から海をのぞくと小さな魚が群をなし、日差しにきらきら輝きながら泳いでいるのが見えた。島のひとたちとの涙の再会があった。命の恩人とはこういうひとたちのことを言うのだろう。わたしは子ども心に、母たちがどれほどすごい修羅場を潜り抜けてきたのかがわかった。翌日は小さな滝があるお寺まで行き、階段を登った。京都の清水寺ほどは大きくないが、木の舞台があったことは憶えている。そこに六〇年以上たって再び立った。ご住職にあいさつはできなかったが、お寺の方にむかし母たちが命を助けていただいたことのお礼を伝えた。当時はたくさんの方が避難してこられたようですよと、お寺の方は静かな声で言った。

あの日、爆風の直撃から逃れ、伽藍はほとんど無傷だった。臨時の救護所は、多くのひとのいのちを救った。その恩恵を受けいのちをつなぐことができたのがわたしの母だった。

第４章　ナガサキを詠む

1　『句集長崎』を読む

長崎原爆平和祈念俳句大会と金子兜太

２０２０年3月、コロナ禍が本格化する中、長崎空港から乗り継いで、五島列島・福江島の空港に降りた。空からは青い海の間にたくさんの島が連なる姿が見えた。初めて訪れる地。こんもりした山は新緑に彩られ、風は穏やかだった。迎えてくださったのは、俳人の山本奈良夫さん。１９５１（昭和26）年生まれ。長崎の原爆俳句大会を支えた隈治人の俳句の弟子であり、治人の娘・敬子さんのお連れ合いである。

福江の隣町、富江の薬局兼ご自宅に伺った。ごつごつした石垣が続く町並みは、五島列島の西にある、韓国の済州島を思い起こさせた。
奈良夫さんの義父の隈治人は1915（大正4）年長崎市西中町（現・中町）の生まれ。長崎医科大学薬学専門部（現・長崎大学薬学部）を卒業し薬剤師となり、1939（昭和14）年に陸軍に入隊後は薬剤少尉となった。母を大事に思う治人は、薬剤師を選んだ理由は、戦場で最前線に送られることは少なく、生きて帰ることができ、母親孝行ができるからだったと、山本奈良夫さんは戦前の治人から聞いた。

中支那野戦病院に勤務中、俳人の酒井如雪から俳句を学ぶよう勧められ、そこから俳句の面白さに目覚めた。中国東北部（旧満州）の陸軍部隊として従軍。敗戦後、三年にわたるシベリア抑留を経験した後に帰国。故郷長崎市に戻った。1945年8月9日、留守家族（祖母と母）は強制疎開のため長崎市を離れていたため、家財は失ったものの、被爆は免れた。治人の妹の夫（義弟）は、三菱長崎造船所への時差出勤中、電車の中で被爆し亡くなった。満州では、「広島に落とされた原爆は破壊力がものすごく、広島から京都まで被害が及んだ」というデマが流れた。満州で耳にしたデマは、大本営が日本放送協会を通じて国民に向けて流した「新型爆弾投下、我が方の損害軽微なり」のニュースより、まだましだったと治人は語っている。つまり、1950年代に実験開発された水素爆弾を使用した場合、広島から京都まで壊滅などということも、あながち嘘とは言えなかった。

三年後、治人がシベリアから帰ってみると、原爆の生々しい傷痕はすでに見えなくなっていた。あの日何が起きていたのか。原爆被災の苦しみと悲しみを教えてくれたのは、松尾あつゆきの自由律俳句だった。松尾については、あとで詳しく述べたい。
隈治人自身は長崎原爆を体験していない。被爆者でない自分が原爆を詠むことに後ろめたさを口にしたこともある。核兵器の恐ろしさをいちばんよく知るのは、長崎や広島で亡くなった死者たちであり、そのひとたちが語る機会を奪われた以上、生きている人間が語り続けるしかないと語った。
1955（昭和30）年から始まった長崎原爆平和祈念俳句大会を、治人は初期から支え続けた。1988（昭和63）年、自身にとって第二句集『原爆百句』を世に送り出した。治人は『原爆百句』のあとがきに「わたしの『百句』は所詮は乏しい観念の所産、ただただ無力を嘆くばかりである」と書いた。なんと謙虚なことか。いくつかの句を紹介したい。

原爆忌腕鈴なりの電車過ぐ　　隈治人

治人の妹の夫は、長崎の路面電車に乗っていて被爆死し、遺体も見つからなかった。残された子どものひとりを引き取った治人は、乗客ですし詰めになった電車の中の様子に、犠牲者の苦しみを重ねた。

雲が首灼《や》く浦上花をもっと蒔こう

一緒に長崎原爆忌俳句大会を支えた前川弘明は、花は希望の象徴。原爆の被害から前に進み、平和への祈りを率直に表現する治人らしい作品だと評した。

長崎の盆や灯らぬ墓地多し
骨埋めし廃墟の整地汗垂らす
流れる万灯歩むごとくに長崎忌
万灯流る睦《むつ》む家々のごと続き
被爆地に家建つ夏の弾力音
原爆忌花火どろりと闇を塗る
忌日燃えよ夕焼けに神投げ入れよ
饐えるものは饐えよ原爆忌へ漲《みなぎ》れ
椅子あまた積んで原爆忌をつれ去る

長崎の人々は何を体験し、何を胸にしまって生きているのか。慰霊の万灯や墓地から感じられる悲嘆、復興の中で忘れられていく記憶や被爆者の無念。１９５４年のビキニでの水爆実験の影響が長崎にも及んだこと、そして原爆忌の式典の意味の大きさと癒されぬ思いが、歳月とともに俳句の中に封じ込められている。二度と標的とされてはならないという決意。原爆に向きあう真摯な態度が胸に迫る。

一方治人の義理の息子にあたる山本奈良夫さんの母は長崎女子師範学校の生徒として、原爆投下直後に長崎に入った入市被爆者。父は五島の出身だった。奈良夫は立教大学を卒業した後、サンデー毎日で塚本邦雄が選者を務める俳句コーナーの常連入賞者になった。現代俳句の砦のひとつ『海程』の同人であった隈治人と知り合い、原爆句大会にも加わるようになった。二十代の奈良夫の句には輝きに溢れている。いくつか引く。

芒《すすき》の中にナイロン落下の音すなり
ここじゃないどこかへいこう銃をとれ
星空に俺の隙間が残っている

山本奈良夫は、治人が全身全霊で俳句に打ちこむ背中を見て、俳句を学んだ。俳句の基本とされる「切れ字」。一七音を切れ字で切ることで、命が吹き込まれる。それはあたかも、生け花を切ることでより美しくなり、新たな命が吹き込まれることに似ていると奈良夫さんは、笑みを浮かべながら言った。治人の死後は、原爆俳句大会の選者を長く務めた。山本奈良夫の原爆を詠んだ句を紹介する。

山本奈良夫さん

俺を刺す被爆の坂の百日紅《さるすべり》
爆心地大向日葵《おおひまわり》を塔婆《とうば》とす
夏の日としずむ「いくさ」という言葉
便器きれいに洗われており原爆忌

どの句も、山本奈良夫というひとの独自の目が光っている。便器のきれいさ。これからたくさんのひとたちが平和集会に参加するのだろうか。そうしたひとたちを迎える地元の背筋の伸びた姿勢が見える。

長崎の大会を支えた俳人に金子兜太がいる。金子は社会性俳句のリーダーのひとり。これまで、広島や核実験について句をつくってきた。『句集広島』には三句掲載されている。奈良夫さんと兜太は年齢は32歳も離れているが、兜太は奈良夫さんを二十代のころからかわいがった。ここで兜太が広島の原爆について詠んだ句を紹介したい。

霧の車窓を広島走せ過ぐ女声をあげ
原爆のまち停電の林檎つかむ

この二句には「一九五〇年広島通過のとき」という自注が付記されている。原爆投下からすでに五年が経っていても、廃墟になった広島の風景を見て驚きの声をあげる女性客がいた。金子は列車で通過するだけでも放射能の影響は大丈夫なのか、胸をよぎったという。停電の林檎、西東三鬼の「広島や卵食ふ時口ひらく」を連想する。三鬼の親友だった三谷昭は、この句について「パントマイムの演技」と評したが、兜太は、存在の根を揺さぶられたときの三鬼のダンディズムと言った。

奈良夫さんが興味深い話を披露した。金子兜太がつくった原爆俳句の代表作「彎曲し火傷し爆心地のマラソン」についてである。

初出は1958（昭和33）年4月の『風』。この年の1月、金子兜太は日本銀行長崎支店に転勤になった。長崎在住で『海程』の同人であった隈治人に、日常的に会うようになった。長崎の平和会館に近い社宅に住むようになってから、兜太は時間をみつけては爆心地周辺を歩き、至るところに被爆の痕跡が残っているのを丁寧に見て回った。兜太自身はこう書いている。

ある朝、なんとなく国語辞典を繰っていた私は、ふと「彎曲」という文字に気付いて、眼が離れなくなった。しばらく見つめているうちに、さらに「火傷」ということばが出てきたのである。そして、そのことばを背負うように、長距離ランナーの映像（イメージ）があらわれて、そのひとは、いまこの地帯で生活している人々と重なった。しかし、次の瞬間、その肉体は「彎曲し」そして「火傷」をあらわにしたのだった。

（金子兜太『わたしの俳句入門』）

この自注によれば、机の上で句が生まれたように見えるがそれだけではない。文芸評論家の井口時男『金子兜太・俳句を生きた表現者』に精緻な分析がある。兜太の戦争体験と俳句との深いつながりに目をむけるべきだというのが、井口の着眼点であり、ヒントになるのがこの句だ。

墓地は焼跡蝉肉片のごと木木に

「木木に」は「樹樹に」と表記されることもある。1948（昭和23）年の作。これは兜太が生死の境をさまよったトラック島での戦場での日々が、焼跡と重なる。肉片は南方の島で果てて行った戦友たちの非業の死と、空襲によって無残に失われた市民の死が蟬によってつながる瞬間を詠っている。そう思えば、「彎曲し火傷し爆心地のマラソン」と同じ構造であることがわかる。

焼跡の蟬であったり、爆心地のマラソンのような光景が、兜太という人間の持っている異常ともいえる「離脱感覚」によって、句の中の風景を特異なものに造型する。

井口は興味深いエピソードを紹介している。中村草田男は、兜太の句がもっとよくなるように添削をした。『現代俳句の諸問題』(中村草田男)。草田男が修正したのはこうだ。

爛《ただ》れて撚《ねじ》れて爆心当なきマラソン群

井口は、草田男が、論以上にこの添削によって、彼がすでに「現代」を呼吸できない過去の人になってしまったことを示す皮肉な結果となったと評した。わたしも同じ思いがする。俳句とはなんと恐ろしい表現の器であることか。小手先の技術ではない、暗喩の巧みさでもない。人生の陰影と現実を把握するまなざしの深さが赤裸々に現れる。

かつて、山口誓子が「彎曲」の言葉を使って原爆を表現しようとしたが、誓子が冷え切ったイメージで伝えたのに反して、兜太は熱線をイメージした。彎曲するのは道であり、建物であり、ランナーであり、被爆者であった。作家の小林恭二は、兜太の句は、「引き締まったぶっとい胴」のようであり、数多くの原爆の俳句のなかで、ここまで実感をもって原爆の巨大な力を想起させる句はないと絶賛しているが、わたしも同じ思いだ。兜太の句の中で、もっとも人口に膾炙し人気が高い。

ところで、「火傷」をどう読めばよいのか。句が生まれてから15年余り、作者の兜太は「やけど」と読んできた。しかし、1970年代の『海程』の句会でのこと。奈良夫さんが言った。「先生、やけどしではなく、かしょうし、と読んだ方がよくありませんか?」兜太は、ふと静かになり、「かしょうし、かしょうし」と何度も舌の上で句を転がした。「そうかもしれない」と言った。以来、「かしょうし」と言うようになったと奈良夫さんは語った。初めて聞いた話だった。ちなみに、1972年発行の『俳句短詩形の今日と想像』(北洋社)には、「火傷」にルビがふってあり、「かしょう」となっている。「ワンキョク」「カショウ」「バクシンチ」「マラソン」どれも強く、ごつごつ、ごんごんと音がするような、硬い音の響きがこの句を忘れられない作品に仕上げている。句というものは、歳月を経て、他者の意見も取り入れて成長するものかもしれない。

柳原天風子と松尾あつゆきの原爆俳句

第一回の長崎原爆忌平和祈念大会は、柳原天風子というひとりの若者のよびかけから始まった。1954(昭和29)年8月5日、地元長崎日日新聞の記事が残っている。

「原爆による長崎のあの悲惨事は今も記憶の中にある……というよりも、九年後の今日もなおあの時の姿のままで私たちの眼に焼きついている。二度と、この長崎の大惨事のような事がくり返されないためには、平和をうたいあげる詩や歌や俳句にかける期待は大きい。俳人としての私たちは、身に寸鉄を帯びる代りに吾々の俳句をひっさげて(平和来れ)とさけび続けなければならない。」「いかにささやかな運動であっても、私たちは新年をもって平和をさけぶことに一身を捧げたい。」

なんとも若い情熱と気負いにあふれている。寸鉄を帯びないとは、武器を持たない、丸腰もしくは裸でということ。一身をささげるなどという言葉には、戦争の時代のにおいさえ漂う。天風子はほとんどたったひとりで、大会を呼びかけ、大勢のひとたちを巻き込み、成功に導いた。

天風子とはどんなひとだったのか。阿野露園『読本長崎学事典』にその人物評がある。

「柳原天風子という俳号自体が持つ総体は、極めて諧謔的で天馬空を行く自由千萬な創造的表象としての「青」の時代以来、天上の色を夢想させてもらっている。」

柳原天風子は、本名・柳原一由《かずよし》。1925(大正14)年、有明海をはさんで島原半島を望む熊本県荒尾市に生まれた。母方の祖父・平山正雄は、徳富蘇峰と済々黌で同期。地元の小学校の校長を務め、和歌に長け、勅題の入選歌「高嶺よりほのぼの明けて白雲のたなびき上る富士の神山」をつくった。天風子自身も万葉仮名交じりの手紙をすらすら書いたとされる。父の政一は村一番のかんしゃくもちで潔癖であった。キリシタン大名大村純忠の血を引く名家であることを誇りとした。家は、長崎市郊外、長与駅の前。酒・塩・タバコ・新聞を商う大きな商店だった。家屋は元は旅館で三階建て。この大きな家があったことで、長崎の原爆忌俳句大会は、各地からやって来るひとたち、名のある俳人たちの宿泊場所になった。

長崎工業学校(現・長崎工業高校)を卒業した天風子は、戦争中、北九州市の八幡製鉄所に勤務。「国のためには死んでもかまわない」と覚悟していた。米軍による空襲に遭遇し前歯を失ったが一命をとりとめた。この時の体験が、戦後一貫して戦争の意味を問い、平和を目指す活動の原点となった。敗戦後、長与の実家に戻った時、長崎市内の瓦礫処理に駆り出され、そこで原爆の惨状を目の当たりにした。「俳句をひっさげて平和来れとさけび続けなければならない」と地元新聞に投稿したのは28歳の時だった。よし、原爆忌の俳句大会を開こう。横山哲夫が書いた『原爆俳句1945〜2020』（長崎原爆忌平和祈念俳句大会実行委員会）の緒言によれば、文化に飢えていた人びとにとって、俳句は新聞のちらしの裏紙とちびた鉛筆があればできる手近な文芸創作運動として隆盛を極めていた。「雨後のたけのこのごとく」という言葉があるが、戦後の俳句雑誌はまさにそうした状態だった。生まれては解散し、また新たな俳誌が誕生し……。戦後の俳句ブームの中で天風子の呼びかけが行われたのだった。

柳原天風子

ＪＲ長与駅の前にある天風子のお宅に伺った。家と駅の間にある駅前広場の一角に、一本のプラタナスが伸びていた。駅の前でいちばん存在感を示す大木だった。この木にたくさんの蟬が群がるんですと息子の親《ちかし》さんは言った。第三回の大会で天風子が賞を受けた句がある。

蟬籠《かご》に蟬の眼のあり原爆忌　　柳原天風子

この句は生きとし生けるものの命を詠んだ句として、俳壇の注目を集めた。蟬が鳴く様子を句にしているのではない。籠のなかで、どこを見ているのかわからないつぶらな蟬の眼。蟬には自分の姿も認識されているのだろうか。長い間地中で暮らし、生きてこの地上にいられる時間がわずかしかない時間に自分は見られているのか。囚われの身の蝉。自身もまたこの蝉と同じようにわずかな時間しか残されていないとすれば、なにを為すべきなのか。句からはさまざま連想が浮かぶ。

天風子が住んでいた長与駅前。長与駅には原爆にまつわる特別な出来事がある。8月9日の午前11時2分、長崎市松山町上空で炸裂した原子爆弾は、長与村（現・長与町）にも甚大な被害をもたらした。そのとき長与駅のホームには、上りと下りの汽車が停車中だった。爆風は列車の窓ガラスを破壊し、多くの乗客の顔や体に突き刺さった。

本来のダイヤでは、午前11時10分に長崎駅に到着する予定だったが、空襲警報を受けて15分遅れて長与駅に到着していた。もし予定通りであれば、原子爆弾の直下にあったかもしれない。

実は、この頃、長与駅の近くには、運輸省門司鉄道管理局長崎管理部が空襲を避けて疎開してきていた。長崎管理部は、浦上周辺がたいへんな被害を受けている知らせを受けて、すぐさま対応することを決めた。道ノ尾駅まで列車を運行し、そこを拠点として救援活動を行うことを即断した。原爆投下から一時間も経たない正午過ぎ、下り列車は長崎駅に向かって出発した。

列車は爆心から一・四キロメートル、道ノ尾駅と浦上駅の真ん中あたり、照園寺《しょうえんじ》付近で前へ進めなくなったが、そこで負傷者を乗せられるだけ乗せて諫早に向かった。

一方、長与駅に止まっていた上り列車も救援に向かう。結局この日、四便の列車がのべ三五〇〇人の負傷者を、諫早・大村・川棚の海軍病院まで運ぶ救援活動を行ったのだ。

さて、1954年頃から天風子は、俳句の仲間たちと語り合う中で、俳句大会を開こうと考えるようになった。さらに、原爆を詠った俳句を結集し句集を編むことがゴールに設定された。天風子の手元には後に大きな話題となる松尾敦之（横山哲夫によれば、この頃はまだ「あつゆき」の名前は使わず、敦之として表記）による『火を継ぐ』があり、これを手がかりに、長崎原爆俳句を広く世に伝えたいという夢が膨らんでいった。

ここからは松尾あつゆきについて考えていきたい。わたしの手元に『火を継ぐ』のコピーがある。孫の平田周さんからいただいたものだ。表紙を含めて八ページの手書きのガリ版刷りの冊子だ。平戸文化協会の編集で、1946（昭和21）年9月20日の発行。『俳句地帯第一号』とある。しかし、検閲に抵触し、長い間世に知られることはなかった。

冒頭はこうなっている。

自由律俳句　火を継ぐ　原子爆弾その後　松尾敦之

八月九日長崎の原子爆弾の日。我家に至り着きたるは深更なり

月の下ひっそり倒れかさなつてゐる下か

月の下子をよぶ　むなしくわがこゑ

長男負傷して壕中に臥す

母をたづねあぐみてひとり月くらき壕のうち

十日路傍に妻と二児（四才、一才なり）を発見す。重傷の妻より子の最後をきく

わらふことをおぼえちぶさにいまはもほゝゑみ
こときれし子をそばに木も家もなく明けくる
すべなし地に置けば子にむらがる蠅
臨終《いまわ》木の枝を口にうまかとばいさとうきびばい

長男遂に壕中に死す（中学一年）

炎天、子のいまはの水をさがしにゆく
母のそばまではうてでてわらうてこときれて
この世の一夜を母のそばに月がさしてゐる顔
外に二つ、壕の内にも月さしてくるなきがら

十一日、自ら木を組みて子を焼く

とんぼう　とまらせて三つのなきがらがきょうだい
とんぼう　子たちばかりで　とほくへゆく
やさしく弟いもうとを右ひだり　火をまつ
ほのほ　よりそうて　火となる
かぜ　子らに火をつけて　たばこ一ぽんもらうて
天の川、壕からみえるのが子をやくのこり火

十二日、早暁骨を拾ふ
あさぎり　兄弟よりそうた　形《なり》の骨で
あはれ七ヶ月の命の花びらのやうな骨かな
子の骨がひえるころのきえてゆく星
まくらもと　子を骨にしてあはれち、がはる
ち、すうてとこれもきえむとするいのちか
短夜《みじかよ》あけてくるみたりの子を逝かした二人
十五日妻死す
ふところにしてトマト一つはヒロちゃんへことされる
くりかへし米の配給のことをこれが遺言か
十八年の妻にそひねしてこの一夜明けやすき
十五日、妻を焼く　終戦の詔下る
なにもかもなくした手に四枚の爆死証明
なつくさ妻をやく所をさだめる
炎天　妻に火をつけて水のむ
夏草身をおこしては妻をやく火を継ぐ
降伏のみことのり、妻をやく火いまぞ熾《さか》りつ

玉音あま下るすべてをうしなひしものの上

『火を継ぐ』はその後、一四句が連なる。重傷だった長女を看取り、長崎を離れるまでが詠われている。火を継ぐの言葉は、亡くなった妻を焼くときの火を継ぐところから来ている。松尾敦之は、その後俳人・松尾あつゆきとして広く世に知られるようになっていく。最も有名な句「何もかもなくした手に四枚の爆死証明」は、『原爆句抄』の中では、「なにもかもなくした手に四まいの爆死証明」と、ひらがなが使われているが、もっとも初期のものは漢字が使用されていた。

終戦の詔勅を聴いたときの、あつゆきの手記が残っている。

「そのとき君が代がきこえた。しかしその後のラジオは雑音で何を言っているか、さっぱり判らない。暫《しばら》く後、数人の人が校門を入って来たので、何の放送かとたずねると、日本の降伏だという。私達は耳をうたがい、そんなことがあるものか、となじるように言うと、いや間違いない、と答える。涙がポタポタと落ちてくる。今になって降伏とは何事か。妻は、子は、一体何のために死んだのか。彼等は犬死ではないか。なぜ降伏するなら、もっと早くしなかったか。今度の爆弾で自分達の命があぶなくなったから、降伏したのではないか」。

松尾あつゆきの年譜をまとめておく。あつゆきは、1904（明治37）年、長崎県佐々町に生まれた。長崎中学の同級生に、のちに『層雲』の同人となる俳人の富岡草児、『馬酔木』の同人として長崎の俳

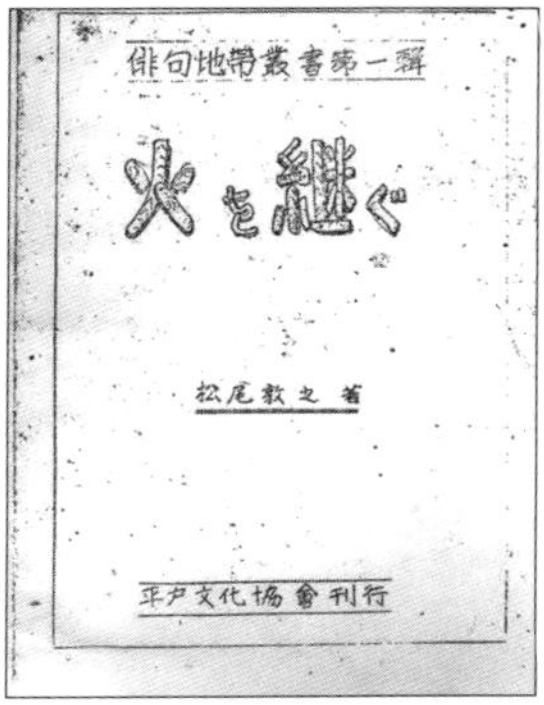

『火を継ぐ』

句界を支える下村ひろしがいた。１９２５（大正14）年、長崎高等商業（現・長崎大学経済学部）を卒業。英語教師となった。１９２８（昭和３）年24歳の時、荻原井泉水が主宰する『層雲』に入門。井泉水にも直接会った。１９４５年８月９日、友人の富岡草児の家に転居したところで原爆に遭遇した。この時、あつゆき41歳、妻千代子36歳、長女みち子16歳、長男海人《うみと》12歳、次男宏人《ひろと》４歳、次女由紀子１歳だった。あつゆきは長女みち子を残して、四人を原爆で失った。１９４６（昭和21）年２月、みち子とともに佐世保市に転居。佐世保第二中学で英語を教えた。句集『火を継ぐ』四七句がガリ版刷で発行された。１９４８（昭和23）年、芹沢とみ子と再婚、この年、みち子も結婚。みち子は前年、佐世保市民病院でケロイドの手術を受けた。１９４９（昭和24）年、あつゆき・とみ子夫妻は長野県に転居。あつゆきは高校で英語と商業を教えることとなった。この頃からふたたび『層雲』への投稿が再開された。

原爆から四年後、信州で新たな人生を始めたあつゆきは、物静かで大声を出さず、生徒に向き合い、人生について教えてくれる先生として慕われた。住まいは味噌蔵を半分に仕切って改造した部屋で、貧しかったが、見知らぬ土地の人情に助けられ、穏やかな日々を送っていた。しかし原爆によって妻子を失った寂寥感はそのままだった。その当時の俳句を二句。

空には日がいなくなった　あめんぼう
春の雨となり　信濃の小さな墓がぬれる

ビキニ事件が起きたのは1954年3月のこと。第一回原水禁長野県大会が開かれ、あつゆきは「被爆者の会」の初代会長に選ばれた。1955（昭和30）年8月、あつゆきは中央公論に「爆死証明書」という手記を寄せる。柳原天風子が編集した『句集長崎』に参加したのもこのころからだった。

さて、柳原天風子が原爆俳句大会を開こうというきっかけとなった、松尾あつゆきの絶唱『火を継ぐ』。天風子が1954年に地元の長崎日日新聞に呼びかけたときの反応はどうだったのかを見ていきたい。横山哲夫によれば、当時の長崎の俳壇からは、無名の一青年の血気盛んな声としか受け止められず、冷たくあしらわれたようだ。客観写生と花鳥諷詠を金科玉条とすれば、自由律や主観や社会性を重視する俳人たちは異端であった。

『句集長崎』

こうしたなかで、強力な味方が現れる。大分の俳句結社『石』を主宰する田原千暉《ちあき》である。千暉の縁で、中央の俳人・石田波郷、別府の画家・岩尾秀樹らが協力した。特に田原夫妻はのちにタイプ印刷所を始めるなど、印刷のプロだった。俳人としても広いネットワークを持っており、田原がいなければ、大会も『句集長崎』も生まれなかった。

この記念すべき大会の名称は、「長崎原爆忌を追悼する平和祈念俳句と講演会」であった。「原爆忌平和祈念俳句大会」は新聞社が記事のなかで使ったもので、以来後者が使われるようになった。名称のなかに「第一回」の文言はない。毎年継続して開催し、今日まで続くなどだれも確信は持てなかった。

大会の後、待望の『句集長崎』が刊行された。エネルギーに満ち溢れた「序」は、栁原天風子の手で書かれた。その一部を紹介しよう。

あの生きながらの地獄図絵は、最愛のひとびとの、むごたらしい死やいたいたしい傷に痛切きわまりない悲しみと共に、魔の殺戮に対する憎悪、噴怒、そして呪詛のありったけをぶちまけてもなほ足りない。どうにもこうにもならぬ気持に駆りたてられる。この気持はただ単に「反米」とか「復讐心」とかいうような、ちっぽけな感情では決してないし、またそういうことで片づけられては堪《たま》らない。

マッカーサー（占領軍）が例へば、松尾敦之氏の作品の発表を禁止したのは、彼らのちっぽけな了簡《りょうけん》や、あの当時の彼らだけの利己的な御都合主義によったものであろうが、あれから十年もたった現在、嘗《かつ》ての占領軍と同じような了簡が独立した日本の国内も通用するとしたら、之《これ》は実に奇っ怪至極《しごく》なことといはねばならない。原子爆弾を投げつけた国、つまりアメリカは当今の世界情勢に対するいろいろな思惑から、「原爆の追想や記憶」則「反米」になることを警戒するのあまり、神経過敏になりすぎもしようが、それはあのむごたらしい殺戮の罪を敢《あえ》て犯したものが当然受けるべき酬《むく》ひなのであって、われわれ日本人の気持とは全然かかわりのないものである。

われわれは、良識ある多くのアメリカ人が人道主義の立場から、自国の原爆の罪をひしひし自覚し且《かつ》悲しんでいる事実を充分に知っており、その贖罪の意識が「戦争反対」の方向に向ってわれわれと共に大きく動くことを希望するものである。

われわれ長崎市民が、凶悪無残な殺戮に対する憤《いきどお》り、憎しみ、呪いを常になまなましく胸底に保ちつづけることは、反米感情の温存などというちっぽけな或《あるい》は狭いものでは決してない。それはもっと大きく、もっと汎《ひろ》く「戦争」そのものに対する執拗にして根強いレジスタンスの炎を常にこころの中に燃やしつづけているのである。これは平和を獲《か》ちとろうとする「純粋さ」以外のなにものでもない。〈中略〉

日本伝統の俳句文芸が桑原武夫をはじめとする局外批評者たちから「日本人の日本いぢめ」的敗戦思潮に便乗した「俳句否定乃至《ないし》侮蔑」の挑戦状をつきつけられたことは、まだ記憶にあたらしい。それにも拘《かか》わらず戦後の俳句は逐年隆盛の一途を辿《たど》って来た。今や俳句作家の層の厚みというものは、俳句史はじまって以来の量的黄金時代を現出しており、まさに庶民の芸術と呼んでもよいほどの域に漸次《ぜんじ》近づきつつある。「俳句知らず」の俳句貶《おと》し屋たちが、その近視眼的な近代知性を操作して、最短詩型文芸である俳句の「長槍《ながやり》には及ばぬ短剣の弱点」を云々《うんぬん》することは容易かも知れぬ。

今ここに俳句の本質を論ずる余裕はもたないけれども、この句集「長崎」に結集した七百二十五家二千二百句が、この俳句作品価値を超えて全世界に訴える者は「人類の悲願―平和へ凝集せよ」といふひとことに尽きる。〈後略〉

血が噴き出るような熱いまえがきだ。横山哲夫が語るように、当初、長崎だけでなく全国でも応援してくれるひとは少なかった。そんななかで田原千暉らの応援はどれほどありがたいものだっただろう。田原については後述する。それにしても、1946年の桑原武夫による「第二芸術論」はこの当時もまだ生々しく生きていた。桑原の批判に鈍感な大御所たち。桑原は何も日本いじめをしたかったわけではない。桑原の批判の趣旨を受け止め、危機感をいだいたのは天風子であり、その仲間だった。だからこそ、『句集長崎』や原爆俳句大会を開催することで、桑原に反論したかったのだ。

ここからは、『句集長崎』の中身を見ていこう。

構成は四部になっている。なんと第一部は「戦前の長崎」。長崎の名所を地元の俳人や著名な俳人がどう詠んできたのかを集めている。第一部の表紙には、田原の仲間、別府の岩尾秀樹が、造船所、ペーロン、グラバー邸、大浦天主堂、オランダ屋敷、眼鏡橋、崇福寺などをのカットを描いている。こうした長崎案内のような作品群の作者は、原爆や戦争によって命を落とした。

朝まだき薔薇垣に星の影のこる　　故・植田眞佐子　長崎医大にて分析作業中即死

ひそかなる邸なり梅の咲き盛り　　故・松添正子　竹之久保町にて原爆死

夕ざくら出船の笛がとほく鳴る　故・林鯉二　亀川海軍病院にて戦病死
君個性を何処へ落として馳《か》けるのだ　故・大串芳翠　城山町にて原爆死
流星に何の掟《おきて》もない空よ　故・山川草木　竹之久保町にて被爆

最後の二句に驚く。ふたりとも原爆によって亡くなった。個性の大事さに気付くこと、掟のない世界、自由を渇望すること。どちらももう少したてば、戦争が終わり、望んでいたものを手にすることができたかもしれないのだ。

秋風やあまたの墓にまれの供花《くげ》　下村ひろし　長崎
麻利耶《まりや》守る運命《さだめ》の子等《こら》ぞ凧あぐる

松尾あつゆきと長崎中学で同期生だった下村ひろし。長崎医大を卒業し医師となった。『馬酔木』の同人長崎の俳句を支えた。原爆投下前の長崎を詠んだ句が実に四三句掲載されている。いま改めて読んでみると、すでに死の臭いが漂っているのはどういうことなのか。

第二部「被爆時の長崎」

第二部を見てみよう。第二部「被爆時の長崎」が『句集長崎』の中心である。冒頭には、松尾あつゆきの『火を継ぐ』の主な句が掲載されているが、いくつかは載っていない。そのひとつがこの句だ。

玉音あま下るすべてをうしなひしものの上　　松尾あつゆき

大元帥昭和天皇のもとで太平洋戦争は始まり、ポツダム宣言受諾というかたちで戦争は終わった。天皇の玉音つまり肉声をラジオというメディアで一挙に伝えることが行われたのだが、ここでは中国との戦争については一切触れられていない。天皇の声は天から降って来る。原爆に遭い、すべてを失った民衆のもとに降って来る。句には当然批判的なまなざしが込められている。全部の作品を載せる余裕がなかったわけではないだろうが、どういういきさつだったのか、今となっては手掛かりがない。ただ、松尾あつゆきの句の後には次のような記述がなされた。「註　松尾あつゆき氏の作品は当時占領軍により発表を禁止されていたものである。」

ここからは、『句集長崎』のほかの作品をみていこう。

肉塊《にくかい》のくすぶりに明けし夏の夜や　　吉田すゑ子　長崎
空蝉もこげしや天地しずもりて
朝笑みいし乙女の夏衣地に染みて

松尾あつゆきの句の次におかれた吉田すゑ子の句もまたすさまじい。吉田は当時の状況を書いている。「三菱長崎製鋼所勤務。空襲警報解除により、竹ノ久保町防空壕を出て会社に向おうとしていた矢先、原爆に遭遇左脚を負傷」。黒々とした肉のかたまりがまだくすぶっていて煙が立ち上る。その中でだんだん空が白み始め、長かった夜が明けてくる。いったいなにが起きたのか。多くの人間が無残に死んだという現実がそこにあり、幻ではないことを実感するような句だ。焼け焦げた木にくっついていた蝉の抜け殻もまた焦げている。蝉の鳴き声も聞こえないような死の街。天と地が静寂のなかにあり、そこに自分が生きて存在する。これはいったい何なのか。

田の水を飲まんと爛《ただ》れし人動く　　池永夜艸　長崎

田んぼにひとが倒れている。熱線のなかでやけどを負い、全身がただれている。すでに息絶えていると思ったら、動いて水を飲もうとしている。これまで作者は多くの死者たちを見てきたのだろう。また遺体かと思ったら、動いた。生きていることに驚く現実がそこにあった。

閃光下汗の身がばとひれふしぬ　　島田輝子　長崎
手に汗し居たり机の下なりき
炎暑の野燻《くす》ぶは死者を焼くならむ

島田輝子は、当時、長崎市内の築町銀行の中にいた。島田にはほかに、「厚葉夜垂れて爆土のアマリリス」という有名な句がある。

追へど追へど傷に寄りくる蠅の群　　樋渡さよ　長崎

破裂管の水清水とともに汲みにけり
火葬する木片を探す暑さかな
遺骨抱いて歩く長崎秋立ちて

樋渡さよ自身は当時佐賀にいた。長男と次男ともに長崎医科大学におり、そこで亡くした。母としての慟哭は、松尾あつゆきの体験と重なる。息子たちは発見当時は、深いやけどや傷を負いながらも生きていた。追っても追っても群がる蠅。親としてどれほど切なく苦しかっただろう。水を求める息子のために、きれいな清水だけでなく、焼け跡から噴き出る水道管の水も急いで汲んでは、枕元に付き添う毎日。ついにこと切れて火葬しようにも、木切れさえ見つからない。すべて骨にしたあと、ふと気が付けば秋がやってきていることに初めて気が付く。作者にとって、俳句は消えゆく命をみつめるための灯のようなものではなかったか。

満都破壊かと思ふ浦上あたり妖炎して　　大木荷文子　長崎
今日も死せり野天の荼毘《だび》や雲の峰
骸骨《むくろ》悲し死なざりし身の南瓜飯
友生きて逢ふて汗拭く壕舎かな

荷文子は「こうぶんし」と読む。「荷」は「いやしくも」などに使う。仮にもいい加減にしないということであり、草かんむりに俳句の句ということでもあり、一音一音大事にするひととも解釈できる。荷文子は、大日本帝国憲法が公布される前年の1888（明治21）年に生まれた。佐藤紅緑に師事し、当時57歳。『句集長崎』の編集委員を務めた。荷文子は地元ではのぼせもんと言われた。情熱的、すぐ熱中するひとという意味である。版画家の棟方志功とも親交を深め、1956（昭和31）年、荷文子の句に志功が版画を制作する展覧会を開いた。のちに、「浦上は地球の汚点原爆忌」という句をつくり、1963（昭和38）年、75歳で他界するまで、長崎のなかでなくてはならないひとだった。

死にゆくのみ西日の廊に溢《あふ》れ臥《ふ》し
住みつくか瓦礫《がれき》の中に蚊帳吊りて
原爆症診て疲れ濃き秋の暮　　下村ひろし　長崎

同じく編集委員の下村ひろし。原爆投下直後から特設救護病院でやけどを負い、負傷したひとたちの救護にあたった。下村は、日露戦争が勃発した1904（明治37）年の生れ。長崎医科大学の第二期卒業生で産婦人科医の道を歩んだ。医局は1862年にできたオランダ軍医（蘭学）ポンペの産科学講座に由来する。大学時代から『馬酔木』を主宰する水原秋櫻子に俳句の指導を受けた。秋櫻子もまた産婦人科医であった。1952（昭和27）年、秋櫻子が長崎を訪問した際、案内した。秋櫻子に原爆をテーマにした句が多いのは下村との縁からだろうか。

被爆したひとたちの句は『句集広島』ほど多くはない。それに比べて長崎以外の俳人たちの参加は多かった。代表的な俳人の作品を紹介したい。

原爆地をたやすくはうたう気になれないでいる
水爆の死の灰にえびがにも抗議する沈黙
新緑がもえても平和の鳩がとびたたない
吉岡禅寺洞　福岡

吉岡禅寺洞。かれこそ、俳句の伝統からスタートしながら、さまざまなルールを壊し、新しいものを生み出そうと闘った先駆者であった。1889（明治22）年、大日本帝国憲法公布の年、福岡市箱崎に生まれる。禅寺洞は、『日本新聞』の河東碧梧桐の俳句投稿欄で活躍した後、1929（昭和4）年、世界恐慌が始まった時、高浜虚子の『ホトトギス』の同人となった。育てた弟子のなかで最も影響を受け、有名になったのが篠原鳳作である。「俳句は季語を織り込んでつくるもの」というルールに対し、「季語はあってもいい、なくてもいい」と鳳作に伝えた。これがきっかけとなって鳳作は無季俳句をつくるようになった。沖縄・宮古島の教員として赴任した時「しんしんと肺碧きまで海の旅」（1934年）というは無季俳句の傑作が生まれる。この句は、『馬酔木』の水原秋櫻子にも激賞された。鳳作には「蟻よバラを登りつめても陽が遠い」といったみずみずしい句もある。

禅寺洞は、富安風生や横山白虹といった俳人も育てた。九大俳句の仲間とともに、九州を拠点とする前衛俳句運動の中心人物となった。さらに戦後は、自由律、季語を使わない無季俳句、口語俳句を推進。変革につぐ変革の俳句人生を歩んだ。

そんな禅寺洞が、栁原天風子の趣旨に賛同して寄せた句は、「原爆地をたやすくはうたう気になれないでいる」そして「水爆の死の灰にえびがにも抗議する沈黙」この二句は、実は『句集広島』にも同じ句が掲載されている。禅寺洞にとって、原爆を詠うことがどれほどたいへんなことであったかがわかる。原爆をテーマにした企画に参加しないのではない。たやすくうたう気になれないことを、句にして表現した。鍵は「たやすく」という言葉にあると思う。原爆を詠うのは誰か。ひとつはあの日被爆を体験したヒバクシャ。それだけではなく、一般のひとも、俳人と言われるひとたちも原爆の俳句をつくる。だが簡単に詠んでよいのか、いや簡単になど詠めやしない。そうしたとまどいやためらいは、人間として当然であり、真摯な姿勢だと思う。だが、そこにとどまり、一歩も出ないのではなく、一歩を踏み出すために想像をめぐらし困難ななかでも言葉を表出する。誠実な態度だと思う。

火の気なし遺影女教師の抽斗《ひきだし》に　中島斌雄　東京
原爆屍かっと口開く灼《や》けつく地
瞑《めつむ》りて瞠《み》る原爆図旱《ひでり》星

中島斌雄《たけお》はなんと三四句を寄せている。戦死者の遺族や原爆で亡くなったひとへ思いをめぐらす。丸木夫妻の原爆の図に衝撃を受け、水爆実験で被災したビキニ事件についても向き合う。原爆をテーマにするという課題はわかっていたと思うが、敗戦から一〇年間の課題すべてに触れないわけにはいかなかったのだろう。斌雄は1908（明治41）年、東京に生まれた。この二年後、大逆事件が起き、韓国併合がなされた。雑誌『白樺』はこの時に創刊された。斌雄は俳誌『鶏頭陣』に参加し、小野蕪子に師事して俳句を本格的に学んだ。東京帝国大学国文科を出た斌雄は、俳句の歴史や評論で頭角を現すようになった。

原爆で亡くなったひとがかっと口を開く。これは、飯沢匡編集長が企画したアサヒグラフの原爆特集を見て生まれた句ではないか。西東三鬼の「広島や卵食ふとき口ひらく」を連想する。

合歓と爆音乙女らは祈る天ありや
幾千の雑木《ぞうき》萌え立つ声なき喊《とき》
爆音去れ霧のひまわり輝くとき
とにかく生きよ南瓜《かぼちゃ》地を這《は》いかく花咲く
平和をたゝかう地上へ虹の足はげし

赤城さかえ　東京

赤城さかえは、１９０８（明治41）年、広島に生まれた。本名、藤村昌。父の藤村作《つくる》は国文学者で、広島高等師範教授から東京帝国大学教授を経て東洋大学学長を務めた。さかえは、山形高校から東大文学部に進み、１９３２（昭和７）年、24歳の時、日本共産党に入党。前年が満州事変、１９３２年は第一次上海事変。満州国の建国、五・一五事件。翌年は京都大学で滝川事件が起きた。第一次上海事変は、ドイツ軍が配備したトーチカに突撃する無謀な戦いであったが、日本軍の「肉弾三勇士」のエピソードはラジオや新聞を通じて人々を熱狂させた。俳人の石原八束によれば、さかえは「東大細胞」として機関紙『赤旗』を支えた。同じ頃「慶応細胞」には山本健吉がおり、交流があった。山本健吉は『自伝抄』の中で、「藤村作の息子で戦後に赤城さかえと名乗った俳人、この人はいつもにこにこしていたが、戦後は社会性俳句論で知られた」と書いている。(『評伝　赤城さかえ』日野百草)

さかえは、地下活動の中、愛知県知多半島で名前を変え、ペンキの塗装をして生計を立てたこともあった。しかし逃げきることはかなわず、治安維持法違反で逮捕収監され、獄中で結核に倒れ、転向を表明し出所した。そして治療のために入院した「湘南サナトリウム」で俳句と出会った。さかえは、俳句を庶民のいのちの言葉だと思った。1945年8月15日、サナトリウムで玉音を聴いた日のさかえの句がある。

泣き涸《か》れて聴く一山の蝉しぐれ

さかえの自解がある。毎月特高と憲兵の訪問をうけて生活をつづけ、偽装が作り出す自己崩壊を永年つづけている中に、意志の弱い、コミュニストがどう変わってゆくか。それをこの句が愚かしくも如実に語っている。

戦後、さかえに大きな注目が集まったのは、あの1946年の桑原武夫「第二芸術論」についての分析、そして当時第一線の俳人たちの反論を精緻に分析し、「第二芸術論」という劇薬をこれから俳句をつくる人間たちが前向きに生かす道を提示したと評した。さかえ自身も実作者として、積極的に長崎の原爆に向きあうことで、俳句の可能性を切り拓こうとした。

夜の枯木うたごえをそろえて帰る
平和署名してくれた日向葵《ひまわり》でっかく咲いていた　　漆畑吐志男　静岡
平和祭のクレーンのてっぺんが光っている

漆畑吐志男は後に利男となった。1924（大正13）年、静岡市に生まれた。関東大震災の翌年、築地小劇場が生まれた年だ。静岡市立男子高等小学校を卒業した後、鯛めしの駅弁で有名な「東洋軒」に勤めた後、国鉄に就職し、駅手から電信掛になった。国鉄の一〇万人の人員整理。そのなかに吐志男もいた。国鉄静岡管理局俳句同好会で出会った俳句は、とかく饒舌になりがちな現代詩よりすごいと思った、裸の声があった。「うまさ」ではない「抵抗」に惹かれたと、吐志男は書いている。（『おれが死んでも』漆畑利男俳句作品集）。国鉄を解雇された吐志男は、仲間たちとともに生活協同組合をつくった。醤油・味噌・石鹸などをリヤカーに積んで路地裏を売り歩く。垢で黒光りする前垂れをして、世の中を憂え、句を作った。『句集長崎』の三句の中の「うたごえ」は、関鑑子たちのうたごえ運動かもしれないし、仲間たちの放吟かもしれない。ひまわりは、通常は「向日葵」と書くが、吐志男は「日向葵」と記した。

敗戦後枯野のラッパただ悲し　　故・松尾弔春子　長崎
廃墟早やわが足もとにはこべ咲く
聖架なる両掌《りょうて》の釘に陽炎《かぎろ》へり

弔春子、松尾菊三郎は、1888（明治21）年、長崎市八幡町に生まれた。23歳の時、14歳年上の河東碧梧桐が長崎を訪問した時に出会った。碧梧桐の滞在は一か月を超え、長崎のひとになってしまいたいと言うほどの気に入りようだった。正岡子規の死後、新聞『日本』の俳句投稿欄を引き継いだ碧梧桐は、俳句の世界の刷新を掲げて全国行脚を行うなかで、長崎に長期間逗留したのだ。意気に感じた弔春子は、若手を結集し、長崎から日本の俳句を変えようと努力する。戦後弔春子が主宰した俳誌『烽火』は、有季定型句のかたちは保持しつつ、そうした理想のもとに生まれ、大木苛文子も参加した。原爆俳句の結集を呼び掛けた柳原天風子とは世代が違い、志向も違うが、俳句の地平を拓こうとしたことには共通するものがあり、天風子がそのバトンの一部を受け継いだ。被爆した弔春子は、1953（昭和28）年、天風子らの奮闘を見ないうちに65歳でこの世を去った。

たんぽぽのわた毬《まりう》熟れて金焦土　　阿野露團　長崎
焦土家建ち次ぐ石垣に蝿切々
大夕焼耶蘇見そなわす眼窩もて

阿野露團は、ろだんと読む。松尾弔春子に師事し、俳句を始めた。第三部の最後を飾る。1928（昭和3）年五島列島福江に生まれた。この年、張作霖爆殺事件が起き、治安維持法が改定され、最高刑は死刑となった。露團は、武蔵野美術学校油絵専攻を卒業し、画家となり、二紀展でも活躍した。一方、長崎新聞社学芸部記者であり、長崎原爆忌平和祈念俳句大会の実行委員として大会を支えた。

十一時二分！はらわたさらけだした　時計のふりこ
溶岩化したこれが瓦か　生きられようはづはなかった
原水爆つくられている限り人形をつくっていく
水だいくらでもやるぞ　墓石が音たてたてのむ
久保田馨　長崎

作者の久保田馨は1928（昭和3）年静岡の生まれ。外国語専門学校を失業後、1952（昭和27）年に長崎に移り住んだ。工房で陶芸を学び人形の焼き物を制作した。俳句を作り、まるで良寛和尚さながら、近所の子どもたちと遊ぶ「アリの会」を立ち上げた。人形の名前は、トンチンカン人形。制作した人形や面の数は二〇万～三〇万体といわれる。1970（昭和45）年、42歳で亡くなった。いのちの大切さ、原爆の愚かさを伝えた。久保田の言葉が残っている。


戦争をにくみ平和をねがう気持ちにだれだってかわりない。

それなのに世の中には馬鹿な人間がいて、ひそかに戦争のよういをしている。あれほどの大殺人器のゲンバク、スイバクをこっそり（でもないか）どしどし作っている。

とんでもないことだ。

「そんなバカオソロシイものはみんな海のそこにおすてなさい」とさけびたい。

何とかして、みんなでそうさけびたい！

そのバカオソロシイことは、われわれ長崎人が一番よく知っているんだ！〈中略〉
とにかく長崎は平和だ。平和バンザイ。平和、平和、なんてうつくしい字なんだ！
平和は来るものではない、つかむものだ。
どうしてつかむか！ぼくはトンチンカン人形にきいた。
人形が答えた！
「ドロの手でつかみなさい！」
トンチンカン人形よサンキュー。〈中略〉
ゲンスイバクつくられているかぎり、人形を作っていく。

『句集長崎』第三部

句集長崎の第三部の後半は全国の俳句結社からの投稿によって構成されている。そのなかで特別なかたまりを形成しているのは、１９５４年9月23日に亡くなった久保山愛吉さんについて詠んだ句だ。その数の多さと層の厚さに驚く。

久保山愛吉の命いきよと世紀の恐怖横たわる　　橋本夢道　東京
久保山愛吉の命こん睡、残暑に民心いま凍る
「愛吉を助けてください」久保山君に母ありき

水爆の人体実験ここに久保山愛吉の命の死闘

こころのおもむくまま。この素直でのびやかな句はどうだろう。俳句らしいとか、どうあれば文学的だろうとか、そんなものは吹き飛んでしまう。

橋本夢道は、あんみつを考案したとも言われている。自由律俳句の中心となり、プロレタリア俳句の旗手であった。1941年、新興俳句事件への弾圧の際、夢道は二年間獄につながれた。獄中では、「うごけば、寒い」。終戦時の句「無礼なる妻よ毎日馬鹿げたものを食わしむ」など、ユーモアをたたえる反骨の句を詠んだ。農民が働きながら皆でうたう稗搗《ひえつき》歌のように、庶民がみんなで歌いともに生きる。そんな句をつくろうとした。

ここに詠われている久保山愛吉は、1954年3月1日、太平洋マーシャル諸島ビキニ環礁の東およそ160キロメートルで操業中のマグロはえ縄漁船・第五福竜丸の無線長として、アメリカによる一連の水爆実験のひとつ「ブラボー」がまき散らした放射性降下物つまり死の灰を浴びた。ベータ線の熱傷と内部被曝によって急性放射能障害となった。福竜丸の二三人の乗組員は入院。新聞だけでなく、映画館で併映されていたニュース映画、そしてなによりラジオで病状が連日伝えられた。久保山は船の無線局長で、最年長の40歳。久保山はラジオのインタビューにも積極的に応えていた。その久保山が亡くなった衝撃は大きかった。夢道の俳句でも、久保山の病状を心配し、無事を祈り、それがかなわなかったさまが詠われている。

そのつぶやき棒のごとくに愚直なり　金子蛙次郎　東京
一漁夫の死聴く虫の風呂に臍浸し　飯島衛　埼玉
ひそとして青き烏瓜ラジオ響く　山田重吾　東京
禱りの果て百千の虫澄めるかな　来間鷹男　岩国
秋夕焼漁師の生涯ならぬ死よ　岩崎麦秋　埼玉
水爆死虫の人語も絶えわたる　田原千暉　大分
ビキニの訃主婦ら夜長の口つぐむ　柳原天風子　長崎

多くのひとびとがラジオを聴きながら一喜一憂し、訃報に衝撃を受け深く悲しんだ。『句集長崎』を編んだ柳原天風子もまたそのひとりだった。第五福竜丸展示館の学芸員市田真理さんによれば、ラジオニュースに「今日の久保山さん」のコーナーが設けられ、静岡県焼津の自宅だけでなく、ラジオ局や新聞社に激励の手紙が寄せられた。そのひとつ、小学2年生のひろこさん、9月6日の手紙の一部を紹介する。

くるしむおぢさんへ
くぼやまさんのおぢさん、おからだすこし良くなりましたとのこと。心からおよろこびもうし上げます。わたくしのおうちでは、いつも朝と夜はビキニのかたがたのため、とくにくぼやまさんのおぢさんのために、おいのりしておりました。〈中略〉でもまだ　お目があかずにやすんでおられるとラジオがいいます。わたしは、ラジオがにくくて、にくくてたまりませんでした。今日　はじめてラジオが、すこしからだが良くなりましたといいましたので、わたくしはとてもよろこびました。そしてまた　てんしゅさまにかんしゃのおいのりをしました。夜はみんなで　かんしゃのおいのりをしました。

長崎原爆忌平和祈念俳句大会の前会長の横山哲夫さんは、当時九州大学の2年生。ビキニ事件の衝撃はあまりに大きく、日本中が久保山さんのことを心配していた記憶がある。久保山さんの死を受けて、九州大学文学部教室は、10月16日大学構内で追悼会を行い詩を送った。書いたのは鎌田定夫である。鎌田は１９５１（昭和26）年、被爆者の同級生の案内で長崎入りしショックを受けた。１９６７年に厚生省が「被爆者と非被爆者の間に健康上と生活上の有意な差はない」としたことに反発し、被爆者の実態を記録するため、「長崎の証言の会」を設立し、千人を超える被爆者の聞き取り調査を行い、記録を刊行した。１９９７年、私財を投じて、ＮＧＯ「長崎平和研究所」を設立。鎌田は長崎から反核への願いを発信し続けた。

横山哲夫さん

弔詩　久保山愛吉さんの霊に捧ぐ　鎌田定夫

春浅い
南の碧《あお》いエメラルドの海と空の中

遠い、珊瑚礁の島影に
萬貫の大漁を夢みて
無心に魚群を追っていた
久保山さん……
ぼくらの誰でもの
やさしい父親であり、兄弟であるような
そして
きびしい汐風に鍛えられ
まじりけのない、
だが身なり貧しい
その日本の漁夫、焼津、福竜丸の無線長久保山愛吉さん！〈中略〉
久保山愛吉さん！
ぼくらは、あなたに誓うだろう
ぼくらが決してあなたの名を忘れないことを、
ぼくらは、あなたに誓うだろう
ぼくらが決して原爆や水爆を許さぬことを
ぼくらは、どこまでも

どこまでも、あなたの名を掲げて進むだろう。
あなたの名のように
平和が　地上に花咲く　その解放の日まで。

2 『句集長崎』その後

原爆句碑

長崎の原爆忌俳句の大会は、最初のころ名称が何度も変わった。1954年の第一回は原爆忌平和祈念俳句大会、第二回は長崎原爆忌俳句大会、第三回は原水爆禁止世界大会記念俳句大会。そして第四回は、長崎忌平和祈念俳句大会と長崎俳人会原爆忌俳句大会のふたつに別れた。第五回は長崎原爆忌俳句大会に一本化されたが、1959年からは、再び分裂し、長崎原爆忌俳句大会と長崎俳人会原爆忌俳句大会に分裂し、今日に至っている。

長崎原爆忌俳句大会の会長を務めた前会長の横山哲夫さんに事情を伺った。

わたしは原水禁運動における政治信条や政党の問題が影響しているのかと問うた。だが横山さんはそうではないという。大会を立ち上げたのは柳原天風子。意気軒昂な若者ではあるが、中央俳壇だけでなく長崎の俳句の界でも全く無名の存在だった。そこに大分の田原千暉や、隈治人が応援に駆け付けた。そして第四回では、選者が中島斌雄、石田波郷、加藤楸邨、榎本冬一郎、栗林一石路ら、錚々たる俳人が名前を連ねた。

そんななか、不満がわき上がる。名のある俳人たちは、俳句の専門家かもしれないが、原爆の体験者ではない。そういうひとたちに、句の出来のよしあしを評価されるのは、大会の趣旨と違うのではないか。そうした声が、長崎の俳人会からあがった。俳人会会長の下村ひろしは、原爆投下直後、医師として救援活動に身を挺し、格調高い原爆俳句をつくってきた矜持があった。原爆をよく知っているひとたちが句を選ぶべきという規準は、どうしても譲れない一線だった。一方、柳原天風子たちは、下村のこだわりに敬意を表しながらも、高名な俳人たち選者たちに加わってもらい、原爆俳句や大会の存在を世の中に広く訴えたかった。どちらが正しいということではない。第五回では折り合えたように見えたが、第六回以降は分裂が決定的となった。

当時の大会の責任者だった隈治人は語っている。「いま地球では米・ソ・英の三国が幾度となく死の灰を振りまき、皆殺しの兵器の脅威は日一日と濃くなるばかりだ。核兵器の実験が平和のために必要だというのは矛盾した論理である。原水爆禁止は庶民の願いであり、現代人としての俳人は、それを詠っていくのは当然のことである。一つのうたごえとして結集することは必要だが、俳句観の相違なのだから、無理して統一するよりも二つの原爆忌があっていい」。

１９６０（昭和35）年、長崎原爆忌俳句大会を主宰する長崎県俳句協会（俳協、会長は山口半染草）は、第八回の大会に合わせて、大きな事業を実現した。二年前、浦上天主堂の廃墟は取り壊され、その翌年の59年、新しい浦上天主堂が完成していた。

そうした流れを受けて、長崎市の下の川の河畔に、原爆句碑を建てることにした。句碑は今、長崎原爆資料館の前に移されているが、当時は、浜口町の電停近くの十間道路の道端に立てられた。道路を渡ると緑豊かな公園。だが、句碑の周りはさびしい場所だった。句碑の隣には、地蔵菩薩を彫りこんだ小さな石塔がつくられた。長崎のモニュメントとしては北村西望の巨大な人間の像があるが、私にはこの等身大の句碑こそが、風化や忘却を拒否し、原爆と毅然と対峙しているように見える。一二の原爆俳句を紹介する。

なにもかもなくした手に四枚の爆死証明　松尾あつゆき
凍焦土種火のごとく家灯る　下村ひろし
原爆忌の氷塊となり挽き切らる　久保田翠
厚葉夜は垂れて爆土のアマリリス　島田輝子
蟬籠に蟬の眼あり原爆忌　柳原天風子
雲暑しわが籍《ふみ》ける草死者の花　田原千暉
原爆の日の麨《はったい》にむせびけり　山口半染草
武器つくるけむりが原爆忌の夜雲　隈治人
弯曲し火傷し爆心地のマラソン　金子兜太
原爆忌戸口をおそう海の太陽　芝生南天

枯れる向日葵被爆の僕に種こぼす　井川清澄

夕焼雀砂あび砂に死の記憶　穴井太

一二の句を簡単に説明する。

冒頭の松尾あつゆきの句は、後年「四まいの」となっているが、初出のガリ版の句集では漢字の「四枚」となっている。下村ひろしは、第四回、そして第六回以降別の原爆俳句大会を主催することになったが、大事な句であることは揺るがない。『句集長崎』にも収められている。久保田翠は長崎県大村市のひと。「原爆忌の氷塊」の句は、第一回大会で、田原千暉が推薦した入選作品。島田輝子の「厚葉夜は垂れて」は第四回大会で三人の選者、長谷川かな女、田原千暉、中島斌雄から選ばれた入選作品。柳原天風子の「蝉籠に」の句は、原爆俳句の代表として高く評価され、人口に膾炙する。この句は第三回の大会に出品されたものだが、大会で入選した柳原天風子の作品は別の句「原爆忌過ぐ蝉籠に蝉充たし」だった。

六番目は田原千暉、柳原天風子と隣同士である。山口半染草は第五回〜八回まで大会の会長を務めた。「原爆の日の麨《はったい》にむせびけり」は、第八回の入選句。当初はカタカナで「ハッタイ」と表記されていた。ハッタイとは麦の粉を炒ったもの、むぎこがし。関西でははったい粉と言った。隈治人は第九回大会から会長になった。

金子兜太の句。前述したようにこの頃は、「火傷し」を作者自身、「やけどし」と読んでいた。「彎曲」

も句碑では「弯曲」となっている。芝生南天「原爆忌戸口をおそう海の太陽」は、第七回大会の入選作品。穴井太「夕焼雀砂あび砂に死の記憶」は、1961（昭和36）年の第八回大会で、募集句として特選に選ばれた。

松尾あつゆきと穴井太の出会い

トップの松尾あつゆきと最後の穴井太は、原爆句碑の序幕式の時、劇的出会いを果たした。当時穴井は34歳。北九州市の中学校の教師で、この日長崎に招かれていた。一方の松尾あつゆきは、この年長野県の教員を定年退職した後、故郷に骨をうずめようと、長崎に戻ってきていた。松尾が帰郷したその日は、まさに原爆俳句一二句を刻んだ句碑の除幕式が催される日にあたっていた。自分の句が石碑になる。そんな大事な日に招待されないなどということはあるのか、不思議に思うが、穴井が書き残したものによれば、松尾には知らされていなかったようだ。

長崎原爆句碑

式典の会場に祝詞が流れる。そこにひとりの男が歩いて近づいて来た。気が付いたのは、隈治人であった。「なにもかもなくした手に四枚の爆死証明　松尾あつゆき」。この句の作者が、まるでまぼろしのように突然現れた。会場には一二句目の投稿者が招待されていた。「夕焼け雀砂あび砂に死の記憶　穴井太」。作者の穴井は、式のなかばで、炎天下、突然現れた松尾を見て、最初は地元の俳人たちのはからいかと思ったそうだが、そうではなかった。句碑の関係者たちは驚き、喜んだ。句碑の冒頭の作者と最後の作品の作者が、この時初めて出会った。(『俳句往還　穴井太評論集』)

長野での松尾は、被爆者運動に積極的に関わり、長野県原爆被害者の会を立ち上げた。松尾とともに長野での被爆者運動を支えたのは前座良明だった。ここですこし前座の話をしたいと思う。

前座良明は中国戦線で戦い負傷。広島市宇品で被爆した。暁部隊として知られる陸軍船舶司令部に属し、遺体を運び荼毘にふす役割を担った。死体で埋め尽くされた川で、遺体をもののように処理せざるをえなかった。暁部隊と合流し遺体を運んだのが、広島の俳人、木村里風子であった。暁部隊については、『暁の宇品』(堀川惠子)に詳しい。前座は、このときの悲惨と無念を生涯語り伝えようとした。原爆症に襲われ手足を切ってほしいと叫ぶほどのだるさを抱えた前座は、1945年10月、姉を頼って長野県松本市に移住した。松尾あつゆきが長野に移住した年、前座は信州大学医学部正門前に食堂を開く。おれはいつ死ぬかわからない、残された家族が食いっぱぐれないようにと覚悟の上での開業だった。店の名前はピカドンとし、

松尾あつゆき

近隣の被爆者にもわかるような名前を選んだ。

わたしは、五年前、学生と共に松本のピカドン食堂に伺い、息子の前座明司さんに店を案内していただいた。店の壁には原爆ドームの絵や写真が掲げられていた。若者たちがおなかいっぱいになるように、開店当時から続くボリューム満点のカツ丼。卵でとじたとんかつの上に、青のりがふりかけられていた。二階には学生たちが原爆について学ぶ勉強会用のスペースが設けられていた。前座の決めゼリフがある。「今日の聞き手は明日の語り手です」。被爆の体験を聞いたひとが、だれかにそれを語り伝える。そのことの大切さを前座は訴えた。前座は長野県だけでなく、日本被団協でも活躍した。

一方、被爆者運動の相方、松尾あつゆきは長野のひとたちにも俳句をすすめ、詩心の大切さを教えた。そんな影響も受けて、前座良明がこころのおもむくまま、奇をてらわず、難しい言葉を使わずにつくった詩がある。

きれいな空
太陽が　ギラギラ
かがやいている暑い朝
ピカッ　と一瞬の閃光
真夏の太陽の
何倍も強い光だ

午前八時十五分!!
俺は　被爆者という
十字架を背負わされた
〈中略〉
俺はたたかうぞ
いつまでもたたかいぬくぞ
いつまでも
息子たちや孫たちに
美しい未来と
しあわせな生涯が
きりひらかれることを
ねがって

この詩のタイトルは「再び俺をつくらぬために」。飾ることをしない素直な言葉が続く。一切の修飾を排した詩の原型がそこにある。それは峠三吉の「にんげんをかえせ」にも通じるものを感じる。

後年、松尾は長崎放送のラジオドキュメンタリー「子のゆきし日の暑さ」（１９７４年放送）のなかでこう語っている。

「信州にいるときは、子どもたちは生きておって、遠くで暮らしているのだけれども、なかなか逢えないのだ、つまり、子どもたちは長崎に居るんだ、そんな風に空想して、自分で自分を慰めることができたのですね。ところが、長崎に帰ってからは、その呪文がきかなくなったわけです。子どもたちは長崎にいなかったのです。そのかわり、彼らはわたしの胸の中に移ってきて、住みついたかっこうになりました。」

つくつくぼうし吾子《わがこ》はいつも此《こ》の墓にいる
とんぼう一つ空をゆく死におくれたるなり
子よ父は老いたり暑き日の墓の草引き残す　　松尾あつゆき

このような、松尾あつゆきの渾身の句は『原爆句抄』として、教え子たちの手でまとめられ、1972（昭和47）年、私家版として出版された。故郷に戻ったあつゆきは、1974（昭和49）年の第二一回長崎原爆俳句大会から、選者を務めることとなった。そして1983（昭和58）年、79歳でこの世を去った。

詩人・山田かんと長崎

長崎の原爆にまつわる文芸を考える上で、どうしても避けては通れない問題がある。それは、永井隆の評価だ。「長崎の鐘」で知られる永井隆（1908〜51年）。自ら被爆し救護活動に従事。カトリック信者として多くの作品を残した。永井の短歌がある。

一閃空裂け再現す　天地開闢《かいびゃく》の光　これぞプルトニウム爆弾

原子雲の下に生きのびし　親子三人天皇に笑顔を見せ参らすも

放射能地帯におりし微生物も　天皇の意識にのぼりけむ

原爆を讃え、天皇を讃える永井隆。長崎市名誉市民となり、昭和天皇の見舞いも受けた永井は、原爆投下を次のようなかたちで受け止め、発言を繰り返し、ジャーナリズムはそれを称賛した。

「これまで幾度も終戦の機会にあったし、全滅した都市も少なくありませんでしたが、それは犠牲としてふさわしくなかったから、神は未だこれを善しと容れ給わなかったのでありましょう。然るに浦上が屠《ほふ》られた瞬間、初めて神はこれを受け納め給い、人類の詫びをきき、忽《たちま》ち天皇陛下に天啓を垂れ終戦の聖断を下させ給うたのであります」

長崎において、永井隆に異を唱えることは長らくタブーであった。そんな中で、敢然と批判の声を上げたのは、長崎市郊外の長与に住む詩人・山田かんであった。長与には柳原天風子が暮らしており、山田との交流が深かった。天風子を歌った詩もある。

山田は、1930（昭和5）年、プロテスタントの信者を父として、長崎市に生まれた。長崎中学校三年のとき、爆心から二・七キロの下西山町で被爆した。腹を突き上げる衝撃。自宅の畳は一気に持ち

山田かん

上がり、ガラス片は頭上を越え、背後の柱や壁に突き刺さった。屋根と二階は吹き飛んだ。山田かんは、素足のまま、一キロ先の金比羅山の近くまで逃げた。

その後、父が亡くなり困窮のなか高校を退学。山田は技師や画家になりたかったが断念し、県立長崎図書館で働いた。１９５３（昭和28）年、被爆した妹の琇子《しゅうこ》は自殺した。

山田が本格的に永井批判を行ったのは、１９７２（昭和47）年のことだ。永井隆の発言は、原爆に神や祈りのイメージを付け加えることで、被爆者を黙らせ、原爆による大量虐殺、アメリカの罪悪を覆い隠す。天皇の責任もまた覆い隠すものだとした。

山田かんは見てしまった者の責任を何よりも大切だと考えた。主宰した詩誌『草土』のなかに、かれの口癖が記されている。「真の正義というものはな、いつも民衆の難儀のなかにこそ潜むということを忘れるなよ」。山田かんがひときわ高く評価する作品がある。ひとつは、松尾あつゆきの俳句、もうひとつは広島の山田数子の「慟哭」である。しょうじは、次男の昇二。やすしは、長男の泰である。

しょうじ　よう
やすし　よう
しょうじ　よう

やすし　よう
しょうじ　よおう
やすし　よおう
しょうじい　よおう
やすし　よおう
しょうじい
しょうじい
しょうじいいい

二人の子どもを一瞬のうちになくした母親。癒されることのない嘆きと悲しみは、あらゆるひとの胸に迫る。山田数子が原爆から一〇年たってつくった「風」という詩がある。

風

背戸の戸をたたくのは
だれ
コト　コト　コト　コト
ゆすぶっていくのは
だれ

母さんは内職の仕事をしているよ
母さんは待ってるよ
母さんはパンツもシャツもまだ持ってるよ

被爆者の悲しみ、そして困窮。山田かんは、1970年代、一橋大学社会学教室の石田忠、栗原淑江らが中心となって実施した被爆者の現状と救済のための調査にも関わった。

ある時、山田かんは、テレビの一場面に釘付けになる。「スポットライト」というNHK総合テレビの人気番組。1972年から78年まで続いた。ある「もの」を出発点にして、それにかかわった人々の証言や体験を掘り起こしていくもので、フランキー堺、永六輔、鈴木健二アナウンサーらが司会を行った。山田かんの目に入ってきたのは焼き物でできた一個の手榴弾。それは戦争中、自分が長崎中学の生徒の時に勤労奉仕で作っていたものと同じだった。その焼き物は爆弾として使用され、沖縄の壕の中で自決の際にも使われたもののようだった。こころのなかに大きな衝撃が走る。沖縄のひとたちが長崎で被爆したことは知っていた。だが、自分が工場で製造したものが、沖縄戦の集団自決の道具であったとは。山田かんのなかで長崎と沖縄がつながった瞬間だった。

「神への感謝」「大きな摂理」「神からの恵み」。永井隆が用いるこうした言葉は、長崎の被爆者に沈黙を促すことにもつながった。それではいけないと、山田かんは、永井を絶対視する風潮に本気で抗った。この勇気はどれほどすごいものであったことか。

被爆の体験が本土の中にとどまり閉じて内向するのではなく、沖縄や朝鮮半島、中国に関わる歴史に連なり、開かれたものでなければならないと訴えた。山田かんが孫の昂也と奎太らにあてて作った俳句風の短い詩がある。

ジイチャン熱下がった?と問うやさしい子よ
人を殺すな人を愛せ　自身の如く昂也よ奎太よ
昂也も奎太も戦争には行くな行きなさんな

山田かんは、2003(平成15)年6月、72歳で亡くなった。友人の柳原天風子は、山田かんを悼んで句をつくった。

くちなしの錆びや被爆の詩人逝く　　柳原天風子
ペンを擱《お》き夜の口笛蛇を呼ぶ

ここで、長崎の原爆句碑の前で初めて松尾あつゆきに出会った穴井太の話をしたい。穴井太は、1926(昭和元)年、大分県九重町に生まれる。戸畑工業高校を卒業した後、神戸製鋼に勤務。その後、中央大学に進学し卒業したが、肺浸潤で帰省。27歳の時、1948(昭和23)年に復刊された俳句誌『自鳴鐘』に投稿したのが始まりである。この年、東條英機元首相が処刑された。そんな時代にあって、九州から新しい俳句の狼煙《のろし》をあげたのが『自鳴鐘』だった。主宰は横山白虹。今の長崎原爆忌俳句大会会長の横山哲夫の父である。白虹は自由律俳句の吉岡禅寺洞の門に入り、新興俳句運動でも活躍した。ちなみに、山口誓子は白虹が1938(昭和13)年に発表した句集『海堡』の一句「雪霏々《もやもや》と舷梯のぼる眸《ひとみ》ぬれたり」を詩情あふれる句だと褒めた。俳句への弾圧の時代を経て再び立ち上がるにあたって、白虹は『自鳴鐘』の復刊巻頭にこんな言葉を掲げた。「我々は一切の芸術が常に叛逆するところの精神によって創造せられたことを知っている。叛逆的精神は純情孤高の精神に通ずる」。穴井はこうした白虹の熱い思いに打たれたのだ。

その後、穴井は戸畑で自ら俳句協会を立ち上げ、金子兜太、田原千暉、栁原天風子と出会う中で、原爆俳句に積極的に関わるようになっていく。穴井が深く関わった俳人のなかに、藤後左右がいる。「横道をふさいで来るよ外套《オーバー》着て」「室内を暖炉煙突大まがり」といった句を『京大俳句』に投稿し注目された。京大俳句弾圧事件の際は、京大附属病院で伝染病の研究にあたっていたが、逮捕は免れた。戦後は、水俣病やカネミ油症、土呂久鉱害などの公害病の救済にあたった。藤後左右は、ストックホルムの世界環境会議に出席したとき、二四句の「ミナマータ」の連作をつくり、俳句界を驚かせた。

会議場で自分のパンフレットを配るミナマータ　　藤後左右
警官がバリケードしてはいれないミナマータ
警官がゼッケンを外せというミナマータ

最後に「ミナマータ」で終わる句の連続の迫力。金子兜太は現代でもっとも注目すべき俳人と絶賛した。藤後がカネミ油症を詠んだ俳句も個性的だ。

油症患者はカネミの金を待っているのです　藤後左右
油症患者は身体の半分が腐ったのです
油症患者は治す方法がないそうです
でも油症患者は治りたいのです
油症患者はカネミの金を待っているのです
〇大の医者が木で鼻を括《くく》るからです

さらに、藤後が志布志湾埋め立て反対の訴訟で詠んだ連作もまた、ほかに類をみない。

裁判長浜が消えたから貝も消えました　藤後左右
裁判長浜と貝をかえして欲しいのです
裁判長凧をあげるには浜を走らねば
裁判長なくなった浜を詠めと云うのですか
裁判長浜と子供を返してください

穴井太と藤後左右は、お互いの俳句を認め合った。左右は素っ裸のこころで訴える。訴えることこそが、詩歌や俳句の根源だとふたりは思った。藤後は1991（平成3）年6月、83歳で亡くなるまで、

石牟礼道子

声を上げられないひとたちのことを句に詠んだ。

そして、穴井がもうひとり深い交際を育んだ俳人がいた。石牟礼道子である。

1971（昭和46）年、日本のノンフィクションの地平を切り拓き、九州を舞台に多くの書き手を育てた上野英信は、ささやかな俳句の文学学校「天籟塾」を開くことを穴井に薦めた。講師には、歌人でもあった松下竜一、写真家の岡村昭彦、そして石牟礼道子らが参加した。俳句という詩型は、思いのはての沈黙を造型する、そのなかでより豊かなものを希求するというのが穴井の持論だった。その活動のなかで、穴井が句作を薦めた。「もう道子さん、お覚悟召され余。あなたがいくらイヤじゃとおっしゃっても、句集を出すことを決定いたしました。イヤとおっしゃってもお出しするのです」と穴井は、にこにこしながら言った。想い屈し、深いため息のように石牟礼の句は生まれた。穴井はため息をひとつひとつ拾い集め、1986（昭和61）年、石牟礼道子の句集を編んだ。

祈るべき天とおもえど天の病む　　石牟礼道子

石牟礼は言う。空とか海とか歴史とか、神々などというものは、ついいましがたまであった。それが病み、われわれはその恩寵を断念しなければならないのだった。石牟礼の句には、死の世界との往還があった。わたしには、この句が原爆のことも詠っているような気がしてならない。

死におくれ死におくれして彼岸花　　　石牟礼道子
死に化粧嫋々《じょうじょう》として山すすき
天日のふるえや空蟬《いちせみ》のなかの洞《うろ》
向きあえば仏もわれもひとりかな

穴井太が命を懸けた九州の俳句の一大拠点「天籟塾」。その機関紙『天籟通信』の印刷を続けたのが、戸畑の山福康政である。俳句が集まり、原稿が集まりすれば、あとの装幀やカットなどはすべて引き受け、本に仕上げてみせる。それが山福の心意気だった。山福康政は1928（昭和3）年、広島の猿楽町、原爆ドームのすぐ近くの老舗旅館「山福旅館」の家に生まれた。3歳の時、旅館業の経営が難しくなり、若松市（現・北九州市若松区）に移住した。もし旅館がそのまま維持されていたら、爆心直下で命はなかった。

わが戦後黒い目玉をうすくして　　　山福康政
本日の豆腐のようにゆれようか

2024年6月、山福の娘で、いま注目を集める版画家の山福朱実さんにお目にかかった。若戸大橋に近い戸畑の一角。むかしは鉄鋼の町として大いににぎわう花街の路地に、印刷所はあった。山福さん

山福朱実さん　印刷機を背にする

はアトリエの一階に当時使っていた印刷機を残し、父の版画も展示した。２０１６年、山福朱実さんは、石牟礼道子が１９９７年に世に出した児童文学『水はみどろの宮』の挿絵の版画を担当し、福音館書店から新版を出した。７歳のお葉は、千年キツネのごんの守と出会うなかで、山の声が聞こえるようになる。石牟礼が『苦海浄土』や『椿の海の記』の中で一貫して描こうとしてきた水俣病が世を覆う以前の原初の世界を、山福朱実の絵が豊かに物語を支えた。親子二代にわたる石牟礼との深いつながりの素晴らしさに震えた。

父・山福康政さんの確かな印刷技術、そして納期を守り続ける信頼が、九州の俳句の活動が途切れることなく続いた秘訣だった。そういえば、『句集広島』も、『句集長崎』も、多くの俳句の雑誌もそうだが、印刷を支えるひとたちがいなければ、そもそも生まれることも続くこともなかったと思う。

大分の俳人・田原千暉と原爆俳句

長崎の原爆俳句。これまで見てきたように。呼びかけたのは柳原天風子であった。この血気盛んな29歳を徹底して支えたのは、長崎ではなく、大分の俳人・田原千暉であったことは、前に述べた。ここからは、田原について述べていきたい。

萱《かや》さむし日本国立療養所

田原千暉（本名・千秋）は1923（大正12）年、大分に生まれた。日田林工建築科を繰り上げ卒業した後、大阪の建築会社の依託学生の時、急性骨髄炎に倒れ、一夜にして歩行が困難になった。1942（昭和17）年、19歳だった。11年後、国立療養所で、療養に専念していたときに生まれたのが「萱さむし日本国立療養所」の句である。雑草を刈ることもできない日本の医療の貧しさと患者のいらだちを詠んだ。千暉は1949（昭和24）年、1歳下の夏子と結婚。ふたりはタイプ印刷の仕事で生計を立てた。12時間を超える労働。それでも一日四〇通以上の通信を書き、さまざまな活動を立ち上げ、各地に出かけて行った。夫婦は世の中をよくしようと懸命に生きた。

田原千暉・夏子

千暉は、最初ホトトギス系俳誌『飛蝗《ばった》』を創刊、『飛蝗』は『菜穀火』と改題。編集は千暉と俳人の野見山朱鳥のふたりが行い、すぐれた俳人が輩出した。朱鳥は、福岡県直方町（現・直方市）の出身。代表句は、「秋風や書かねば言葉消えやすし」「曼朱沙華散るや赤きに耐えかねて」。たいへんな人気俳人だった。

1952(昭和27)年の『菜殻火』50号記念号には、高浜虚子や高野素十らが祝辞を寄せた。しかし、野見山朱鳥が発した「戦争で人類が全滅しても、地球の上で鳴く静かな蟬を詠いたい」という言葉に千畦は烈しく反発し、袂を分かった。

『菜殻火』の廃刊から二か月後、『石』を創刊。石という名前にしたのは、「あなたが叫ばなければ、石が叫ぶだろう」という思いから生まれた。

雑詠の選者は水原秋櫻子、同人の指導を石田波郷が務めるという豪華な再スタートとなった。戦後の石田波郷は、西東三鬼や永田耕衣と親交を深めた。波郷が、戦後の俳句について語った言葉がある。

「わたしどもは俳句をつくる。それはだれのためか。ためらいもなく、自分のためだと言うことができる。わたしどもが俳句をつくる。それは一口に言えば、生きているからである。俳句は少数者だけではダメで、無数の俳人こそ、少数のすぐれた時代の俳人を養いささえる「地の塩」なのである。」(『俳句哀歓』石田波郷)

「俳人といえども、近代人としての要求が俳句表現のみにとどまることはありえない。場合によって俳句をはみだして行くのは当然である。わたしの俳句は、散文の行い得ざることをやりたいと念ずるのみである。日々に命の灯を恃《たの》み得ぬものが、どうして散文の後塵を拝するの十七字を弄《もてあそ》ぶを得んや。呵々。」(『雨覆』石田波郷)

田原千暉の第一句集『車椅子』(1956年)には、1952(昭和27)年から1955年までの渾身の句が収められている。句集からは、千暉が九州各地で開催された丸木位里・俊の『原爆の図』の全国巡回展に何度も足を運び、原爆に向きあうことを自身の人生の根幹に据えることを覚悟するようすが浮かび上がってくる。

乳呑ます母の顔くずれ座りしま、

原爆図寒夜みて来て子を覚《さ》ます　　田原千暉

田原千暉が丸木夫妻の『原爆の図』を詠んだ句は、『句集広島』にも掲載された。そのいくつかを紹介する。

手もよ足もよ瓦礫に血噴き黒雨ふる

子の父の皮膚ぶらさげて起《た》たんとす

のけぞって童眼の手の水を指す

兵燃えて軍靴はなほも燃えてをり

広島や枯木と蛆の風ばかり

冬満月熱し赤松俊子の手

田原千暉が実際広島を訪れることができたのは、1970年代になってからのことだ。丸木夫妻の『原爆の図』を何度も食い入るように見つめ、そこで起きていることを、自分の言葉のすべてで表現した。

目で見て、言葉で見たのであった。
田原千暉は、絵や写真から被爆の実相をつかみとろうと必死だった。土門拳の写真集『ヒロシマ』が発表されたときも句をつくった。

被曝夫婦の膝の真ん中白い嬰児
ヒロシマや影がない盲児のぶらんこ　　田原千暉

千暉は『石』の仲間とともに1954（昭和29）年の第一回長崎原爆忌俳句大会から長崎に出向き、懸命に支えた。1968（昭和43）年、次女の作子を中学一年のとき骨肉腫で片足切断の末に亡くした。作子は1954年に生まれた。美術と英語と、加山雄三とザ・タイガースが好きで、父・千暉の思いを三姉妹の中でもっとも敏感に受け止め、戦争を憎み平和を愛した。亡くなる五か月前作子がつくった詩がある。

星の世界には自由がない。
人間の世界には自由がある。
星の世界には喜びがない。
人間の世界には喜びがある。
星の世界には悲しみがない。

人間の世界には悲しみがある。
星の世界には死がない。
人間の世界には死がある。
今、私は人間である喜びと悲しみを
同時に味わっているのです。

千暉は、作子の闘病が長期戦になると思い、自宅のタイプ印刷所の輪転機を新しくした。千暉は、「原爆」「沖縄」「ベトナム」の印字がすり減るまで紙を刷った。輪転機がごっとんごっとんうなるたびに、作子ががんばれと声をかけてくれているような気がした。そして、作子は七夕の前日亡くなった。作子が遊んだ樹々の蝉が天に向けていっせいに鳴きだしたことを句に詠んだ。

子の棺を蓋うて沖縄を刷る迅《はや》し　　田原千暉
印刷音激すれば和す作子蟬

生前、作子はこんなことを言って父・千暉を鼓舞した。「お父さん、もう印刷屋になってしまったんか？俳句のセンセイはもうやめたんか？「石」をもっとせんとつまらんじゃないか！」（『炎天に雪ふるごとく』田原千暉）

1976（昭和51）年7月から8月にかけて、田原千暉は、自身で編集した『日本平和句集』を車に積んで、大分の自宅から東京を経て鳥取まで、「日本平和句集キャラバン」を行った。車の運転は仲間の牧野桂一が行った。大分、大阪、京都、奈良、三重・鈴鹿、静岡・島田、横浜、東京、埼玉、長野、石川、鳥取。大変な強行軍だった。

『日本平和句集』の冒頭は、栗林一石路「万才万才で送られてしまって暗いどぶがにおっている」橋本夢道「かぶと虫手にこの少年の父いくさして還らず」、石田波郷「冬日宙少女鼓隊の母となる日」秋元不死男「編笠を脱ぐや秋風髪の間に」の四人の四句に続いて、西東三鬼の有名な句が掲げられた。

広島や卵食うとき口ひらく　　西東三鬼

「広島」は後に「ヒロシマ」。「食う」は、もとは「食ふ」。「卵」は、当初「もの」だった。山本健吉は、「広島や」はずいぶん得手勝手であるとして評価していない。制作年については諸説ある。原爆投下直後、要件があり江田島を訪ねた帰りに廃墟の広島を見たという説もあるが、鈴木六林男の詳細な検証により、1947年の夏に広島を訪ね、惨状を見たという説が今のところ有力である。卵を食うのは誰か。三鬼自身の註によれば、「未だに嗚咽する夜の街。旅人の口は固く結ばれてゐた、うでてつるつるした卵を食ふ時だけ、その大きさだけの口を開けた」とある。つまり、卵を食うのは三鬼本人であり、地獄絵を見た直後に、ものが口に入らないほどからだと心が固まってしまったさまを詠んでいることになる。

だが、詩人の嶋岡晨には、まったく違った風景が展開される。「おそらく闇市でやっと買った茹で卵を、火傷だらけの顔が口に入れようとする。そのときだけ、潰れた口もパクッと開かれる、という惨《みじ》めさ。

田原千暉

物を食うときは口を開ける、という当り前のことが、当り前でなくなっているのである。」（『イメージ比喩』嶋岡晨）。

もちろん、作者がこれはわたし自身の体験だと書いているのだから、それが正しいのだと思う。だが、嶋岡のように卵を食うのは火傷を負った被爆者だという解釈も十分成り立つし、それが自然のような気がしてくるのが、俳句というものの奥の深さだ。

田原千暉は、どう解釈しているのか。被爆後まもない広島市全土を見下ろす場所で、三鬼は「おお広島」と絶句し、それに比べて自分は生きている。余燼くすぶるなかで、雑嚢から携帯口糧のゆで卵を取り出して頬張ろうとする瞬間が凍結する。そのように千暉は受け止めた。

さて、川名大の長年の研究によって、歴史的検証がなされている。１９４７年2月発行の『暖流』の中の高屋窓秋「秀句遍歴」で、高屋が広島で詠んだ以下の四句のうち、「広島や卵食ふ時口開く」を残して三句までがGHQの検閲によって削除された。

広島に月も星もなし地の硬さ　　西東三鬼
広島の夜陰死にたる松立てり
広島や卵食ふ時口開く

広島が口紅黒き者立たす

そして、窓秋の解説のなかの、「作者は陰惨な事実に強く打ちひしがれて、顎《あご》は硬直し、口を堅くとざして、最早《もはや》ものを云ふ元気さへもない。辛うじて一個の白い卵を食ふために、わずかに口を開くばかりだ」という箇所は削除された。その理由は、連合国の憤りの原因となるからというものだった。窓秋もまた、卵を食うのは被爆者だととらえている。ちなみに、三鬼の広島の句の初出は1947年5月の『俳句人』。まだ分裂前であった。だが、ここでの検閲では問題なし。川名によれば、検閲官の見落としか、俳句がよくわかっていないからではないかという。（『昭和俳句の検証』川名大）

田原千暉の話に戻る。『日本平和句集』を積み込み、車で各地を回った千暉の行動は、ひとりの詩画人の行動と重なって見える。四國五郎である。息子の光によれば、四國は絵を運搬するために運転免許を取得し軽自動車を購入した。車を手に入れるや否や、せっかくの新車のボディーに世界の言葉で「平和」の文字をペンキで書きつけた。「平和、PEACE,PAIX, FRIEDEN, 和平……」。光は後に気が付く。車は父にとって、平和を訴えるためのキャンバスであり、ポスターではなかったかと。

田原千暉にとっても、それは同じだった。車椅子の利用者として、移動することにたいへんな労力を強いられる千暉にとって、移動のための道中は、一生に一度の体験だった。自分の人生のすべてをかけて訴えることは、喜びに震え、わくわくするもではなかったか。

『日本平和句集』の冒頭の五人の俳句の裏には、木下航二作詞・浅田石二作曲の「原爆を許すまじ」そして、松尾あつゆきの句。検閲を避け『長崎文学』に掲載されなかった句「降伏のみことのり、妻をやく火いまぞ熾《おこ》りつ」が載った。

さらに、『句集広島』、正田篠枝の短歌「さんげ」、峠三吉の詩「八月六日」、『句集長崎』、さらに峠三吉の詩「にんげんをかえせ」。

石川県の内灘闘争、メーデー、１９５４年の「ビキニ事件」が分厚く紹介され、金時鐘がマーシャル島民の被曝について思いを寄せた詩「南の島に」が続いた。

そして、１９６０年の安保闘争、同年10月の日本社会党委員長・浅沼稲次郎の暗殺をテーマにした句も紹介された。

暗殺やうたれうたれた空の牛車
風にきそう旗に曳《ひ》きづられゆく広場　　湊楊一郎

作者の湊楊一郎は、弁護士でアルピニスト。戦前・戦中は新興俳句の評論誌『句と評論』で頭角を現した。京大俳句事件の際、西東三鬼の逮捕の時期がほかの会員とずれていることをめぐって、作家の小堺昭三が、小説『密告』の中で、三鬼が特高のスパイであったという珍説を展開した。それをめぐる裁判では、三鬼の無実を証明し、名誉の回復に貢献した。

楊一郎は言う。新興俳句の俳人たちはみな、人間としての情感で勝負しようとしていた。新分野を切り拓こうとする意気込みだけで勝負をかけて敗れた。戦争の時代沈黙を強いられた俳人たちは、戦後さまざまな挑戦を行う。それはあたかも、志なかばで挫折を経験した若き表現者たちのリベンジだった。

安保闘争では、田原千暉と田原夏子、ふたりがともに多くの句を詠んでいる。

安保反対日と流れるパン屋洗濯屋　　田原千暉
大待宵草とプラカード食卓の割れ目に立つ
餅から賃斗安保阻止まで主婦あるく　　田原夏子
眠るはらみ猫いてデモへ一家ゆく

2024年4月、わたしは大分市郊外の田原夏子さんを訪ねた。三か月後にはちょうど100歳を迎えられる時だった。雨の中、庭のあじさいの花の青が鮮やかだった。夏子さんと長女の共子さん、三女の直子さんが迎えてくださった。夏子さんはチューリップの栽培で知られる、大分県・緒方町（現、豊後大野市）の生まれ。女性ばかり八人姉妹の長女だった。文学好きで、足立雅泉から俳句を教わった。26歳の時、田原千暉と結婚。夫婦でタイプ印刷所を経営し、生活を支えることは並大抵ではなかった。幼稚園の卒業記念の皿をつくったり、夜中まで製本したり、苦労の連続だった。夏子さんは化粧品のセールスをすることもあった。夫の千暉は夏子さんからちーさんと呼ばれていた。大分県で電動車椅子の利用者第一号。家には松川事件闘争支援のポスターが貼られていた。

長女の共子さんが覚えているのは、次女の作子さんが亡くなったときの父の落胆だ。母の夏子さんは気丈にふるまったが、父は酒におぼれた。そんな時助けてくれたのが、別府の画家・岩尾秀樹だった。田原家では、岩尾のおじちゃんと呼ばれる岩尾秀樹は、『句集長崎』『日本平和句集』『ベトナムとの連帯をうたった俳句集』『火のリレー　日本反核の女たち』など、田原千暉が編集する主な句集の表紙を引き受けた。酒に飲まれる父とは違い、岩尾のおじちゃんはクールだった。岩尾が田原千暉の第二句集『合図』に寄せた文章がある。

「田原千暉は、みずからをとりかこむ世界を、そこに出没する多くの人間とその陰影と、赤い太陽と、太陽に育てられる一匹のちっぽけな別府湾のさかなを、彼は限りなく愛し、愛することが、おのれの生命の証しのごとく、そのように句業の積重ねを彫り続けてきている。〈中略〉あまりにも素朴で、あまりにも弱い人間をむき出しにして見せる酔っぱらいの田原千暉を、私は憎むような気持で愛する」

一方、夏子さんは、大分県母親大会実行委員長を務め、長崎の被爆者・渡辺千恵子さんを大分に迎えたことがある。俳人「九条の会」大分の中心メンバーともなった。発起人のひとりに、かつて山形県で「やまびこ学校」の実践でその名を知られた無着成恭が加わった。２０００年代、70代後半を迎えた無着は国東市泉福寺で暮らし、句作を続けていた。自分がつくる俳句のすべてが平和を願う俳句だと言った。夏子さんたちが訪ねると色紙に、「みんな平等　分け合えば足りるはずです」と書いた。

父を知らぬ子が還暦か敗戦忌
憲法守られて鳴く油蟬　　　無着成恭

2003年、田原夏子さんは初めての句集『麦秋』を出した。家計を支えるため、印刷だけでなく、化粧品の販売のため大分市内を歩き回る日々。疲れ果てたからだで保育園に子どもを迎えに行き、帰り道、背中の子どもといっしょに見た麦秋の夕暮れ。これが夏子さんの句作の原点だった。

額吹かれ眠る子丸し原爆忌　　　田原夏子
核阻止の渡辺千恵子招く
日傘みなたたんで反核デモうごく
爆笑が納得炎天来し母ら
原発案内多弁で疑惑深まる梅雨
水打ってたしかな夕べヒロシマ忌
生きて七十八歳土用蟬の中

田原夏子さんに、ご自身が好きな句をあげてもらった。すると、「爆笑が納得炎天来し母ら」と言って笑った。「炎天下の集会で、みんなが、そうじゃ、そうじゃと言いながら、納得して笑う。こうした場に身をおいていると、こころから楽になるんです」と夏子さんは言った。たしかに、毎日が闘いのよ

田原夏子さん

うな日々にあって、互いに笑い合うことがどれほどかけがえのない時間だったことか。平和とは、身構えることなく笑い合うことかもしれない。

田原千暉と田原夏子。ふたりの奮闘がなければ、長崎の原爆俳句大会や平和の俳句の連なりは生まれなかった。俳句はただ上手けりゃよいというものではない。みんなが共有できる場をつくり、つないでいくことの大事さを生涯にわたって訴え続けたふたりの人生の尊さを思う。２０１０年、田原千暉は87歳で亡くなった。田原が気に入っていた三つの言葉がある。

過去を忘れるものは現在に盲目である
怒りのない作品は文学ではない
黙っていることは加害者である

田原千暉が、平和について講演を行う際に配布したレジュメを見せていただいた。資料はＡ３の紙にびっしりと俳句が並んでいる。表題は「平和のたたかいの歌　主として戦争俳句の遺産と現在」。その数六七句。新俳句人連盟の初代幹事長を務めた栗林一石路の戦争中の句が一番目に来る。一石路の句は、１９４０（昭和15）年、新興俳句への弾圧が始まる頃の作品。

大砲が巨《おお》きな口あけて俺に向いている初刷　栗林一石路

黙らされてなるものかという思いと、戦争に加担する負い目のようなものが交錯する。初刷は元旦の印刷をいうのだろうか。

そして最後の67番目は谷山花猿の句が置かれた。花猿は、１９３２（昭和７）年、旧満州・中国東北部に生まれた。中学２年の時に敗戦。１９４６年に引き揚げ、経営学者として法政大学で教鞭を執った。田原千暉が主宰する『石』の同人。橋本夢道との出会いをきっかけに新俳句人連盟に入会し、戦争・平和・反核を中心とした多くの俳句で注目を集めた。

被爆待ち一頭でいるキリンの首
被爆予定者手を挙げ花韮《はなにら》の潮騒　谷山花猿

どちらの句も、三度目の核兵器の使用を想定した作品だ。１９８２年、核戦争に反対する関西文学者の会は、『反戦反核詩歌句集第一集　被爆予定』を出した。被爆予定とはなんとも物騒なタイトルだが、１９８１年からの核戦争への脅威と、世界中で巻き起こった反核運動を受けて、多くの有志が結集した。呼びかけ人の中に、犬塚昭夫や小野十三郎がおり、田原千暉、谷山花猿も投句した。このときの千暉は、趣旨に賛同し、こんな句を投稿した。

落す者があれば原爆落ちる青野　　田原千暉

さて、この「被爆予定」という言葉から、どうしても思い起こさずにおれないのが、渡邊白泉の句である。

地平より原爆に照らされたき日

これは、川名大の考証によって、1950（昭和25）年の作であることがわかっている。初出は1956（昭和31）年12月発行の『俳句』の俳句年鑑号。世の中に発表されたのがビキニ事件よりも二年も後ということもあって、わたしは長い間不思議に思っていた。

『現代俳句　上』（川名大）の解説によれば、「鬱屈した激しい情念のマグマが自己規制の臨界に達しようとする時のすさまじい自己破壊の情念の噴出を、原爆の閃光を全身に浴びたいという自己破壊の被虐的イメージによって具象化した句である」とある。

この頃、白泉に何があったのか。渡邊白泉の人生に起きた最大の事件。それは1940（昭和15）年『京大俳句』の弾圧事件に巻き込まれたことだった。特高に検挙され、その後解放されたが、発表する場を奪われた。俳人たちとのつながりは復活することはなかった。

だが、敗戦直後の「玉音を理解せし者前に出よ」「ひらひらと大統領がふりきたる」「新しき猿股ほしや百日紅《さるすべり》」といった句のように、白泉の句にはほかのだれもまねのできない創作のエネルギーがあふれていたことがわかる。

1947（昭和22）年、東京・世田谷の実家を売却した白泉は、岡山県津山市に移住、1949（昭和24）年、岡山県立林野高等学校福本分校の社会科の教員となり、地域で文学研究会を立ち上げた。岡山や山口、広島の両隣の県にはたくさんの被爆者が逃げてきていた。

白泉はその後、岡山市内の中学校に異動。一年余り経った頃、突然失踪するのだ。家族にも学校にも知らせないまま、行方不明になること二か月。だが、折しも教員不足ということもあり、失踪は大きな責任問題にはならなかった。川名大は、当時吹き荒れたレッド・パージとのかかわりを指摘する。自筆で毛筆で書き綴った『白泉句集』のあとがきで、白泉はこう記している。

「昭和三十年代に至ってわたくしを訪ずれた不感無声の状況は、何によっても癒すことのできないもので、わたくしはついに俳句とは無縁の人間になるのではないかと考えさせる深刻なものであった。俳壇や文壇から絶縁された孤独の窖《あなぐら》で無償の努力をつゞけることは、わたくしにとってさしたる苦しみではなかったが、この時期においては、身の細胞が日に日にハラハラと舞い落ちてゆくような痛苦を味わったのである」

同じ時期の句に、川名大は注目する。

瑞照《みずて》りの蛇と居たりし誰も否　　渡邊白泉

瑞照りの蛇とは、人気のない石の上にどんと座り、夏の強い日差しを全身に浴び、干からびることも恐れないようす。そんな孤高の蛇とともにあり、他者を拒絶する白泉がそこにいるのだった。「地平より原爆に照らされたき日」と詠う白泉は、孤高の蛇と重なって見える。かれは、ほんとうに三回目の原爆投下を望んでいたのだろうか。作者のこころの内を推し量ることはできないが、わたしはそうではないと思う。

1959（昭和34）年に、白泉はこんな句をつくっている。

原爆を忘れてしまふ雲雀《ひばり》かな　　渡邊白泉

白泉は原爆を忘れなかった。忘れることなど絶対になかった。「原爆に照らされたき日」という言葉を、世の中に向かって発することがどれほど物議をかもすことか、想像がついたはずである。現に、白泉は孫に向けてこんな句をつくっている。

マリが住む地球に原爆などあるな　　渡邊白泉

私は思う。句が生まれた1950年という年、朝鮮半島で戦争が勃発し、原爆を使用される危険性が叫ばれていた。前年にはソ連が核実験に成功していた。核戦争のリアリティ。そのなかで、白泉には、自分を破壊するというよりも、原爆というものの実相を言葉にしたいという気持ちが強かったのではないだろうか。勝手な想像だが、白泉の頭の中にはいつも西東三鬼の句があったのではなかったか。

広島や卵食ふ時口ひらく　　西東三鬼

原爆というものをイメージさせる、ほかにはない迫力があふれている。三鬼には、原爆投下直後の広島を確かに見たという手ごたえがあった。自分がもし原爆というものを目撃することがあったなら、この残虐な兵器にどんな言葉を与えることができるか。自虐や自暴自棄ではない。俳人として、跳ね返されてなるものかという気概を示せるのではないか。それは白泉の覚悟と挑戦状ではなかったか。

1969（昭和44）年1月29日。渡邊白泉は、勤務する沼津市立高校の職員室で、自筆の句集『白泉句集』の清書を、同僚に助けてもらいながら完成させた。午後8時ごろ、帰宅しようと沼津駅行きのバスに乗ろうと、ステップに足を乗せた瞬間、ふらついて路上に倒れた。すぐに運転手や付近の人が市内の込谷外科病院に運んだ。脳出血の発作だった。翌30日、意識が戻らないまま白泉は亡くなった。享年55。墓所は東京・府中市の多磨霊園にある。

第5章　東京から原水爆を詠む

原爆忌東京俳句大会

１９６８年のことだった。ベトナム戦争は泥沼化していた。そうした中で、米軍は、東京北区に「王子野戦病院」の開設を強行する。戦場で傷ついた兵士を治療することが目的だったが、それはつまり日本もベトナム戦争に加担し、アメリカとともに戦うことを意味した。平和であるべき首都が、軍靴で踏みにじられることを黙ってみているわけにはいかない。野戦病院に反対する声は俳人の間からも上がった。１９６９年11月、わずか一年で、野戦病院は年内に閉鎖されることが決まった。アメリカのベトナムからの撤退を受けての判断だったが、市民が声を上げた成果でもあった。俳人としては、次にどうするか。そこで浮かんだのが、東京でも原爆忌俳句大会を開催しようという案だった。

当時、被爆者は全国で三七万人。東京に限っても一万人近い被爆者がいた。原爆投下から二五年経っても、からだやこころ、暮らしのすべてで苦しみを抱えるひとたちがいる。一方、日本政府は、被爆者に対しては受忍を強いるだけでなく、アメリカの核の傘の下にあり、一度核兵器が使用されれば皆殺しになりかねない核抑止論の側に立っていた。

これではいけない。新俳句人連盟や、全国俳誌協会が後援し、多くの俳人が結集し、1970（昭和45）年8月9日、新宿の東京厚生年金会館で、原爆忌東京俳句大会は産声をあげた。最初にやろうと言ったのは、みちのくたろうだとされている（『原爆句集』原爆忌東京俳句大会実行委員会　あとがき石川貞夫）。みちのくたろうの句を二句紹介する。

八月ひとは戦中戦後被爆の日　　　みちのくたろう
やさしい水輪が地獄絵となりヒロシマ忌

作品は全国から二〇四人、六五五句が寄せられ、三谷昭、横山林二、橋本夢道、吉岡禅寺洞、石原沙人らが選者を引き受け大いに盛り上がった。第一回の句をいくつか紹介する。

豆腐浮かすてのひら被爆の消せない傷　　　徳冨いさを
爆忌来るよザラザラ厚き子の雑誌　　　石川貞夫

それから九年経った1979年、原爆忌東京俳句大会は、背が高く、声が大きい、男ぶりのよいひとりの俳人が仕切っていた。実行委員会の事務局長だった石川貞夫によれば、そのひとは、マンネリ気味になっていた実行委員会に喝を入れ、ぐいぐい引っ張っていった。源氏物語を現代語訳ではなく通読し、古俳諧にも通じ、なおかつ現代俳句の未来を切り拓こうと意気軒昂な俳人の名前は林逸平といった。石川と林との出会いは1971年。大会が始まって翌年のこと。ある句集の出版祝いの席だった。指名された大きな体躯の男性が大音声で言った。「わたしの祖国は、朝鮮民主主義人民共和国……」。ほどなくして、原爆忌東京俳句大会は、石川と林がリードしていく。林はほとばしる情熱を言葉にし、問題提起を忘れなかった。

石川貞夫さん

また、ある句会の帰路の赤ちょうちんでのこと。石川と俳人の川瀬はじめの二人に定期入れを見せ、ぽろぽろ涙を流した。そこには「外国人登録証」と書かれてあった。川瀬はじめは、林に会うと「おい、朝鮮人、元気か?」と言う。林は「元気さ、日本人も元気か?俺ははじめが大好きだ」と語った。林は肉親から帰化を勧められたが、応じなかった。朝鮮民族を辱めてきた日本の国家というものに屈してなるものかという思いが、反戦平和を希求するばねになっていたのではないかと石川は思う。

やわらかに骨煮る月の出の岬
歩きつづけつつふえる八月のほとけ
稲をちょっぴり植えて健忘症の天皇
林逸平

西方に父あり木の実やじろべえ
炎天の石より暗い父の国
遠花火見ていて死に方かんがえる
奇妙な縁でびっこの鳩とあるくひろしま
雲の上にまだある空席ひろしま忌
麦秋より濃く行方不明のにんげん

1981年、第一回から第一一回までの原爆忌東京俳句大会の句を集めた『原爆句集』の最後には、あの長崎の原爆句碑の一二句が置かれた。あとがきに林逸平は、こう書いた。

第一回からの作品集作品　一万二千句を二度三度読みかえしているうちに、一句一句にこめられた作者の思いが巧拙《こうせつ》を越えて、怒濤のごとく、時に鋼鉄のごとく、又時には満天の星のごとく襲いかかりました。爆心地に、満身創痍、血を噴き、皮膚は垂れ、手足の先溶け、頭髪抜け、顔面原型をとどめず、眼球とび、脳漿滴《したた》らし、阿鼻叫喚の真っ只中に立つ、悪夢であり、地獄であり、阿修羅でした。〈中略〉酒量あがり体調くずれ不眠症で昼夜逆になり、悪戦苦斗の暗澹たる日々を救ってくれたのは、多くの体験記と激励の手紙でした。時に慰み、時に干天の慈雨、時に鞭打たれ、非才の身でこの事業を完遂《かんすい》できました。非礼をお詫びすると共に、厚く御礼申し上げます。〈中略〉原爆忌東京俳句大会は、地球上に戦争がある限り、日本に軍事基地があり、核兵器が存在する限り存続しなければなりません。今後も原爆忌を、反戦を、そして平和を、巧拙を越えて誠心をこめて一生書きつづける決意をしております。

1981年7月30日朝、原爆忌東京俳句大会の原稿の校正を前の晩夜中までおこなった、林逸平は脳出血に倒れた。血を吐き、脳の浮腫が進行するなかで、逸平は、「アイゴー」「アイゴー」としか言葉を発しなくなった。そして8月6日未明に林逸平、本名林桂生は生涯を閉じた。東京俳句大会の作品を紹介する。

広島の忌や白桃の薄皮はぎ　鈴木青胡
原爆忌影ある人とない人くる　松坂凡平
原爆図から出られない人を待つ　西場栄光
ひろしまの雨の白きにつまづけり　島松希誉子
ヒロシマ忌がれきのしみのおやきょうだい　敷地あきら
八月の紙もせば紙たちあがる　樋渡美代子
祈る爆心蟬穴どれも陽を詰めて　辻正雄
還らざるものらあつまり夕空焚《た》く　穴井太
戦火やまずいつはりなきは嬰児の便　佐藤鬼房
太陽がいつものようにのぼる核ということば　江崎美実

広島忌生者も昏《くら》き鼻の穴　堀井鶏
爆死者眼球のなり喚《よ》ぶ向日葵　石川貞夫
火田民最後は人を焼くけむり　田中千恵子

原爆忌東京俳句大会の第三回大会で、詩人の壺井繁治が講演を行った。壺井は、東京での原爆忌俳句大会の意義を、かつて広島で、峠三吉と四國五郎がつくった『原爆詩集』そして、彼らが一般のひとたちと行った「われらの詩《うた》の会」と重なるものがあると語った。峠が書いた、「われらの詩の会」結成の言葉がある。

「美しい詩は美しい人間生活の証言として以外には無く、われわれの抵抗はおのずから人民の魂にその唇を求めねばならなくなった……」

壺井は、峠と四國の『原爆詩集』の専門性を尊重しつつ、「われら

原爆ドームをバックにした写真
前列左から伊達みえ子、四國五郎、林幸子。四國のすぐうしろ峠三吉、右隣赤松俊子、ひとりおいて右が丸木位里

の詩の会」の活動に見られる裾野の広がりの大切さを訴えた。そして長い詩の一節を紹介する。それは林幸子の「ヒロシマの空」だった。1950年10月、丸木夫妻の「原爆の図」が広島にやってきた時、丸木夫妻と「われらの詩の会」のメンバーが原爆ドームをバックに写真を撮った。最前列の四國五郎の左は伊達えみ子、右が林幸子だった。

ああ　お母ちゃんの骨だ
ああ　ぐっとにぎりしめると
白い粉は風に舞う　粉が風に舞う
お母ちゃんの骨は
口に入れるとさみしいあじがする

壺井は、暮らしの中から生まれ出た「さみしいあじがする」「白い粉は風に舞う」という言葉は、俳句の言葉と同じではないか、峠たちがやろうとしたことをみんなで引き継ぎ発展させることの大事さを訴えた。

こうした壺井の思いを林逸平も深く共有していた。

原爆俳句の結集をはかった林のもうひとつの大仕事は、1974（昭和49）年発行の『多摩無名反戦詩集』の編纂だった。1949年の三鷹事件、1950年のレッド・パージ、1954年から始まった砂川闘争、1958年の警職法闘争、1960年の安保闘争……、アジアの中の労働者として、平和、反核、公害、労働問題や社会問題を詩にしてきた。三鷹事件で死刑判決を受け、その後の再審請求が認められる可能性があったにもかかわらず、1967年45歳で獄死した竹内景助の詩「秋風に思う」（1961年作）が注目を集めた。

秋風に思う　竹内景助

娘には歌を教えてやりたかったよ
せめて小中学生の頃一杯は
おれの声はバリトンかバスか
甚《はなは》だ曖昧だが
ともかく男親の逞《たくま》しい声で
空一杯　大地一杯ひびく思いで
明るくたのしく人生と自然の心を
歌いあげてやりたかったよ
清々《すがすが》しく頼もしい合唱の中で
かしこく寛《ゆる》やかな心をつくってやりたかった
秋風に吹かれて
そんなことをおもう囚獄の心だ　〈後略〉

また、小勝雅夫は、「死者の月」（１９７３年作）で、ヒロシマと昭和天皇についてうたった。その一部を紹介したい。

死者の月　　小勝雅夫

〈前略〉

八月　天皇の声も　蝉の声も聴かなかった死者たちは
蘇えることができない
だが　生き残った者たちは死者たちを呼び寄せる
しかし言葉を絶った死者たちの言葉を
私たちは理解しない
あの日　爆心地で起ったことを見たものは
八月の死者以外誰もいない
八月　蝉は鳴きつづけ
生き残ったものたちは死者たちを祭壇に祭り上げる
しかし死者たちは蝉の声も
天皇の声も聞くことができない
そして世界は新しい死者たちを

大量に作り出している
八月　死者たちの街頭は異邦人に溢れている
八月　死者たちの国は新しい戦争に加担している
八月　死者たちは海の底へかえってゆく
八月　死者たちはもういちど死ぬ

『多摩無名労働者詩集』を編んだ林逸平。林にとって、詩と俳句の境界はなく、ただ無念を共有し、平和を希求する言葉の玉手箱として、そこにあり、ひとびとと共有されることを願う魂の器であった。こうした林逸平の思いは、すこし第五福竜丸保存運動、そして、第五福竜丸乗組員としてビキニ事件から半年後に亡くなった久保山愛吉さんを偲ぶ「久保山忌俳句大会」に引き継がれていく。

「久保山忌俳句大会」

２０２４年はビキニ事件から七〇年の節目にあたる。１９５４年3月1日、アメリカが太平洋のビキニ環礁で行った水爆「ブラボー」の実験によって、静岡県焼津船籍のマグロはえ縄漁船「第五福竜丸」が死の灰を浴びた。キャッスルシリーズと呼ばれる水爆実験は計六回実施され、死の灰の影響を受けた船は九九二隻に及んだ。だが、事実は日米の政治決着のかげに追いやられ、被害に遭ったひとびとは沈黙した。そんななか、福島の原発事故が大きな転機となり、被曝者たちのなかに声を上げ、国を相手に補償を求めて裁判を起こし、闘いを続けている。

わたしは、今から三五年前の1989年、この問題をNHKの『ドキュメンタリー'89』で取り上げたが、高知県でも神奈川県でも、沖縄県でも、関係する元乗組員の方たちの口は固く、取材は難航を極めた。結局、番組は、実験に関わったアメリカ兵士の健康被害や告発、水爆開発に当たったエドワード・テラー博士のインタビュー、貨物船「弥彦丸」の被曝を軸に展開し、他の多くのマグロ船の被曝したひとたちが抱える問題を深く掘り下げることはできなかった。

2024年7月、わたしがかつてプロデューサーとして長く関わった『クローズアップ現代』で、九九二隻の被曝問題が取り上げられた。桑子真帆キャスターは東京・夢の島の第五福竜丸展示館で冒頭のあいさつを行い、スタジオでは俳優で、原爆詩の朗読を続けてきた吉永小百合さんが問題をどう受け止めているか、丁寧に語った。

番組で紹介されたVTRの素材の中で、かつてわたしが取材したときはまだ語ることができなかった方たちが90歳を超え、堂々と証言されていた。あきらめることなくバトンを受け継ぎ、問題を伝えることの大切さを感じた。

東京において、核兵器や被爆・被曝の問題に関心を持つディレクター・プロデューサーや記者たちが、メディアの壁を越えて集まり、時に連帯し、お互い競い合うプラットホームになっている場所が、第五福竜丸展示館である。わたしがかつて著した『ベン・シャーンを追いかけて』は、第五福竜丸展示館学芸員だった三尾喬英さんが、わたしに、ラッキードラゴンシリーズを描いた画家ベン・シャーンのこと

久保山忌

を調べてほしいと言われたことから30年を経て生まれた本だ。元福竜丸乗組員の大石又七さんと作家大江健三郎さんの対談の番組を福竜丸の甲板で行ったこともある。学生たちといっしょに、大石さんと学芸員の市田真理さんの番組を制作したこともあった。

今回の『原爆と俳句』の取材の中で、第五福竜丸の元無線長だった久保山愛吉さんを偲ぶ「久保山忌句会」が毎年、久保山さんの命日の前後に開かれていることを、学芸員の市田さんと安田和也さんから教えていただいた。

久保山忌句会が始まったのは1981年。だが、その前の歴史が存在する。

第五福竜丸は、1954年に水爆実験に遭遇。その後、国が船を買い取り補修を行い、東京水産大学（現・東京海洋大学）の練習船「はやぶさ丸」に生まれ変わり、学生たちの海での学びに貢献した。しかし、歳月とともに「はやぶさ丸」は老朽化し、廃船となり、エンジンを抜かれ、スクラップにされて、東京のゴミの埋め立て地「夢の島」にこっそり捨てられた。それを見つけたひとたちがいて、保存運動が立ち上がった。美濃部亮吉東京都知事に陳情し、大阪で開催される万国博覧会での展示を求める動きもあった。揺れ動く福竜丸の保存問題。この狂騒のなかで、とまどう元乗組員たちの姿を描いたのが、ドキュメンタリー『廃船』（１９６９年3月放送）である。制作にあたったのは伝説のディレクター・工藤敏樹。テレビドキュメンタリーの神様とも言われ、工藤さんにわたしも番組を教わったことがある。

保存運動に弾みをつけたのは、ひとつの投書だった。武蔵大学を中退し看護の雑誌の編集を務めていた武藤宏一が１９６８年3月10日の朝日新聞朝刊に、「沈めてよいか第五福竜丸」を投稿した。武藤は学生時代から、原爆の問題に関心を寄せ、広島原爆資料館の高橋昭博館長と手紙のやりとりを続けていた。武藤の投書を受けて、武蔵大学の学長も応援に加わり、さまざまな輪が広がっていった。

夢の島に、傾いた船体を浮かべていた第五福竜丸。新俳句人連盟の有志二一人は、１９６８年11月23日に、「第五福竜丸吟行」を行った。この様子は、ドキュメンタリー『廃船』のなかにも登場する。そのとき生まれた句を紹介する。

第五福竜丸木場にきて率先して枯れる　　岩間清志
きしむ船体悼みの海は冬の音に　　敷地あきら
冬の海に帰れぬ廃船福竜丸　　川瀬はじめ

川瀬はじめは、大著『ビキニ水爆被災資料集』の俳句の項目を担当し、ビキニ事件を詠んだ句を収集し紹介し、論考を加えた。これまでなんども触れてきたが、ビキニ事件をきっかけに、ヒロシマ・ナガサキの問題が再度顕在化し、ひとびとが原水爆の問題に真剣に向き合うことになった。多くの俳人にとって、核兵器をどう詠むかは、表現者としてのありようを試される試金石となった。川瀬が資料集のなかで言及した作品をいくつかあげる。

貧乏桜よ東半球は千四百万トンの春の灰降る　橋本夢道
死の雨や濡れにぞ濡れてはだか麦　石原沙人
水爆圏気球ら霞みつゝ凹《くぼ》む　中島斌雄
夜の梅がひっそりひっそりビキニ環礁浮く　佐藤鬼房
死の灰雲春も農夫は小走りに　西東三鬼
放射能雨下の幼稚園麦の秋　足立雅泉
妻肝病み子が告げる「くぼやまさん死んだよ」　松野進

「第五福竜丸吟行」は、1970年、71年と続いた。そしてついに1976（昭和51）年6月、第五福竜丸展示館がオープンした。そして1981年から今日まで、途切れることなく四四回にわたって、久保山忌句会は続いている。

2021年9月23日、当時40歳で亡くなった無線長・久保山愛吉さんの命日に第四一回の久保山忌句会が開かれた。第五福竜丸が夢の島に捨てられていた時の「第五福竜丸吟行」の時代から句会を続けてきた石川貞夫さんがお話をしてくださった。石川さんは１９３６（昭和11）年、東京生まれ。父親は陸軍造兵廠が終戦によって解散になり、その後定職に就くことができなかった。そのため石川さんは新制中学を卒業すると同時に、十条製紙に就職。製紙工として働いた。同僚の組合員から、「うたごえ運動」の詩を書き、その後俳句を勧められ開眼した。

１９６８年、ベトナム戦争とどう向き合うかが石川さんの人生を大きく変えた。ベトナムで負傷した米兵の野戦病院が東京の王子に建設される。それに反対する俳人たちの輪の中に石川さんも加わった。そのときの縁で、俳人の敷地あきらに誘われ、新俳句人連盟に入会。第二回「第五福竜丸吟行」に参加したのだ。

枯草鳴る旗鳴る被爆の船軸に　　石川貞夫

１９８１年の第一回の「久保山忌句会」で見事一位に選ばれたのは、田中千恵子さんだ。今は石川さん、飯田史朗さんとともに、久保山忌句会を支える。田中さんは１９４５（昭和20）年12月、中国山西省の生まれ。生後二か月で茨城県に引き揚げたとき、焼け野原になった広島を通過した。この時の体験を聞かされたことが田中さんの創作の出発点となった。

焼津まで秋空一枚遺言碑　　田中千恵子

遺言碑とは、「原水爆の被害者はわたしを最後にしてほしい」と言い残して亡くなった久保山愛吉さんの言葉を刻んだ碑のことを言う。青空が、夢の島からおよそ一六〇キロ離れた静岡県焼津まで、一枚の青空として、そして反核への願いとして綿々とつながっているさまを詠んだ。

わたしは、そのむかし、久保山さんの遺言について、元乗組員の大石又七さんに直接伺ったことがある。大石さんと久保山さんは国立東京第一病院三一一号室のベッドが隣同士だった。ヒロシマの原爆調査団を組織し、ビキニ事件の調査団長でもあった都築正男博士は、衆議院厚生委員会で「二三人の乗組員の一〇パーセントは死ぬかもしれない」と答弁したが、その予想は的中することになる。8月の後半から、久保山さんの肝臓は悲鳴をあげ、あらぬことを口走るようになった。肝性昏睡である。最後の遺言は、久保山さんの症状が悪化する前に語っておられた言葉のエッセンスである。だが、死の直前に理路整然と語ることはもはやできなかったと、大石さんは言った。

取材をかねて、わたしも句会に参加させてもらうことにした。いつも大事にしてくださった大石又七さんは、2021年3月、87歳で亡くなった。わたしにとってビキニ事件といえば、まず大石さんだった。病に倒れられてから、学生たちとともにつくった番組「第五福竜丸はいまも航海中」は、生前の大石さんがほぼ最後に語った貴重な記録になった。

わたしは大石さんを思い、慣れない句をつくった。

漁夫逝けり怒涛と凪を抱きつつ　永田浩三

句会に参加したひとたちは、よいと思った句に一票入れる。ただし、自分の句に入れてはならない。そんなルールも知らないわたしは、自分で自分の句に票を入れてしまい、失笑を買ったが、みな優しかった。票数は四位だった。

翌年の2022年も参加した。この年、プーチン大統領のロシアがウクライナに軍事侵攻。多くの市民を殺害し、原発を攻撃し、核兵器を使うという嚇しも行った。これはたいへんだ。許すことなど到底できない。久保山さんの碑のまわりには、赤い柘榴《ざくろ》がたくさん実り、風に揺れていた。それを見ていると、大石又七さんが怒って真赤になっているように見えた。柘榴の表面の黒い部分が、漁師であり続けたかった大石さんのしみのようだった。そこでできた句が次である。

柘榴たわわ漁夫又七の憤怒込め　　永田浩三

結果は第一位だった。一等に選ばれると、第五福竜丸の船員証が贈られる。船員証には次のような言葉が綴られていた。

「あなたの詠まれた俳句は、原水爆のない未来へ航海を続ける第五福竜丸に永遠に刻み込まれました。あなたは、第五福竜丸の特別の船員として、久保山愛吉さんの遺志を引き継ぐ平和と愛の守り手として、地球上から核兵器もなくし、宇宙の中でひときわ美しく輝く地球の自然を守り、世界の人々の平和で豊かなくらしのためにベストを尽くし、今後もすぐれた俳句を生み出してください。第五福竜丸平和協会」

地球を守り、世界に尽くす。まるで、宮澤賢治の『グスコーブドリの伝記』の主人公になったような、ウルトラマンになったような、ふわふわした気持ちが胸の中にあふれた。石川貞夫、田中千恵子、飯田史朗、句会を続けてこられた方の努力を思う。自分はただその恩恵にあずかったにすぎない。

第6章　表現者たちの格闘

1　土門拳のヒロシマと俳句

写真集『ヒロシマ』

ここで話題を少し変える。1950年代前半、写真界はリアリズムとはなにかをめぐって論争が起きていた。写真は世界を切り取る器。視覚の世界を切り取るのが写真だとすれば、俳句は言葉で世界を救いとる器だ。

日本の写真の地平を第一線で支えてきた木村伊兵衛と土門拳が激しくぶつかっていた。兄貴分にあたる木村は、写真家はしょせん物理と化学の所産であり、最後は科学に全部を託すことになると身も蓋もない発言をする。できたものは極めて客観的であり、カメラという手段そのものがリアリズムなのだと言い張る。これに土門は抗う。最後は、カメラマン本人の態度や考え方が問題なので、リアリズムはカメラにはなく、人間の側にあると主張した。

両者はもの別れに終わる。こうした論争は、俳句の世界でも起きていた。俳句におけるリアリズムとはなにかが真剣に問われていた。社会性俳句である。時代が大きく揺れ動くときに、ものをしっかり見て、そのままの形で表現するとは何か。そもそもわれわれが現実ととらえているものとはなにか。それを経験していない第三者が、ほんとうに理解でき、それを社会に表現することなどできるのか。根源的な問いがそこにあった。

そんな中、『週刊新潮』から、土門に広島の被爆者を取材してほしいという依頼が舞い込む。土門はためらった。敗戦の翌年、車窓から見た広島は惨状を極めていた。原爆のあと、七〇年の間は草木も生えず、ひとは一切住めないなどとまことしやかに語られた。

土門拳

岡井耀毅の『土門拳の格闘』によれば、気後れする土門を説得したのは、草柳大蔵だった。戦後社会を見つめ、リアリズムにこだわってきた土門が、広島がかかえる現実に目をそらしてよいのか。今こそ被爆者の実態に迫るべきではないか。
1957（昭和32）年7月、『週刊新潮』のグラフ撮影の依頼を受けて、土門は広島に通うことになる。土門は数回広島に通い、1958（昭和33）年3月、写真集『ヒロシマ』を出版することになる。撮影のネガの総数は五八〇〇枚。うち八〇〇枚を編集用に引き伸ばし、そのなかの一七一枚の写真が厳選して使われた。

被爆者の手術から始まる写真。それを見た編集部の女性はショックで倒れることもあったという。土門の言葉が残っている。

手術を受ける被爆者を治そうと血みどろになっている医者や看護婦と一緒になって、原爆の爪跡を取り除く人間そのものになる。そこへもっていくためにカメラアングルもカメラポジションも考えているわけで、それ以外にはないわけですよ。二人称の立場、医者の目、看護婦の目にしたいと思ってしか、絶対写真を撮っていないわけですよ。〈中略〉これは実際の場合においては、大へん手術の邪魔になるわけだね。レンズだけ向けて僕の目は患部を正視できずに顔をそむけてしまったために、それは完全に失敗してしまった。僕自身が気が遠くなりそうになった。〈略〉僕は白状するけれども、原爆症の治療のときに、一人称の写真をずいぶん考えたんですよ。それに相当取っ組んだけれども、ほとんど全部失敗して、今度の『ヒロシマ』ほとんど出ていない。〈略〉僕は被爆者の身になって、ほんとにそれがやりたかった。第三者として眺める位置におくことは、間違いだと思うんですよ。他人事として現象を見るということは間違いだ。そういう気持ちだったわけですよ。(『フォトアート』1958年7月号)

土門拳はこうも言う。ぼくは広島へ行って、驚いた。これはいけない、と狼狽した。ぼくなどは『ヒロシマ』を忘れていたというより、実は初めからなにも知ってはいなかったのだ。十三年後の今日もなお『ヒロシマ』は生きていた。

写真集『ヒロシマ』は、絶賛される。中でも作家の野間宏は、「土門拳は広島のなかに入っている」と言って絶賛した。野間の言葉を引く。

原爆症のたたかう人たち、原爆症に、大きな勇気をもって土門拳はむかう。このとき彼のカメラは勇気であり、勇気をこえた向うに成立つあらゆるものを見落とすことのない対象を対象の背後にある原因とともに、一きょに一づかみにしようとする眼である。そこには戦争を憎み戦争をしりぞけるために一歩一歩力をこめて歩いて行く作者の関心の炎が、いま作者の手によってぬぐわれたばかりのように、写真のはじはじについているように思える。〈中略〉生きている広島をとらえて、これを日本人のものにしよう、そしてここから日本の未来をとりだしてこようという土門拳の考えは、広島ととりくんで行くうちに生々と動きだし、もはやその考えに支えられて日本のなか深くはいり、日本人の運命に写真をもって深くふれているのである。(『フォトアート』1958年9月号)

大江健三郎は言う。

土門拳の『ヒロシマ』こそが最も現代的な芸術作品であった。〈中略〉少女の手術の一連の写真に、戦後の日本でもっとも明確に表現された、人間世界の不条理と人間の虚しいが感動的な勇気の劇を見る。(『新潮』1960年2月号)

ヒロシマに全身全霊で取組んだ土門は、次のテーマ『古寺巡礼』のシリーズで、奈良の室生寺に通い仏像や伽藍に集中する。仏の世界を外側から眺めるのでなく、内側からにじみ出るような写真を撮ろうと格闘するのだった。

俳句におけるリアリズム

第三者から眺めるのではなく、被爆者自身の内側から見つめようとすること。これは俳句の世界でも同じことが言える。

土門拳と俳句とのかかわりについて紹介したい。富士フイルムの開発部長を務めた森下茂によれば、土門が俳句に出会ったのは、1949(昭和24)年、哲学者の阿部次郎を撮影のため訪れた時ではないかという。(『写俳人の誕生』岡井耀毅)

この頃、土門は『風貌』の撮影に取組んでいた。阿部次郎は、『三太郎の日記』で知られる漱石の弟子で、東北大学の教員時代から仙台に暮らしていた。詩人の土井晩翠、細菌学者の志賀潔も仙台におり、三人を順番に回って撮影することになった。目の病を抱えていた阿部次郎にフラッシュを焚くことを申し訳なく思いながら、無事撮影が終わった時、阿部が言った。「せっかく遠くまで来てくれたんだ。ひとつ記念に句会をやろうじゃないか」「句会ですか?」

そこで生まれた句が残っている。

遠蛙小芥子《こけし》坊主の添寝《そいね》哉《かな》　阿部次郎

これに対して土門の句。

いつしかに月羝うなる苦吟哉　土門拳

この時以来、土門拳は、時折俳句をつくるようになった。土門は俳句が好きだと公言していた。俳句をつくる姿勢のほとんどは写真作法と共通する。いうなれば、ドキュメンタリーでありリアリズムがそこにある。俳人たちよあくまでリアリズムで句をつくれと語った。

いつくかの句を紹介する。

鮎の口薄白うして息絶えぬ　土門拳

父もなく母もなき子のはだし哉

土門の友人に詩人の草野天平がいる。草野心平の弟。1952(昭和27)年、旅の途中、比叡山の塔頭で病に倒れ亡くなった。享年43、土門拳が愛した天平の「宇宙の中の一つの点」という詩がある。

人は死んでゆく
また生れ
また働いて
死んでゆく
やがて自分も死ぬだろう
何も悲しむことはない
力むこともない
ただ此処に
ぽつんといればいいのだ

この詩を土門拳は好んだというが、土門自身は生涯、炎のように格闘を続けたひとだった。土門は戦後次女の真菜を突然亡くした。戦争中につくられた防火用水池に落ちて溺れてしまったのだ。この時生まれた句がある。

骨壺の子もきけ虫が鳴いている

土門拳は、『ヒロシマ』の撮影中、ひとりの子どもの死に出会うことになる。原爆病院からの無言の帰宅。亡くなったのは、梶山健二くん11歳。母親のミトヨさんが爆心地を歩いていた時、五か月の胎児だった。1946年1月、健二くんは生まれた。ミトヨさんは被爆直後髪の毛が抜けたが、特に異常は見られなかった。そして一〇年後、健二くんは白血病に倒れた。土門が病室を訪ねると、健二くんが言った。「先生、写真を撮って!」細い、澄んだ声だった。看護婦さんが体温と脈拇を計りに来た。健二くんになにか言おうとした瞬間、土門はシャッターを切った。そしてその翌日、健二くんは息を引き取った。その日の朝、土門は鋭いカラスの鳴き声を聴いた。初秋にしては冷える朝だった。霊安室に駆けつけた土門は婦長に言った。「カラスが鳴いたんですよ」。

自宅での葬儀に立ち会った土門は、かつて自分の愛娘の死の際に生まれた句を、精一杯の真心を込めて、遺族に手向けた。

骨壺の子もきけ虫が鳴いている

2 脚本家・早坂暁と渥美清

早坂暁と原爆

脚本家の早坂暁さん。私が長く勤めていたNHKのすぐ近く、渋谷の公園通りのホテルに三〇年以上暮らしておられた。

番組の打ち合わせのために、ホテルのレストランで何度かお目にかかり、その際、原爆の話をしたことがある。

そのむかし、早坂さんが、渥美清さんと温めていた企画がある。全国を放浪するテキ屋が主人公の物語。背中一面にきのこ雲の彫り物がある。名前は「ピカドンの辰」という。渥美さんは大乗り気だった。だが、映画もテレビも、きのこ雲の入れ墨なんてとんでもないと尻込みし、幻の企画となった。

翌年、フジテレビでスタートしたのは、辰ではなく寅。それがなんと国民的映画の「男はつらいよ」に育っていった。

早坂暁

なぜ早坂さんは「ピカドンの辰」を思ったのか。それは早坂さんの忘れられない広島体験にある。早坂暁のエッセイ『この世の景色』の一節を引く。

それは本当に恐ろしい眺めだった。肌も心も粟立ち、凍りつき、たぶんボクの足はガクガクと震えていたにちがいない。ボクと数百人の仲間たちは、そぼ降る雨の夏の夜に、広島駅のプラットフォームに立ちつくしていた。誰も声を発しない。

「なんだ、これは……」

やっと嗄《か》れた声があった。

「燐だ……。死体の燐だ」

誰かがやっと応じている。

昭和二十年八月二十三日の夜、何千、何万という死体から、暗く青い燐光が燃えていた。原子爆弾が落ちたのは八月六日の朝、あれから十七日もたっているというのに、十数万の遺体は懸命の収容、焼却にもかかわらず、まだ恐るべき廃墟のなかに数万人を残して放置されていたに違いない。

だから、数万という燐光が燃えていたのだ。

列車が広島に着くずっと手前から、異様な臭いがボクたちの鼻腔に漂い、近づくにつれて耐えがたいほどの臭いが列車内に充満した。あれは数万の死者の、真夏による腐臭であったんだ。〈中略〉

妹の春子は、海軍兵学校の防府分校にいるボクに面会するため、八月五日広島に向った。ボクの郷里は広島とは瀬戸内海をはさんで向い合う形の北条という町である。三百トンあまりの定期船が、毎日広島の宇品港へ出ていた。

春子が宇品港午後三時すぎだから、市電に乗って広島駅についたのは、たぶん四時ぐらいにちがいない。広島から防府までは、そのころの列車でも二時間とはかからない。

しかし、敗戦直前の日本の鉄道は空襲で寸断され、車両も激減していたから、その日の列車の女学生だった春子は、野宿することをためらって、宿をとった……。広島駅で野宿するか、駅ちかくの宿なら、爆心より一キロ離れているから、身許も分からないほどに爆死することはなかったろうに。彼女はたぶん、広島市の中心街に宿をとったのだ。紙屋町か八丁堀あたりか……。そこは爆心から数百メートルと離れていないのだ。
八月六日の朝、春子は広島駅に向かった……。歩いてか、いや、たぶん市電に乗ってだろう。その時、数百メートル真上の空に、太陽をあざむく光がピカと走ると、何千度の熱線と、衝撃的な爆風がドンと広島市を貫いた。

この時亡くなった妹の春子さんは、実はむかし早坂さんの家の前に捨てられていた。早坂さんの両親は、春子さんを実の子どものように育てた。しかし、ある時から、早坂さんと春子さんの間には恋心が芽生える。両親はそれに気づき、春子さんにほんとうにことを伝えた。春子さんは長年の胸のつかえがとれ、ほんとうの気持ちを兄に伝えるために、海を渡り、山口県防府市の海軍兵学校に向かうのだった。しかし、原爆がそれを阻む。早坂さんは爆死した妹への思いをさまざまな作品に結実させていった。胎児のときに被爆し白血病で亡くなることになる『夢千代日記』は、吉永小百合の切々とした演技が大きな評判を呼んだ。2017年に上映された『夏少女』は桃井かおり主演。の映画、春子さんを思わせる少女の亡霊が登場する。途中の原爆のイメージは画家の四國五郎が描いた絵が使われた。

渥美清の俳句

そんななか、「ピカドンの辰」は、早坂さん自身でもあり、その役を渥美清に託したいと願っていた。早坂は渥美に春子の死について話したことがある。渥美はポロポロと涙を流した。早坂はそれが春子へのなによりの供養だと喜んだ。

渥美には多くの俳句の作品がある。

渥美清の句「赤とんぼじっとしたまま明日どうする」

早坂の返句「ウミウシやじっとしたままどう思う」

ウミウシは、渥美が子どもの頃、顔が似ていると言われた海辺の生物。

早坂は、山頭火の旅をモチーフにした脚本を、渥美を想定して書き、渥美もそれを心待ちにした。だが、渥美の病がその実現を阻んだ。さぞ口惜しかっただろう。

渥美清には素晴らしい俳句がいっぱいある。

子に先立たれカンナ咲く
天皇が好きで死んだバーちゃん字が読めず
やわらかく浴衣着る女《ひと》のび熱かな
月ふんで三番目まで歌う帰り道
ずいぶん待ってバスと落葉いっしょに
お遍路が一列に行く虹の中

渥美清は特に原爆の俳句を作ったわけではないと思う。ただ、夏の盛りのカンナが堂々と咲き誇るさま、長患いの悲哀、吉永小百合演じる夢千代がしばしば襲われる微熱、そして多くの被爆者が差別にさらされ、治療の見込みもないなか、四国八十八か所の巡礼の旅に出て、遍路道を支える人たちが大切にもてなしたことを思うにつけ、これもまた原爆の句と重なるように思えてしまうのだ。早坂と渥美のコンビの作品として『花へんろ』がある。早坂の実家のような店に、さまざまな事情を抱えたお遍路さんが訪れ、また去っていく。ドラマの合間に、まるで登場人物をいたわるように俳句が挿入される。このナレーションを渥美清が行った。すでに渥美が病の身にあり、長い撮影が難しいことを知っていた早坂は、せめて渋谷のスタジオに足を運んでもらい、自叙伝のような作品を、あのふくよかな声で作り上げたかったのだ。

渥美清の優しさや繊細さは、それぞれの俳句にあふれ出る。特に、「ずいぶん待ってバスと落葉いっしょに」の見事さ。旅のなかの一コマだろうか。こうした風景に目が留まり、それが一七音に結晶する。渥美清の句を読んでいるうちに気が付いたことがある。これまで、原爆というキーワードで俳句を見てきたのだが、被爆者の日常はなにも原爆投下のあの日や8月6日・9日の原爆忌だけにあるのではない、なんの変哲もない普段の日常のなかで、生まれた句もまた被爆者にとっての原爆の俳句ではないかと。

3　ヒロシマの詩人・木下夕爾　最後の詩

木下夕爾の詩と俳句

木下夕爾は、広島を代表する俳人であり詩人である。出身は尾道市。尾道は瀬戸内海沿岸では珍しくアメリカ軍の空襲の被害を受けなかった。格子戸を連ねた細い路地や、長く続く石畳の階段が今も残っている。俳人の飯田龍太は木下について「作品を読んでいると、いつとはなしに心が和《なご》んでくる」と評した。木下は、井伏鱒二や安住敦と深い交流を結んだ。井伏鱒二は隣町の出身、飄々とした作風を身上としたが、1965(昭和40)年~66年、小説『黒い雨』を発表した。安住敦は、1935(昭和10)年、俳誌『旗艦』に参加、日野草城のもとで、新興俳句運動にとりくんだ。戦後は、久保田万太郎らと活動。1982(昭和57)年から五年間、俳人協会の会長を務めた。代表句に「てんとむし　一兵われの　死なざりし」「しぐるるや　駅に西口東口」がある。

さて、木下夕爾は、堀口大学や三好達治の影響を受け、詩作を始め、久保田万太郎の『春燈』に句を発表した。その作風はとにかく優しい。井伏鱒二が絶賛したとされる「ひばりのす」の一篇。

ひばりのす
　みつけた
まだだれも知らない
あそこだ
水車小屋のわき
しんりょうしょの赤い屋根のみえる
あのむぎばたけだ

小さいたまごが
五つならんでる
まだたれにもいわない

こんな優しい詩が生まれたのは1955（昭和30）年のこと。木下夕爾は、その翌年、朝日新聞の求めに応じて、「同じ空の下に・ルポルタージュ広島」を書いた。その一節「原爆ドーム」。

　有刺鉄線にかこまれて、原爆ドームは朝の影を川波の上によこたえる。夏草に影を落すねじれ曲った螺旋階段に、あの日天空までかけ上った人の足のうらが見える。がらんどうの窓々は、永遠にひらきみつめる眼のようだ。そのあたり、たくさんの雀が巣くっている。私たちは言い合った。巣くっているのは鳩ではなかったのか。でもこの廃墟には雀の方がふさわしいかもしれぬ。彼らは鳴きつれながら飛び立ち、飛びかえる。その巣からわらくずがぶら下り、くずれかけた壁に点々と糞が光る。

　S銀行前の石畳の、死の人影はもうない。小さな鉄柵が、その場所だけを抱いている。十年が、かき消してしまったのだ。いや、人々がめいめい持ち去ったのだ。日盛りの、やけた歩道を歩くとき、人々はめいめいのその影を踏む。私もまた眼を落してそれを踏みしめる。いつ、どこで、私たちが自分で焼きつけねばならぬしれない影である。

同じとき、木下夕爾はこんな句を詠んだ。

つぶやけり炎天のわが影を踏み

木下は、詩では直接原爆に向きあい、俳句では暗示にとどめるものが多かった。住友銀行の人間の影はその後、取り外され、今も広島平和記念資料館（原爆資料館）に展示されている。黒く影のように見えていた部分を分析すると有機物が検出された。つまり影は原爆によって消滅させられた人間の痕跡そのものであった。

お隣の県・岡山県に住む詩人・永瀬清子は木下の詩と俳句の世界を愛したひとり。永瀬は木下の詩心と俳句の世界を語る。

「何よりも心暖かく、そのため小さい自然の動きにも花や虫にも自分の心を投入し得た人。彼の描く季節は、単に四季ではなく、夏が過ぎ去って秋がしのびよって来た時の、あの虚ろな「時間」の感覚であったり、早春のみずみずしい光のしたたりであったりする。それがすでに人によってみいだされている定型としての季語ではなく、彼が任意に選び、任意にときはなつ季節の感覚なのである。」

これは、木下夕爾が目指していた俳句の本質を示している。すでに定まった季語を使えばよいのではない。自分が見つけた季節の感覚を詠う。そして、そこには常に、ほかにはない木下独自のやわらかで透徹したまなざしが注がれていた。それは、あの与謝蕪村にも通じる。

家々や菜の花いろの燈《ひ》をともし
烏瓜《からすうり》引けばまたたく海の藍《あい》
夕東風《ゆうこち》のともしゆく燈《ひ》ひとつづつ
寒灯の一つ一つに家あらむ
炎天や相語りゐる雲と雲
今日ぎりの休暇となりぬ油蝉
あたたかさにさみしきことをおもひつぐ
夕焼を率《ひき》てしづかなる蟻の列
ひまわりに海はも青き壁をなす
駅の名のひらかなの字のしぐれけり
虫鳴けりひとりの闇をふかめつつ
風花や手の甲をもて拭《ふ》く涙

そして原爆忌については、こんな句を残している。

湧きつぎて空閉ざす雲　原爆忌

絶筆「長い不在」

1965年、木下夕爾は病の床にあり、口から食事を摂ることができなくなっていた。地元の中国新聞社は原爆二十周年に際して、原爆を詠う詩を木下に依頼した。そこで生まれた詩「長い不在」が絶筆となった。

かつては熱い心の人々が住んでいた。
風は窓ガラスを光らせて吹いていた
窓わくはいつでも平和な景をとらえることができた
雲は輪舞のように手をつないで青空を流れていた
ああなんという長い不在
長い長い人間不在
一九六五年夏
私はねじれた記憶の階段を降りてゆく
うしなわれたものを求めて
心の鍵束を打ち鳴らし

この詩は、明らかに1955年の「ルポルタージュ広島・原爆ドーム」を継承している。窓枠は原爆ドームの窓枠だろう。人間がいてこその建物、人間がいてこその窓。人間がいてこその広島の風景なのだった。今見えている風景の中に不在が見える。そうしたことが繰り返されてはならないと詩人は人生の最期に、後世に向けて言い遺した。

4　被爆者・伊東壮と俳句

戦後の被爆者運動と伊東壮

戦後の被爆者運動を担ったひとたちの中でも、俳句を人生の友とし、多くの原爆俳句を残したひとがいる。中でも伊東壮はその代表だろう。伊東は１９５８年被爆者の会の結成に関わって以降、生涯にわたり、核兵器の廃絶と国家補償に基づく被爆者援護法の制定をめざす活動を続け、その折々で句を詠んだことで知られる。１９４５年の夏、伊東は広島第一中学の3年生。学徒動員で呉の東洋工業で兵器の製造にあたっていた。

伊東が俳句に興味を抱いたのは小学校の時。広島市立竹屋小学校の担任の先生が高井正文だった。高井は、後に『句集広島』の編集委員を務めたことでも知られる。俳句同人『夕凪』を主宰し、広島市中央公民館の館長を務め、戦後の広島の俳句界をリードした。伊東は高井から、まっすぐな俳句の世界を学んだ。県立第一中学校では、同人誌『北斗星』をつくった。

憤激に見上げる空や天の川

これは、原爆ではなく、広島の東、呉市の大空襲を詠んだ句である。8月9日、伊東は行方不明になっている家族を探しに兄とともに広島市内に入った。この時のことを伊東はこう記している。

ようやく夏の朝が明けようとする被爆直後の広島には、朝靄《もや》がたちこめていた。見渡す限りまっ平になり、何の障害もない朝靄の先にいつもは見えもしない瀬戸内海に浮かぶ似島がみえた。街は死の静寂におおわれ、壊れた水道管から噴き出す水の音だけが聞こえた。黒こげになった死体をまたぎ、倒壊し消失した家屋の残骸が積み重なり、どこが道路かわからないところを迷いながら、やっと私たちは自宅があった場所にたどりついた。石の門と庭の大きな石の手水鉢が目印であった。自宅の焼け跡に入って離れ座敷があったところまで来て私は、目を疑った。『大言海』がそのままの姿で灰になっているのである。そしてまるでフィルムのネガのように灰の上に字が白く浮きあがり、一ページ全体がちゃんと読めた。それはつい三日前私が生きてきた生活の名残であった。灰は私に助けてくれと呼びかけているようにみえた。〈中略〉私はそっと灰をすくってポケットに入れた。まるで遺骨のように。（『ふみあと』（伊東壮）

伊東壮

伊東壮は、1945（昭和20）年12月に東京に移り、日本橋中学の三年に編入。その後、一橋大学の大学院を卒業した伊東は、都立高校定時制の教諭を経て、地域経済を専門とする山梨大学の教員となる。１９５８年、東京都国立において被爆者の会の結成に関わり、以降、核兵器の廃絶と国家補償に基づく被爆者援護法の制定をめざす活動を行った。東京での伊東は東京立川の砂川の基地闘争にも参加した。

基地撤廃春泥にじる怒りもて
白きシャツ妻の手にありメーデー歌
団交の成果乏しく虹にたつ

１９６９年、伊東が東京の被爆者の会を開いたときのことである。杉並区に住む被爆者が言った。「二四年前に、松の木の根元に夫や子どもの骨を埋めるしかなかった。あれはいまどうなっているのか。」その言葉がきっかけで、墓参団が始まった。そのうち墓参よりもっとやることがあるのではないかという声が、会員のなかから上がり始めた。被爆者援護法はいつになったらできるのか、原水爆をなくすという運動をもっとすすめるべきだ。こうした声を受けて、運動はしだいに骨太なものに成長していった。伊東壮は、日本被団協の中心を担い、世界に向けて声を発信しはじめる。

１９８８年、国連本部において開かれた第三回国連軍縮特別総会のＮＧＯデーで演説し「被爆者が生きている間に核兵器廃絶を」と訴えた。１９９５年にはハーグ（オランダ）の国際司法裁判所で核兵器使用の国際人道法違反が審議された際に、その違法性を訴えた。また、石田忠（一橋大学名誉教授）及び石田門下の濱谷正晴（一橋大学名誉教授）、栗原淑江らとともに社会学の視点から原爆被害の実相について調査・分析を行い、原爆が体・暮らし・心の「トータルな崩壊」を被爆者にもたらしたことを指摘し、原爆体験の思想化に影響を与えた。

核廃絶の地の塩と生き五月鯉
木枯しや生き残りたる務めなしに

『この世界の片隅で』（山代巴編）の中に、大牟田稔が書いた「沖縄の被爆者たち」がある。そこでの記述から。1954年6月、久米島である患者が死亡した。本土で原爆に遭い典型的な原爆症の症状を示したにもかかわらず見過ごされたのだ。すでに本土では1957年に原爆医療法が制定されていたが、沖縄は適用外とされた。1960年、再び久米島で、被爆者が不調を訴えた。琉球政府は那覇から三人の医師を派遣。久米島の一〇人の被爆者のうち四人が亡くなっていることが判明したが、本格的な調査は始められなかった。そんな中、1963年秋、石垣島で、めまいで家事も満足にできないと原水協の関係者に訴えた。そのひとは原爆が投下された日、看護婦として広島陸軍病院に勤務していたことがわかった。このことが契機となって初めて沖縄で本格的な被爆者実態調査が行われた。被爆者の多くは、広島や長崎の兵器や造船の工場で働いていた養成工の少年少女だった。原爆に遭遇したあと、神戸でホームレス暮らしを経て沖縄に帰ったひとがいた。広島の原爆投下直後、宇品の暁部隊とともに、遺体の処理をしたひともいた。

72年6月、沖縄本土復帰の年、伊東は沖縄県被爆者対策推進調査団長として訪れる。被爆者の数は四八〇人に及ぶことが初めて明らかになった。被爆者健康手帳の交付は、1966年から始まっていたが、交付を受けられたひとは二八〇人。受けていないひとは二〇〇人に及んだ。那覇の交付者は八〇人。うち男は五九人、女二一人。石垣島は一五人だった。伊江島では病気がうつると集落の人々から白い眼で見られた。

沖縄返還のシュプレッヒコール　梅雨の重圧
人類の生存へ原爆忌大地灼《や》く
一条の夏光　仏の唇染むる

1977年、国連経済社会理事会の諮問機関であるNGOの主催で、およそ二週間にわたって原爆被害を考える国際シンポジウム（通称77シンポ）が開かれた。伊東は被爆者を代表して集まったひとたちに語り掛けた。「原爆は、人間のいのち、暮らし、こころの全面にわたって被害を与え、しかも被害は今も続き、むしろ年が経つに連れて拡大しています。原爆は二十数か国の外国人に対しても被害を与えました。私たち被爆者は、この経験を人類が自分のものとしない限り、人類は滅びるしかないと思い続けてきました……」

この日の、三千円のパーティーで準備委員会議長のアーサー・ブースが突然マイクを握って言った。

「われわれはすべてヒバクシャなのだ。ヒロシマ・ナガサキの生き残りなのだ！」（『新版1945年8月6日』伊東壮より抜粋）

アーサー・ブースの言葉に心を揺さぶられた時の句がある。

生きるものみなヒバクシャぞ雲の峰

枯れ木のごとき瘢痕《はんこん》の手よドーム炎う

被爆者と胸はり言う日冬の海

座り込みし被爆者の瞳へ冬日燃ゆ

1988年、国連本部において開かれた第三回国連軍縮特別総会のNGOデーで演説し「被爆者が生きている間に核兵器廃絶を」と訴えた。

国連演説の筆おこす　窓の五月富士

梅雨の雲海　核廃絶の旅に飛ぶ

演説終えものみな初夏の風光る

昭和天皇の死去を詠んだ句

冬怒涛　戦争を問い天子問い

伊東は一生をかけて被爆者とは何かを問うたひとである。人々やメディアによって印象づけられた被爆者とは、「当時、広島と長崎にいて、原爆を受け、ケロイドを持ち、白血病にかかりやすく、子どもをつくれば子どもにまで影響がある」とされる人々と要約される。しかし、伊東にはこうした抽象化は一面的な真実しか含んでいないように思えた。この抽象化はもっぱら原爆被害の生物学・医学的側面しか見ていない。生活の苦しさや心理的な傷にまったく目が向けられていない。伊東たちにとって、原爆被害とは、生活者である人間が総合的に破壊されることであった。そしてその活動は、被爆者自身が、自分の言葉を取り戻していくことであった。声は個人の中でとどまるものでなく、広く世の中を動かす政治的な意味を含んでいた。ある女性は、墓参のために二〇年ぶりに広島を訪れ、こう言った。「久しぶりに、しそを落とした辛子味噌で鱧《はも》を食べました。ああ、これで広島に帰ったと思いました……」広島ではうどん、長崎ではちゃんぽんが話題になった。この何でもない庶民の味と生活。そうしたことを原爆は破壊したのだと伊東は改めて気づいた。伊東は自身の俳句について、ファウストの言葉を引用しこう語っている。「この世におけるおれの生涯の痕跡は、永遠に滅びはすまい」

伊東が遺したさまざまな俳句は、原爆投下後の広島で、灰となった辞書の悲鳴、この無念を言葉で伝えてほしいという願いにこたえるものであった。2024年秋、日本被団協はノーベル平和賞を受賞した。伊東壮が生きていたら、きっと多くの仲間とともに喜び合ったにちがいない。最後に伊東の二句を紹介する。

核廃絶夢ならぬ日の秋を生く
原爆忌ここにも一つ蝉の穴

中曽根康弘の句碑に反対した俳人たち

世の中のひとが原爆に関心を抱くにあたって、俳句が果たしてきた役割は計り知れない。しかし、ひとつの俳句が生まれ、それが共有され、人口に膾炙するに至るには、多くの人たちの努力があったからこそということに、今さらながら気が付く。なかでも大きいのは、前の章でも述べたが印刷の技術だ。思えば、田原千暉もそうだし、俳壇の重鎮・高柳重信も印刷の仕事をしていた。ひとつひとつの俳句を間違えずに印刷する、発行の期限を守る、きちんと会員に送り届ける。戦後の混乱期、紙の値段は高かった。1948(昭和23年)の記録では、ザラ紙B4判1シメ(500枚)五〇円。電球一個と同じ値段だった。賃金ベースは三〇〇〇円に行かなかった。そんな時代には、いまよりはるかに印刷物が貴重だった。そんななかで、『句集広島』の選考の事務局を務めた岡崎水都の奮闘は特筆すべきものだった。岡崎水都またの名前・乾淇一郎は、1945(昭和20)年秋、呉市の大衆マーケットのなかに野火発行所を開いた。「野火」には、広島のこころある俳人たちが結集。いったんは疲れ果て、呉を脱出し単身四国・香川に逃れるが、ふたたび広島にもどり、『句集広島』の誕生の手伝いをした。水都は広島県庁に勤務し、俳句結社「夕凪」にも所属した。その彼が、1975(昭和50)年、義兄から富士山麓の土地を譲り受けたことから広島を離れ、静岡県富士宮市に移り住むことになった。そこで、口語俳句の結社「主流」の田中陽の句集『傷』と出会ったことが、水都の俳句を大きく変えることになる。まずは田中陽の作品を見てほしい。なんと斬新でのびのびしていることだろう。

あなた水のようにバッジ光らせ八月六日　　田中陽
さくらどこまでもつづきどこまでも俗な僕ら
妻よ風呂から早くあがれボタン戦争はじまる前に
空へ地球を描くいびつなむすびのような地球となる

2021年10月、わたしは静岡県島田市の田中陽さんのお宅を訪ねた。街道に面した静かな日本家屋。玄関わきの和室から庭が見え、懐かしい感じがした。眉が豊かで、優しい目をした男性が田中陽さんだった。

田中陽さん

田中さんは、口語俳句の先駆者のひとり、田中波月の四男で、1933（昭和8）年生まれ。長兄はレイテ沖海戦の際、巡洋艦摩耶で戦死。珠算塾や経理学校の教員をしながら、俳句の可能性を切り拓いて来た。父・波月からの俳誌『主流』の理念は、遊びの文学といわれる俳句に対抗し、自立した文学としての俳句をつくることだった。「主流」の名前は、大井川の流れから来ている。大井川の流れは、決して一本ではない。太い流れが複数ある。だから俳句もいくつもの流れがあってよいのだというところから名付けた。
コロナ禍にあって、田中さんは、最近こんな俳句をつくりましたと言った。

ステイホーム八月六日の朝がくる　　田中陽

毎年膨大に生まれる原爆俳句。選者として田中さんは思う。「原爆忌は季語としてとらえるのではなく、原爆に向きあうことこそが大事です、評論家のなかには原爆俳句はマンネリで堕落していると批判するひともいるが、マンネリであろうが、とにかく詠おうとすることが大事です。ヘタとかうまいとかが問題じゃない。原爆を詠む。それが大事です」

田中陽さんにはこんな作品もある。

ヒロシマを歩いた靴ずれを愛している　　田中陽
時間ああ傷癒えた油虫が起きあがる
死がぐるりと取り囲むに似て裸木

田中さんの家には、かつて平和句集キャラバンのとき、田原千暉が泊ったこともある。田中さんは、広島の岡崎水都が、田中さんの句集『傷』によって、作風をすっかり変えたことを喜んでおられた。岡崎水都の作品を見て見よう。『夕凪』時代と、静岡に移ってからとでは大きな違いがある。

声のかぎり島に生き島に死す蟬　　岡崎水都（夕凪時代）
誰が見ても誰も言わず原爆写真展の出口
くらい壺はのぞくではない触るではない　（主流時代）
暁に逝く啞蟬はひと言鳴いたか
すらすら語る広島ガイドをにくむ

田中さんの句に出会って以来、岡崎水都の句がどんどん自在になっていったことがはっきりわかる。さて、田中さんは、桑原武夫の「第二芸術論」の本質は、世俗のしがらみにからめとられ、文学性から離れてしまったことを批判したのだと受け止めた。だから、難解な言葉ではなく、口語を使うことによって、文学性を取り戻していけると考えた。

そんな田中さんを怒らす出来事がかつてあった。1985年8月15日、中曽根康弘首相は、内閣総理大臣として靖国神社を公式参拝。生花を拝殿に供え、代金は公費で支払った。当然、大きな議論を巻き起こし、国内外から批判を浴びた。中国はこれまで、日本政府や国民の戦争責任を問うて来なかった。日中の国交正常化を図るためには、戦争は軍部の一部の暴走によるもので、そのひとたちにのみ責任があるというフィクションを作り上げる必要がありそれによって妥協してきた。ところが、中曽根首相は、そうしたお約束を反故にし、A級戦犯が合祀され、戦死者を顕彰する場所に公人として参ったのだった。

二年後の1987年、広島平和公園の中に、中曽根康弘の句碑が建てられることになった。「悲しみの夏雲へむけ鳩放つ」。中曽根首相はこれまで三回、8月6日の式典に参加し、広島に心を寄せているというのが設置理由だった。だが、中曽根は、1954年3月3日、ビキニ事件から二日後に、二億三五〇〇万円の原発開発予算を通す先頭に立った。ウラン235にちなんだ額だったと言われている。1956年に広島で開かれた「原子力平和利用博覧会」を推進したのも中曽根だった。読売新聞の社主で、科学技術庁長官だった正力松太郎がバックにいた。正力は、米騒動の弾圧、大政翼賛会総務、読売争議弾圧などを経て、アメリカの支配下での原発推進の旗を振った。中曽根は過去に正力を総理にすべくさまざまな運動をした。そして、中曽根首相時代は、米国レーガン大統領との蜜月の中で、軍事的な連携を強化する「不沈空母」発言も行った。

そんな中曽根氏の句碑を平和公園に永久に設置するなど、あってはならない。田中陽さんは声を上げた。同じく東京で声を上げたのが久保山忌句会の田中千恵子さんたち。そして、広島で声を上げたのが、前述した伊達みえ子さんだった。原爆に遭遇した時、伊達さんは16歳。原爆症の父の最期を看取りながら句作に励んだ。「蝉の穴のぞけば被爆の十六歳」。

伊達さんは、中曽根句碑反対の声をあげるにあたって、鈴木六林男の生き方に背中を押されていた。俳句を学び始めたころの師は高井正文。その後、伊達さんは鈴木六林男の俳句に魅せられ、六林男について俳句を学びなおした。

鈴木六林男は、1919(大正8)年大阪府の生まれ。京大俳句の会員となり、西東三鬼に師事した新興俳句の旗手であった。中国戦線に一等兵として従軍。南京で佐藤鬼房と偶然会ったこともあった。

永遠に孤《ひと》りのごとし戦傷《きず》の痕《あと》
遺品あり岩波文庫「阿部一族」
射たれおりおれに見られておれの骨　　鈴木六林男

これらの有名な句だけなく、「かなしければ壕は深く深く掘る」「昼のこほろぎ塹壕に死者還る」の句を戦場で残した。

ビキニ事件を受けての句も、力に溢れている。

無数短音鳥獣魚介喪主自由
死の灰が降る月明の蘆の芽や

そしてヒロシマについても真剣に向き合った。

ヒロシマの忌や群衆の泳ぎの声

鈴木六林男が戦後常に意識していたものがあった。それは桑原武夫の「第二芸術論」である。自分の作品は人を描き、世界と対峙できているか、自身を律し研鑽を怠らなかった。そんな師の姿を仰ぎ見ながら、伊達みえ子さんは、ヒロシマ、沖縄、そして福島について句を作り続けている。

地虫鳴く原爆ドーム立ちつづけ
勲章の季節われらに草の花
どこか似るブーツと軍歌うすごおり
さびしい平和　白桃するりと剥ける
八月の風はらみ来るチマ・チョゴリ
基地いつまで蛇皮線《さんしん》闇に鳴りつづけ
太陽がいびつメルトダウン以後
うすうすと核の塵《ちり》降る黒日傘

伊達みえ子さんは95歳。丸木位里・俊の『原爆の図』が広島にやってきた時、出迎えた「われらの詩の会」のメンバーとして原爆ドームを背にして写真を撮った。写真に写っているひとの中で、存命なのは伊達さん一人になった。8月6日、必ず原爆と向き合うことを続けて七〇年余り。平和を脅かすものに抗い声をあげてきた。ヒロシマだけではない。度重なる米軍基地による被害に苦しむ沖縄の人たち、原発事故によって破壊された福島の人たちの暮らしにこころを寄せ、それを俳句にしてきた。わずか一七音で詠むからこそ、自分は何を見つめ、何を考えているのかを明確にしなければならない。いや、いつも俳句から自分があぶり出される。その繰り返しのなかで、言葉とはなにかがわかるようになってきた。しかし、甘くはない。毎回新しい気持ちで向き合う。過去の作品を模倣することは、自分が許さない。それではつまらない。俳句をやる意味がない。原爆と俳句。それは伊達みえ子さんの人生そのものであった。

第7章　沖縄と福島

1　野ざらし延男の挑戦

俳句と蟬

俳句の世界には季語がある。日本の四季の移ろいを季語を駆使して繊細に詠む。日々のニュースや時代や政治とは距離を保ち、暮らしの中の機微に喜びを見つける。たしかにそれは、大切なことではある。だが、県民の一〇人に一人が亡くなった沖縄戦、その後の米軍統治下の不条理、すさまじい基地被害。そんななかで、おさまりかえった俳句に満足することなどどうしてもできない。その日その日を必死で生きのび、俳句によって怒りや絶望や、希望もまた詠みたい。そうした格闘をずっと続けてきた俳人のことを語りたい。

野ざらし延男さんは、1941（昭和16）年、沖縄県石川市（現・うるま市）に生まれた。「天荒」を主宰する沖縄を代表する俳人であり長崎の原爆俳句を支えてきたひとでもある。

延男は、高校の図書館でひとつの俳句に出会ったことで救われた。一年中よれよれの野良着と雨靴を履いての登校。親や教師から見れば問題児であった。当時の延男さんは、人間と学校教育への不信が渦巻き、心の中に深い闇を抱え、絶望に打ちひしがれていたという。そんな青年が出会った、松尾芭蕉の句がこれである。

野ざらしを心に風の沁む身かな

野ざらしとは、しゃれこうべ、髑髏《どくろ》のこと。風雨にさらされながらも耐えに耐える。芭蕉が新しい俳諧の道を切り拓くために、旅のなかで野垂れ死ぬことを覚悟する。そんな激しい句だ。

野ざらし延男さん

野ざらし延男さんは自身の名前の由来をこう書いている。「野ざらしとは、混沌と懐疑と渇望の中で出会った、一点の灯。芭蕉の狂気の旅立ちが、血がしぶくように迫って来た。芭蕉の狂気と覚悟をわがものとして生きたい。芭蕉の同行者になりたい。俺も俳句にいのちを賭けようと念った。このとき、本名の山城延男を捨てて、俳号を野ざらし延男とする決意を固めた」。

野ざらし延男さんは、俳句にまつわる箴言をこれまで多く綴ってきた。『俳句の地平を拓く・沖縄から俳句文学の自立を問う』の中で野ざらし延男さんは蝉こそが俳句だと書いている。

蟬は幼少時代へ誘う導火線である。十代の終わりごろ、草蟬に出会った。生まれて初めての吟行。場所は知念村（現・南城市）の斎場御嶽《せーふぁうたき》。斎場御嶽は、琉球王国最高の聖地で、祭事には聖なる白砂を「神の島」といわれる久高島から特別に運び入れ、それを御嶽に敷きつめる。今や世界遺産にも登録されている。この特別な場所に棲む草蟬は、羽根の緑がひときわ鮮やかであった。可憐な蟬が白昼に、緑色の一本の火を点すようにしんしんと鳴いていた。御嶽の奇岩の割れ目から、はるか沖の久高島の神が耳をそばだてて聞いているようだった。草蟬は聖なる蟬、人を恋う蟬。

蟬の一生はドラマチックである。産卵は枯れ枝に、産卵痕のぎざぎざが蟬の一生を暗示している。やがて孵化《ふか》し地表へおりる。土中の数年の生活を経て成熟し、サナギから成虫になり、ある日敢然と土中の闇の生活から地上に姿を現す。一度穴を出た成虫は永遠に後戻りはしない。やがて夕闇の葉裏で仮面を脱ぐ。

俳句は極めて蟬的要素を持っている。無表情に流れゆく日常のはざまで、瞬間の美を永遠の今を書くことを教えてくれる。複眼は、単眼的思考を戒める。表相ではなく内実を。一〇メートルの樹木あらば一〇メートルの根のあることを思うべし。樹上に鳴く蟬あらば土中の幼虫を思うべし。脱皮は、旧態の詩性からの脱皮を促し、日々新たに生きることを教えてくれる。空蟬は、生命の尊さと虚しさを教えてくれると同時に沈黙の重さを象徴する。

土中の胎へ響《とよ》む末期の蟬時雨

蟬を、空蟬を、蟬の穴を、蟬時雨を、原爆とのかかわりで詠んだ俳句がいかに多いことか。生と死、いのちのはかなさ。いのちの尊さ。それは俳句という詩が持っている性質と深く関わるものだ。野ざらし延男さんが書く、「旧態の詩性からの脱皮」。延男は、人生を賭して、この課題に向きあってきた。「季語」について激烈に論を進める。要旨を紹介しよう。

沖縄戦では鉄の暴風が吹き荒れ、老若男女を巻き込み、二十三万あまりの戦死者が出た。非戦闘員の少年少女たちも鉄血勤皇隊、ひめゆり学徒隊などへかり出され戦場に散った。洞窟《がま》では軍命が関与した凄惨な集団強制死もあった。軍国主義、皇民教育の嵐が住民を地獄へ追い込んだ。この暗黒時代の黒嵐を忘れてはならない。戦後七九年、いまだに遺骨収集が続き、不発弾が工事現場から顔を出す。在日米軍の専用施設のおよそ七〇％が、国土面積の約〇・六％しかない沖縄県に集中し、新たな基地、ミサイル施設の工事が強行されている。沖縄には平和の風は吹かず、有刺鉄線の中の米軍基地には軍事支配のシンボルとして星条旗が春夏秋冬、風にはためく。「季語」は無力である。風言語でいえば、「颱風」は外せない。沖縄は颱風の通り道である。毎年数個襲来し、戦争や軍事基地に痛めつけられている島々にさらに災禍が増す。〈中略〉俳句文学が自立するには

「風」を季語として特化するのではなく、変幻自在な風の特質を生かし、四季の境界を超え、時空を超え、詩語として磨き、普遍化へとつなげるべきである。

野ざらし延男さんにとって、俳句は蟬と切ってもきれない。

蟬時雨血がひいていく草の束

この句は、1950年代前半の体験が詠まれている。延男が小学校五、六年のころ、沖縄はスクラップブームに沸いていた。眼前の金属物がいつの間にかスクラップ化され、ハゲタカが襲ったあとのように金属類が消えた。(『俳句の地平を拓く』(野ざらし延男))

当時、延男さんの家では、便所の「糞運び」は野ざらし延男の役回りだった、ドラム缶を埋め込んでつくられたポットン便所には蛆が山をなして湧いていた。どす黒い糞の表面に白い蛆がびっしりと張り付き、それが蠢《うごめ》く姿に、延男さんは奇妙な感動を覚えたという。その肥桶用のドラム缶さえ盗まれてしまった。

人間が生きていくための蠢きと欲望。そのなかで、延男少年は自然の営みの声を聞き、目が開かれ、後年それを俳句という言葉に変えていくのだった。

池で釣り上げた鮒《ふな》は異界の空中で悲鳴をあげていた。木を切り倒せば切り株に脂が滲《にじ》み、木たちの涙に見えた。ガジュマルは白い血を噴出して泣いていた。

そんな生物の悲鳴のなかでの、真夏の蝉時雨との遭遇。刈り取られた青い草たちが次第に萎えていく。

人間の体内から血が抜かれ、蒼白になっていくように。延男は自身の脱力感と草たちの死を、蟬時雨が降る中で感じたのだった。

野ざらし延男さんの第一句集『地球の自転』（1967年刊）は、1956年から66年までの句が収められている。

コロコロと腹虫の哭く地球の自転
黒人街狂女が曳きずる半死の亀
白昼テロ百姓己れは蛇殺す
ネクタイが首絞め戦争《いくさ》の影動く

1962年3月、野ざらし延男さんは、コザの町（現在の沖縄市）の喫茶店ピエロで、俳画展を開催した。俳句は延男21歳、絵は琉球新報記者の近田洋一23歳のコンビだった。近田が句に共鳴して始まった。絵はベニヤ板に、木炭や油絵具で描かれた。近田は後年、辺野古の新基地建設反対を訴える大作「HENOKO」を完成させた。近田のジャーナリストとしての人生は、同僚の記者・森口豁とともに、1959年6月30日に起きた石川市（現・うるま市）宮森小学校米軍機墜落事件を取材したことから始まった。事故では、小学生七人（後遺症による関連死ひとりを含む）、住民六人が亡くなった。それをきっかけにふたりは、沖縄の苦悩と悔しさを生涯をかけて記録し伝えることを誓うのだった。佐藤栄作首相が沖縄を訪問したのは、東京オリンピックの翌年の1965年。延男さんの第一句集は、アメリカの軍政がどこまで続くのか、まったく先が見えない絶望のなかで編まれた。

「現代俳句の姿勢と沖縄」論争

第二句集『眼脈』（1977年刊）には、1967年から77年までの、基地被害、ヒロシマ・ナガサキ、そして本土復帰とその失望が詠われている。

縄とびの輪の中基地の子らただれる
おんおんと死者の影搏《う》つ樹のてっぺん
爆忌の飯ぼろぼろ箸からこぼれる影
水洟《みずばな》出そうな街音なく原潜きて
死ぬために鳴いている樹液まみれの蟬だ
ごうごうと蟻なだれ込む被爆の耳
影もろとも人体剥《は》がれるデモ弾圧
一条の涙腺となりオートバイ
糞尿のごととぎれとぎれの夜泣きの蟬は

第二句集『眼脈』の序文は、金子兜太が綴っている。
評して、正直一途。このごろのやさしげなやわらかげな俳句を読みなれた人には、まったくもって大閉口であろう。ことばも激しく、どろどろしている。兜太自身が正直言って閉口するほどだと書いた。1969年から長崎原爆忌俳句大会で選句を担当することになった。

野ざらし延男さんはまた、1965年以降、沖縄タイムスの紙上で、「現代俳句の姿勢と沖縄」というテーマで激しい論争を行った。相手は伝統俳句派の安島涼人。延男は、花鳥諷詠・季語・句会の退廃を激しく批判した。これに対して安島は、「他者の作品を批判する野ざらし延男は、人間としてなっていない。だから句もなっていない」と道徳の問題として反論した。1967年、今度は琉球新報に、「俳句は風流の道具か」を発表した。アメリカ軍政下の苛烈な沖縄の現実に目をつむり、俳句を肴《さかな》にして酒座に興じる風流俳人たちを批判した。これに対して安島は、「野ざらし句は難解である。だから作品評価はできない」とした。

1970年7月8日、富村順一が東京タワーの展望台を占拠した。彼は一五年前つまり1955年に密航で本土に渡った。奄美も沖縄も本土から切り離された時代、そうした人たちはたくさんいた。富村は「日本人よ君たちは沖縄のことを口にするな」「朝鮮人と二十歳未満の日本人は降ろしてやるが、その他の日本人とアメリカ人は降ろさない」と叫び、包丁で威嚇した。彼はシャツに「天皇は第二次大戦で二百万人を犠牲にした責任をとれ」「沖縄の若い女性のように正田美智子も売春婦になって人民に償え」と書いた。延男は富村の「これ以外に方法がなかった」という言葉に衝撃を受け、彼の一連の言葉の重みをどれだけの日本人が共有できるか疑問に感じた。そして、富村の行為は、国家権力と対峙する手段として法廷という場に進み出るためのものではなかったかと考えた。

「一条の涙腺となりオートバイ」は、本土復帰の翌年1973年5月、恩納村出身の青年・上原康隆が国会議事堂正門の門扉にバイクで体当たりし死亡した事件を詠んだ。延男は、この行為は富村の行動と重なると考える。

この事件については、琉球新報を辞め日本テレビのディレクターとなった森口豁さんが『激突死』というドキュメンタリー作品を制作した。後年、森口さんとわたしは上原康隆の双子の兄・上原安房を訪ねた。日本国憲法が遵守され、基地のない沖縄に戻る。人々の夢はもろくも崩れた。野ざらし延男さんは、それを一条の涙腺と表現した。延男さんは教員として生徒たちを導くとともに、俳句の可能性を伝えようと懸命だった。どんなにからだがつらく病に倒れることがあってもあきらめなかった。

核芽吹く地球の裏を月泳ぐ
陽をもみくちゃにして爆忌のクレヨン画

1979（昭和54）年、野ざらし延男さんは、長崎原爆忌俳句大会に選者として参加した。ほかの選者としては、金子兜太、鈴木六林男、佐藤鬼房、横山白虹、古沢太穂、松尾あつゆき、隈治人、田原千暉、穴井太ら二六人がいた。1954（昭和29）年8月4日、柳原天風子たちの奮闘により始まってから途切れることなく続き、二六回目を迎えていた。この時、長崎を訪れた延男は、第九回大会のときにつくられた原爆句碑を案内された。当時はまだ公園の外にあった。それを奇異に感じた延男は、ぜひとも平和公園のなかに移転させる運動が必要だと思った。

大会のあとシンポジウムが開催され、遠来の野ざらし延男の意見にみなが耳を傾けた。この大会での大会賞は、「しんかんと死者通り過ぎ紫蘇《しそ》をもむ」(福岡・吐田文夫)が選ばれた。

この大会で、延男さんは自身が高校教員として、生徒たちに反戦平和について自分の問題として受け止めてもらう必要があるとして、被爆者の回想や悲惨がマンネリ化する傾向がみられるため、不可視の世界をどう描くかに努力していきたいと語った。可視的な現実を濾過して、透視的に不可視の現実を書く。

延男さんには、手ごたえを感じる瞬間があった。それは大会の翌日訪れた長崎原爆資料館の展示を見たときだ。鉄が、石が、瓦が、ガラスが溶けていた。壁にひとのかたちが残っていた。ひとの姿の部分だけ白い。そこにひとがいた。証言がそこにあった。この白い証言をしっかり聞き届け、言葉にする。それこそ原爆俳句なのではないかと延男は確信した。

この大会で野ざらし延男さんが選んだ句は、以下の句である。

闇を抱く火箭《かがり》のくる日を啼《な》くせせらぎ　　正林鶴城　愛知

2　中村晋の挑戦

原発事故を詠む

2011年3月11日に起きた東日本大震災は、日本海溝の最も深いところ、水深八〇〇〇メートルを震源として起きた。日本列島が乗っている北米プレート。その下に太平洋プレートが一年間におよそ八センチの速度で近づき、日本海溝に潜り込み、そのひずみが弾けて巨大な振動が引き起こされた。この三〇〇〇年というのは弥生時代に稲作が中国から九州北部に伝播したものの、東北まで広がっていないころから数えて、五回目の大地震だった。

地震で割れた断層は長さ四五〇キロ、幅は二〇〇キロ。その影響を直接受けたのが福島第一原子力発電所であり、それによって実に多くの人びとの人生が破壊された。

事故は、地震による大津波よって原発に供給される電源がすべて喪失したことによって、燃料棒が冷却できなかったことが原因とされてきたが、津波到達前に原発の配管がどれほど損傷を受け、過酷事故につながったのか、いまだにわかっていないことが残る。

1号、3号の爆発、2号も炉心が溶け落ち、4号は建屋が爆発した。原子炉からは絶対に漏れ出ることも許されなかった放射性物質が大量に空中にまき散らされ、地上に降り注いだ。その被害の大きさはかつてのヒロシマ・ナガサキ、そしてビキニの水爆実験を想起させる大惨事であった。

避難指示の混乱、情報隠し。そうした人為的なミスが被害をさらに拡大した。東京電力は、2007年の中越沖地震後の津波対策を怠ったことなど、多くの警鐘を無視し続けたことが、裁判などによって明らかになってきているが、事故から一三年。当時の低姿勢はほとんど姿を消した。だが、帰還できず亡くなっていくひと、生業を失い生きることの困難を抱えるひと、家族がばらばらになってしまったひとなど。事故直後の問題だけでなく、歳月がもたらす不幸が顕在化しつつある。

こういう風に書いていくと、それは広島や長崎の人々が直面してきた問題と重なるものが多い。この本のテーマである原爆と俳句。原発事故を地元の俳人はどのようにこの問題に向き合ってきたのだろうか。

高野ムツオさんは、1947（昭和22）年宮城県生まれ。阿部みどり女、金子兜太、佐藤鬼房から俳句の指導を受けた。長崎の原爆忌俳句大会では選者として活躍している。そんなムツオさんがつくった俳句を紹介したい。

春天より我らが生みし放射能　　高野ムツオ
残りしは西日の土間と放射能
被曝して吹雪きてなおも福の島
梅一輪一輪ずつの放射能
狼の声全村避難民の声

これらの句は『萬の翅』『片翅』に所収。事故直後、ひとびとの多くは大量の放射性物質が放出したことの深刻さを認識しているとは言えなかった。政府も東電もメディアも、パニックを回避するための自己保身から、ことの重大さを伝えなかった。その結果、避けられたはずの被曝につながった。「残りしは西日の土間と放射能」を詠んだ場所は、宮城県の七が浜町菖蒲田浜。高野が初めて海水浴で遊んだ、思い出の場所だった。家が流され、すべてが変わってしまったところに放射能が降り注ぐ。福島は、吾妻おろしの風が吹く抜ける。風が「吹く」からふくしまとなったという説がある。嵐雪の有名な「梅一輪一輪ほどのあたたかさ」がある。梅の花を見て、福島のことを思い詠んだと、ムツオさんの自註にある。「原子炉へ陰剥出しに野檻褸菊」の句は、浪江町請戸漁港の近くの請戸小学校で詠んだ句。教室の黒板は3月11日のままで残っていた。そこに外来種の野檻褸菊が小さな花をかざして風に揺れていた。狼の句は、飯舘村の山津見（やまつみ）神社に奉納された狼が描かれた絵馬を見て詠んだもの。狼はやさしいまなざしをしていた。金子兜太の「おおかみに螢が一つ付いていた」を連想し、狼の孤独を思った。

高野ムツオさんは書いている。俳句はかつて俳諧や誹諧と呼ばれた時代から、お金も肩書もない庶民の詩であった。それは、和歌が貴族や武士が自分の名前や存在を歴史に残し、その名誉を末永く伝えようとしてきたことと大きく異なる。俳号はつまり仮の名前。自分の名前などにこだわらず、水平につながるものなのだ。福島の原発事故のような巨大で終わりの見えない災禍にどう向き合うのか。とんでもなく大きく、得体の知れない相手に、向き合う道具として俳句は存在するのだった。ムツオさんは、『語り継ぐいのちの俳句・3・11以後のまなざし』（高野ムツオ）のなかで、高橋睦郎の詩「いまは」を紹介している。

言葉だ　最初に壊れたのは
そのことに私たちが気づかなかったのは

崩壊があまりにも緩慢だったため
気づいたのは　世界が壊れたのち
亀裂や陥没を　せめて言葉で繕《つくろ》おうと
捜した時　言葉は機能しなかった
私たちはようやくにして知った
世界は言葉で出来ていたのだ　と
言葉がゆっくりと壊れていく時
世界も目に見えず壊れていったのだ　と

原発事故の直後、政治家や東京電力、そしてメディアの使う言葉は分かりにくく、本質に迫らず、煙に巻かれるような思いがしたものだ。それでも、たとえばＮＨＫの「ネットワークでつくる放射能汚染地図」のチームや朝日新聞の『プロメテウスの罠』、東京新聞記者の片山夏子による『ふくしま原発作業員日誌』、土井敏邦や古居みずえなどの映画監督など、優れた仕事が見られたことも確かだ。高橋睦郎のいう言葉の崩壊、それを必死で食い止めようとしていたのは、故郷を追われた人々であり、そのことにこころを寄せる俳句の作り手たちであった。

２０２０年3月、わたしは福島に向かった。雪の中、福島の町は、ＮＨＫの朝の連続ドラマ『エール』のモデルになった作曲家・古関裕而のブームに沸いていた。福島市の名誉市民第一号。古関裕而の記念

中村晋さん

館は雪の中でも観光客が訪れていた。古関が作曲した曲のなかでひときわ有名なのが、永井隆をモデルとした『長崎の鐘』である。

記念館のロビーでお目にかかったのは、地元の高校の国語教諭、中村晋さん。金子兜太が主宰する『海程』の同人として多くの賞に輝くだけでなく、高校生たちに俳句の面白さを教えることでも大きな注目を集めておられた。

案内されたのは、福島市の郊外のひなびた料亭。棟方志功や、山頭火の版画で知られる秋山巌の作品が襖一杯に描かれていた。

晋さんは定時制高校に勤務していた２００８年５月のある日、通勤途中でひとつの句がふとひらめいた。

「東北は青い胸板衣更《ころもがえ》」。日に日に緑の色が濃くなる山々。山々はまるで緑の衣を重ねているように見えた。東北は人間の人体で言えば、胸板にあたる。その素朴で健康なさまを喜ぶ気持ちが湧いて来た。この句を得てから、中村はひとつの思いにたどり着く。俳句を通じて、生徒たちともっと多くのことを学び合いたいと。（『福島から問う教育と命』（中村晋　大森直樹）

中村晋さんに生徒にどのように俳句と親しんでもらうかを尋ねた。何よりも句会を開くことが大事。

そのためにみんなが準備をしなければならない。この日の何時までに、テーマを決めた一句を、そして自由につくった一句を全員が用意して臨む。名前を消して、すべての句を書き写して、句会の会場に持っていく。そしてみんながいいと思うものに票を入れる。ただし、自分に票を入れてはいけない。どの句に何票入ったか、結果がわかる。そして合評会。みんなでお互いの句について批評し合う。だれがこの句をつくったのかがわかると、わっと声があがる。選んでもらうと天にも昇る気持ちになる。またやろうね。選んでくれてありがとう。その繰り返しの中で、お互いが仲良くなり、言葉を使うこと、俳句を作ることが楽しくなってくる。

晋さんの言ったことで印象に残った言葉がある。句会は「言葉を分かち合う」のだと。

2011年のあの日から、高校生たちの日常はすっかり変わった。飯舘村など全村避難したひとたちが転校してきて、新しい句会の仲間が増えた。

これは句会ではなく、中村の国語の授業でのことだ。授業で原発のことをとり上げたときのこと。ひとりの男子生徒が食って掛かった。ここからは、『質問する、問い返す――主体的に学ぶということ』(名古谷隆彦)をもとに進めていきたい。

「こんなに放射能が高い福島市が避難区域にならないのはおかしいべ……、こんな中途半端な状態は我慢できねえ。だったらもう一回どかんとなっちまった方がすっきりする」

この言葉を聞いた晋さんは、教え子の素直な思い「いっそのこと原発なんて全部爆発しちゃえばいいんだ」というむき出しの言葉を、2011年5月下旬、新聞の投書として発信した。

インターネットの掲示板には、素直な意見だという声が多く寄せられた一方で、「教師はどうして指導しないんだ」「定時制のくせに」といった非難や侮辱の書き込みもあった。晋さんはこの年の8月、定時制高校から福島市内の普通科高校に転任した。思いをストレートにぶつけてくる定時制の生徒とは違って、クールに見える普通科の生徒との新たな格闘が始まった。

震災から三年後、文芸部の句会でのこと。生徒たちはこんな句を出し合った。

入学式　「震災乗り越え……」言葉だけ
柿食えば　原発ニュース　フクシマや

この句に生徒たちの意見が集中した。正岡子規のパロディという意見もあったが、特産のあんぽ柿へのセシウム汚染のニュースに関心がないのはおかしいと違和感を口にする声があがった。作者の生徒は神妙に、親戚から柿をもらったことを思い出して作った、原発ニュースと並べたのは安易だったかもしれないと振り返った。

俳句を手掛かりにして、生徒たちのこころにさざ波をおこす。日頃は口にできない本音を表に出す。晋さんが手ごたえを感じた瞬間だった。

晋さんは、夏休み前にひとつの課題を出した。「例年行われる神奈川大学俳句大会に応募してみないか。みんなが体験したことを句にしていいんだよ。」

晋さんは言った。「背中を押すというか、けしかけたというか」。

提出するのは三句。そのうちひとつは、花鳥諷詠ではなく、時代や社会とかかわったものを出してもみないか。失敗してもかまわない。放射能、ヒロシマ、ナガサキを勉強してみよう。そうして中村先生と生徒は原爆についても学ぶようになった。そのなかで出会ったのは、栗原貞子の詩だった。

〈ヒロシマ〉というとき
〈ああヒロシマ〉と
やさしく答えてくれるだろうか
〈ヒロシマ〉といえば
〈パール・ハーバー〉
〈ヒロシマ〉といえば〈南京虐殺〉
〈ヒロシマ〉といえば女や子供を
壕の中にとじこめ
ガソリンをかけて焼いたマニラの火刑
〈ヒロシマ〉といえば
血の炎のこだまが　返ってくるのだ
〈ヒロシマ〉といえば
〈ああ　ヒロシマ〉と

やさしくは返ってこない
アジアの国々の死者たちや無告の民が
いっせいに犯されたものの怒りを
噴き出すのだ
〈ヒロシマ〉といえば
〈ああ　ヒロシマ〉と
やさしく返ってくるためには
捨てた筈の武器を　ほんとうに
捨てねばならない
異国の基地を撤去せねばならない
その日までヒロシマは
残酷と不信のにがい都市だ
私たちは潜在する
放射能に灼れるバリアだ
〈ヒロシマ〉といえば
〈ああヒロシマ〉と
やさしい答が返ってくるためには

わたしたちは
わたしたちの汚れた手を
きよめねばならない

神奈川大学高校生俳句大賞と中村晋

この激烈で、ヒバクシャにも刃を突き付ける詩を生徒たちは何度も何度も読み込んだ。巷には、被爆者たちは自分たちの被害だけを語り、日本人として戦争に加担した加害性への自覚に乏しいなどという言説がある。しかしそれは違う。日本被団協の多くの人々が体験したことだが、海外で被爆の体験を語るとき、相手から厳しく問われるのはまず日本の加害責任なのだった。そうしたやりとりを経て初めて被爆の体験が相手に伝わる、そのくりかえしだった。栗原貞子の詩「ヒロシマというとき」はその象徴だった。社会性を身につけ、それを表現することは簡単ではない。自分自身が体験していないことでも、わかろうとする努力はできる。一部でもそれを引き継ぐことだってできるかもしれない。そしてなにより、自分たちは放射能におびえる日々を送る当事者でもある。そうした中で生まれ、神奈川大学高校生俳句大賞に入賞した作品を、中村晋さんの註（一部省略）とともに紹介したい。

放射能悲鳴のような蟬時雨　　服部広幹

2011年作。まだ福島市内の汚染度は高く、不安が生活を覆っていた時期の作品。「シーベルト」

や「ベクレル」といった耳慣れない言葉がメディアから毎日流れていました。そんな夏のある日、作者は蝉時雨の声を聞き、そこに人々の悲鳴を感じたというわけです。

空っぽのプールに雑草フクシマは　菅野水貴

2012年作。被曝を避けるため水泳の授業は行われませんでした。夏になってもプールに水は入らず、誰にも見向きもされない様子が「雑草」に象徴されています。原発事故によって汚染されると、一瞬にしてすべてがむなしくなる、そしてそこに住む人間もこの「雑草」のように見捨てられてしまう、しかし、「雑草」とはいえこれもひとつの命。むなしい「空っぽのプール」にわずかながらの希望のかけらを作者は見ているのかもしれません。

被曝者として黙禱す原爆忌　髙橋洋平

2014年作。作者は飯舘村出身の生徒。文芸部に入部してきたものの、どこか自信なさげで、引っ込み思案。文章を書いても当たりさわりのない、無難な言葉ばかり。そこで、もっと自分の体験を俳句にしてみたらいいのではないかと勧めてみました。すると彼の中からこんな句が生まれ、私も驚きました。八月の広島または長崎の記念式典をテレビで観ながら、いっしょに黙禱しているのでしょう。それは他人事ではない。自分も「被曝者」なのだという悲しみ。「被曝者」という言葉がとても重い一句です。

放射能無知な私は深呼吸　　髙橋琳子

2020年作。震災から一〇年近く経とうとしている時期に、授業の中で記憶を振り返りながら作ってもらった作品です。震災当時まだ幼かった作者は、放射能の危険について何も知らなかった。そして、あのとき自分は思い切り深呼吸して生活してしまった、という悔いに似た思いを率直に吐露した作品。季語もなく、ぶっきらぼうな一句ですが、妙に響くものがあります。本当に危険なことが起きても、何も知らされず、危険にさらされる無辜の人びと。しかし、大事なことを隠し、人々を危険にさらす国や企業の責任は一切問われない。この一句にはそんな不条理への疑問が投げかけられているように感じます。

ほかにも入賞作品に、優れたものが多い。

セシウムの土から筍《たけのこ》つぎつぎと　　小野絵理佳
顔のないてるてる坊主原爆忌　　杉内香奈
セシウムが見えないいこんなに花吹雪　　佐藤梨央
被曝の村鳥の声さえかえらない　　高橋洋平
蠍座やオキナワの傷足に地に　　浅川恵利花
遠花火裏番組でどこか戦争　　野村モモ

青蛙まだ戦争は知りたくない　鈴木愛里

原発事故の後、さまざまな思いを抱えて生きる高校生たち。生徒たちは沖縄にもこころを寄せ、戦争と原発事故を自分のこととして考えようとした。生徒の繊細なこころと向き合う中村晋さん。その日常のつみ重ねで晋さん自身の俳句も新しい地平を拓いていった。第一句集『むずかしい平凡』（中村晋）は大きな話題になった。

麦秋や空が彼女の遺書でした　中村晋
蟻と蟻ごっつんこする光かな
ナガサキよ首なき像を嚙《か》む蜻蛉《とんぼ》
被曝避け得ず土に雨土は春
疣蛙《いぼがえる》棄民《きみん》を拒《こば》む面構《つらがま》え
春の牛空気を食べて被曝した
生きるため桃もくもくと棄《す》てる仕事
ひとりひとりフクシマを負い卒業す
被曝の土に被曝の翅《はね》を蟻が曳《ひ》く

中村晋さんは金子兜太とのやりとりで、「春の牛空気を食べて被曝した」の句について語っている。

金子「春の牛がいいんだ。季節感と悲しみの感じが。普通の俳人だと。それとあんたの中に切実なものがあるからでしょうね。今度の事故がね」中村「震災があってからしばらく俳句ができなかったんですね。二か月ぐらいは。俳句無理かなあと正直思っていたんですね」金子「この句は学生たちにどうかなあ」中村「子どもたちは笑いますね。笑った後しーんとするような感じがあって、牛だけじゃなくて自分たちも被曝しちゃったんだよなあと、笑いのあとの悲しさのようなものが」(『むずかしい平凡』解説より)

最後に晋さんのこの句を紹介したい。

フリージアけっこうむずかしい平凡

原爆、そして原発事故。人々の平凡の破壊、たいへん難しいことを「けっこう」と表現した晋さん。「けっこう」という言葉の選択が非凡だ。生徒たちや自身への慈愛に満ちたまなざしを感じ、これぞ俳句の醍醐味なのだと思う。

第8章　原爆と川柳

川柳原爆句集

２０２４年４月、この本の原稿が仕上げに入るころ、「９条地球憲章の会」（堀尾輝久代表）第三八回公開研究会のＺＯＯＭでの講演をすることになった。事務局長は元海城中学・高校教諭の目良誠二郎さん。国会前の集会や東京芸術大学で続いて来た憲法を考える市民講座（川嶋均代表）などでもご一緒することが多かった。

講演が終わった後の質問で、ひとりの女性が質問された。「俳句の世界は、たしかに興味深いと思いました。ですが、同じ時期に川柳において、原爆をどのようにとりあげてきたのでしょうか?」

質問したのは、オーストラリアのクイーンズランド大学で、東アジアの日本語文学を研究してきた青山友子さん。最近、鶴見俊輔の『アメノウズメ伝』を英語の完訳を出版したことで話題となった。アメノウズメは権威を恐れない。パワフルな踊りと笑い、そして女性の力で怒涛のような風を巻き起こし、おさまりかえった制度や精神に風穴を開ける物語の訳者は、川柳の力を知りたそうだった。わが意を得たり。この章は、これまで語られることが決して多くなかった川柳と原爆について語ることにする。

戦前戦中の川柳を語る上で、関西を中心とした結社「番傘」を欠かすことができない。作家・田辺聖子の『道頓堀の雨に別れて以来なり――川柳作家・岸本水府とその時代』は、「番傘」としの周辺の魅力あふれる人間模様を描き、高い評価を受け、読売文学賞や泉鏡花賞を受けた。番傘の会長・岸本水府は、OSK（日本歌劇団・松竹歌劇団）のテーマ曲「桜咲く国」の作詞を手掛け、サントリーや江崎グリコ広告でも重要な役割を果たした。その下の副会長が小田夢路である。小田は1945年8月6日朝、広島市西新町の実家に帰省中、原爆に遭遇し、爆死した。53歳だった。「川柳はわたしの川柳である」と語るほど、川柳とともにある人生だった。

ひとり来てふたりで来たい浪の音
馬鹿な子はやれず賢い子はやれず

こんな人情味がある句を夢路はつくった。水府は夢路の死を悼み、終戦後、爆死したあとを訪ね、遺品や遺骨を探し出し、「川柳家夢路終焉の地」という標を残した。その日、こんな川柳を詠んだ。

川柳も平和にひらけ今日八日

1959年9月の川柳「番傘」の近詠欄の巻頭に、磯野いさむは、和田たかみ「被爆者どうしの会話」という八句を掲載した。これは長崎での被爆を詠んだもの。和田はこんな寸評を書いている。「長崎弁だろうが高調子ではない。小声でしかも独白に似たささやきがある。誰かが大声で喋っている。しかしその下をくぐまってまるで風の渡るように、私語が耳打ちされているのに似ている。」

下敷きば見殺し骨は拾うたと
生まれたばってん小頭症で死んでしもた
放射能障害とカルテに書いてなか
やられ損ヒバクシャエンゴまあーだけな
どげんもん煮え湯かぶればわかるじゃろ

原爆小頭児を見つけ出し、救済の道をつくろうと奮闘したのは、広島の中国放送のディレクター、山代巴『この世界の片隅で』に詳しい。原爆によるさまざまな健康被害や障がい、ケロイドによる差別と人々は向き合い闘っていた。地上部分で摂氏三〇〇〇度を超える熱を理解することはたいへんなことだった。川柳作家の山本克夫らは、戦後50年の節目に、川柳原爆句集『原子野』を刊行した。1955年8月刊の『川柳ひろしま　特集号　原爆の句集―きのこ雲』、1956年8月刊の合同句集『きのこ雲』など九つの川柳句集をもとに作成された。多くの句は、川柳の特性を生かした生々しいルポルタージュであり、諧謔のなかに厳しい批評精神がみなぎる。川柳、作家の名前のあとに住所の表記がある。

黒焦げの母の下なる死児無傷　青木微酔（呉）
原爆の一瞬笑みをもって逃げ　秋山清紫（大竹）
息絶えた母に水やる子のあわれ
原爆へカメラは恐怖し写し得ず
起きて見てやはり原爆嘘でなし
死に際の火傷へ荒い兵の靴　伊木鶯生（広島）
死に絶えて町と町とにない境
手を合わせ救い求める人へ逃げ
死に残りは早く帰れとののしられ　石井政男（広島）
ピカドンはみんな自分のそばに落ち　今田利春（広島）
原爆はたった一人の母を焼き　大山露斗（広島）
原爆へ最敬礼の型で死に
原爆へマスクをかけて朝を出る　沖原ふみえ（呉）
焼け死にを焼けトタンの下に見つけ
虫けらの如く潰され昇天す　河村晶晶（津島）
恥部かくすただれた両手悲し過ぎ　佐々木五六（広島）
死の街に死体の中に子を捜す　定本広挙（広島）

通勤の姿のままにピカへ消え　柴田午朗（島根）
逃げた道を教えた人も火にまかれ　鈴木基之（広島）
死屍と見た男が水を呉れという　竹永あきら（防府）
声きいてやっと判った顔になり　谷川豊春（大分）
まだ動く体へ蛆の群が湧く
新型と言われ原爆とは言わず
水筒をふって水なき事を告げ
原爆と知らずパラシュートへ見とれ　田村秀宗（広島）
ついそこの妹が死に僕が生き
明朝までに死ぬ人庭に寝かされる　鶴岡九晃（広島）
赤チンをほどこすだけの列に立ち
ポッキリの下は生きてた人の肌　中川巳喜三（広島）
原爆へ竹槍しごいた愚かしさ
救援のむすびへピカで開かぬ口　中津泰人（広島）
火ぶくれの吾子を妻はよく見わけ　福光ゆたか（広島）
目じるしのホクロも共に焼けただれ　藤川幻詩（広島）
我が家だけやられたのかと皆思い　松本順（広島）

原爆の死臭に馴れて米をとぎ　御戸凡平（広島）
宿直を代ってあげた運で生き　森脇幽香里（広島）
焼けただれ顔に残った歯の白さ　柳内勝（大竹）
裸だと気付かぬままに火に追われ　山口イッ子（広島）
ずるむけた頭皮かまわず世話をやき　十善寺心太（長崎）
俺はいい俺はいいとて先に逝き
おい御前生きているかとビンタ取り
夕闇と炎と臭いだけが生き
ああなれば次はこうだと医者もどき
いつまでも泣くなと叱って洟が垂れ

どの川柳もアメリカによる原爆攻撃によるあの日の悲惨を生々しく物語る。歳月が経ち、ビキニ事件が起き、日本社会がまた核兵器の問題に向き合うことになったときも、川柳作家たちはその思いを作品に託した。川柳原爆句集『原子野』から紹介したい。

原爆を落され軍備をすすめられ　郷田茂生（広島）
こわれてもころばぬドームに励まされ　佐藤好生（広島）
原爆症忘れた頃に発病し　菅美子（広島）

原爆を誇張のようにひとは聞き　鈴木基之（広島）
泣けてくるから慰霊碑へよう行かず　斗山藤子（広島）
平和大橋を自衛隊が行進し　向井正信（広島）
ニュースにも載らぬ田舎の原爆症　森脇幽香里（広島）
焼け焦げた体の中身生きており　秋山清紫（大竹）
原爆へ平和利用の未練もち　田中音羽（大竹）
死の灰を花咲爺も憤り　為実よしゑ（広島）
放射能雨だから傘持たされる　中村仰天（東京）
聖書にもピカドンゆるす読みがあり　西田燕柳（山口）
水爆への抗議ノイローゼにされる　福岡葉留路（広島）
実験でさえもビキニのあの悲劇　冨士野鞍馬（京都）
村田銃から原爆へ半世紀　前田伍健（松山）
平和とはまず原爆をやめること　松本順（広島）
広島で足りず実験繰り返し　向井正健（広島）
原爆は棚上げにして平和論　村田亮（広島）
水爆のそれからまぐろがいやになり　森脇幽香里（広島）
広島の寺が出払う原爆忌

ビキニから続いた海の魚を釣り　山口露峰（呉）
ただいまの言葉なきまま三十年　磯辺なみえ（長崎）
いけにえの怒りは解かず父は逝く　大徳屋末太郎（長崎）
生きてれば生きていたらと原爆忌　小西伸一（長崎）
生臭き話とだえる原爆忌　十善寺心太（長崎）

俳句と川柳の境界

戦後の川柳のなかで、「安らかに眠って下さい。過ちは繰返しませぬから」という碑文を批判し、揶揄する川柳や俳句が多く見られる。もっとも多いのが、主語が明瞭でなく、原爆の攻撃を行った米国の罪について免罪しているのではないかというものだ。

七二年前の1952年、平和公園の建設に伴って原爆慰霊碑はつくられた。碑文にある「過ちは繰り返さない」の主語が誰を指しているのかは、長く議論の対象となってきた。

東京裁判に関わったインドのパール判事は、原爆慰霊碑ができた年に広島を訪れ「原爆を落としたのは日本人ではないのに、碑文は表現が不明瞭だ」などと指摘した。

パール判事のみならず一般の市民や有識者からも疑問の声があがり、碑文を取り替えるかが注目を集めたこともあった。

碑文の言葉を考案したのは、広島大学の教授だった雑賀忠義。専門は英文学で、自身も被爆者だった。

広島慰霊碑

広島市長からの依頼だった。

碑文の英訳がある。「過ちは繰返しませぬから」の部分について、次のように記されている。「For we shall not repeat the evil」。雑賀は、主語は明確に「we」、「私たち」と捉えていた。『私たち』とは誰のことを指すのだろう。それは地球上でいまを生きる人間すべてということだった。わたしたちがすでに核兵器と訣別し、核なき世界を着実に歩んでいるのであれば、今さら碑文について深く問う必要もない。が、今の世界はそうではない。ウクライナを見ても、パレスチナを見ても、あやまちを繰り返しかねない。危機を回避するために一刻の猶予もない。これは、川柳ではなくて俳句である。作者は、渡邊白泉の弟子、三橋敏雄（1920〜2001）。1984（昭和59）年の作である。三橋こそが、新興俳句から現代俳句までとてつもなく大きな世界を踏み迷うことなく、そのなかに潜む宝を掘り当て、白泉のすごさ、三鬼のすごさを世に知らしめた第一人者であった。戦後は、運輸省航海訓練所で海上勤務が長かった。1958年、ハワイからの帰りの船から、ジョンストン島の方向に水爆実験を目撃している。

あやまちはくりかへします秋の暮　三橋敏雄

こうなってくると俳句と川柳の境界はない。かつて永田耕衣も同じようなことをわたしに語ってくれた。三橋敏雄もまた多くの優れた原爆や核実験についての俳句を残している。渡邊白泉と西東三鬼を師に持つ敏雄。ふたりが向き合った原爆の句を意識しながら、その場で何を見て、何を考え感じたのか。俳句という器でなにが可能なのか、その手本のような句が並んでいる。慰霊碑を詠むにあたって、三橋敏雄の批評精神を超えるものが見当たらないため、ここに置くことにした。これから紹介する句は、集英社コレクション・戦争文学『ヒロシマ・ナガサキ』の俳句の章で、松尾あつゆきとともにふたりだけ選ばれた五句だ。

夜の虹ああ放射能雨か灰か　三橋敏雄
原爆資料館内剥《む》き脱ぐ手套《しゅとう》
冬の腐臭と薬臭かすか爆心地
手で拭く顔で拭く朱欒《ざぼん》爆心地

爆心地いま踏む砂利舎利の音

川柳の章を締めくくるにあたり、1956年に出された原爆川柳句集『きのこ雲』のなかで重要な役割を果たした石原青龍刀（1898年～1979）に触れておきたい。青龍刀は広島の出身。川柳ならではの持ち味は「うがち」だとした。うがつは穿つ。固い岩盤に穴をあけることである。そこから転じて、一般に知られていないことを指摘し，軽くユーモラスにさらけ出してみせることを言う。

反骨一生パンはミミがいちばんうまい　　石原青龍刀
墓標かと見れば国会議事堂です
進化とは地球を灰にすることか

最後の句は強烈である。一方で、川柳作家・石原青龍刀は、俳人・石原沙人としても大きな業績を残した。『句集広島』のみならず、その後も多くの場で俳句を発表した。

亡友の顔々キノコ雲にかさなる　　石原沙人
こゝデルタ阿修羅の哄笑なお天に
鏡餅ひび割れ地球生物滅亡図
いまさらに省エネルギーとは暑きかな

左筆者、中央乱鬼龍さん、右白眞弓さん

三つの句は、沙人が帰省したときにつくった句とされている。広島を故郷とするひとならではのほとばしる思い。

ところで、川柳作家・石原青龍刀の最後の愛弟子が今もさまざまな場で活躍している。２０１１年3月11日に発生した東日本大震災とそれによる東京電力福島第一原発事故。この事故以来、首相官邸や経済産業省前のテントひろばなどで、自作の川柳をむしろ旗に書き、高く掲げるひと。乱鬼龍さん、本名・関充明さんだ。乱さんは、高校時代から、詩・短歌・俳句・川柳をつくってきたが、いちばん自分の性に合っているのが川柳だった。１９７４年から96年にかけて、乱さんは原爆文学を研究する長岡弘芳とともに、「原爆の図　丸木美術館・栃木館」を運営した。そこには、原爆の図の複製や、丸木夫妻が描いた足尾鉱毒事件の図が展示された。その後、長岡は自ら命を絶った。長岡が遺した膨大な原爆文学資料は、西東京市ひばりが丘図書館の閉架図書に今も大切に保存されている。

乱たちの原発川柳を紹介する。

この電気被曝労働より生まれ　乱鬼龍

フクシマの春は尖って天を突く
今年から放射能をも収穫す
お歳暮を届ける先に我が家なし　　白眞弓

乱鬼龍さんたちは、原発だけでなく、ワーキングプア、そして戦争についても詠む。その思いの背景には戦争中弾圧を受けて、死んだ川柳作家・鶴彬への熱い思いがある。

タマ除けを産めよ殖やせよ勲章をやろう　　鶴彬

鶴彬が生きた時代を繰り返してはならない。乱さんたちは、川柳の力を信じる。それは石原青龍刀が言った「穿つ」力だ。穿つとは、真実を深く掘り当てること。政府のごまかしやメディアの底の浅いニュースに騙されず、世の本質を射抜く。その力が川柳にあると乱さんは言う。

トランプは武器シンゾウは国を売り　　乱鬼龍
沖縄を踏みつけ福島こけにする
被爆者の肩を抱く手でおすボタン　　なずな
持つ国に言われたくない核廃棄
反戦ト護憲ヲ危険思想トス　　笑い茸
貧困で釣った若者戦場へ　　白眞弓

文芸評論家で鶴彬を研究する胡桃沢健は言う。鶴彬が獄死してから87年。いま再び川柳の時代がやってきていると。権力によって口を強引に押し開けられ、理解しがたい理不尽な現実を放り込まれ、呑み下すことが強制される時代。われわれは、どうその理不尽を飲み込み、毒がからだに回る前に、吐き出すかが問われる。胡桃沢は川柳にはそれが可能であり、川柳は「嘔吐」の文学であると語る。諧謔にあふれ、即妙な言葉を紡ぎ吐き出し、それを共有し、民衆の抵抗の盾とする。それが川柳だ。

原爆という巨大な相手にも、戦争にも、政権の悪にも、川柳は日々決してあきらめることなく立ち向かっていく。

おわりに

２０２４年５月、わたしは、長崎原爆忌平和祈念俳句大会の横山哲夫さんに再び、お話を伺った。横山さんは大会の前会長。Ａ４サイズで四〇〇ページを超える『原爆俳句　１９５４〜２０２０　長崎原爆忌平和祈念俳句大会全作品』を編集した責任者である。１９３３年に生まれ、北九州市で育った。ナノテクノロジー・高分子材料学の研究者であり、長崎大学の学長を務めた。父は俳人の横山白虹、母も俳人の横山房子、妹も俳人の寺井谷子、谷子は長崎原爆忌俳句大会の選者を長く務める。横山さんの一家の俳句を紹介する

原爆の地に一本のアマリリス　　横山白虹
原爆忌乾けば棘を持つタオル　　横山房子
八月がくるうつせみうつしみ　　寺井谷子

原爆投下予定地に哭く赤ん坊
八月を恐れて命繋《つな》ぎゆく

寺井谷子は、当初の原爆投下予定地の北九州市小倉で生まれ、70歳の古希を迎えた時に詠んだ。哭く赤ん坊は、自身であり、ナガサキにあてた手紙でもあった。
横山哲夫さんの俳句を紹介する。

首・手なき聖使徒像が瓦礫の中
被曝図やいまも木は燃え水は煮え
氕ヲ付ケ、休メ、氕ヲ付ケのはて遺骨となる
またいくさの話かといわれて黙る
生命40億年の果て被爆せし
原発再稼働するこんなに青い岬
うらおもて軍手にはなく終戦日
終戦日身を軋《きし》ませて市電くる
吊革《つりかわ》に頭《こうべ》を垂れる被爆の時刻
原発へ夏浪くずれては寄せくる
いくさあるな骨の白さで砂灼ける

八月の隙《すき》を窺《うかが》っている戦争

横山哲夫さんの俳句歴は七五年に及ぶ。原爆投下から五年後に始めた俳句は、原爆の傷痕が生々しい長崎の風景、丸木位里・赤松俊子の原爆の図、遺骨の収集、毎年行われる8月9日の長崎原爆の日の式典、そして原発事故、戦争にひたひたと近づく日本の現状まで、核や戦争をめぐる現代史の様相を呈する。横山さんは毎年毎年、長崎の原爆に向きあい、そこで感じた考えたことを、俳句というかたちで表現してきた。ひとりの人間の精神の記録としてほんとうに尊いことだ。横山さんにとって原爆俳句は、人生を貫く背骨のようなものだ。そしてそれは横山さんだけではない。いつも原爆忌がめぐってくることに合わせて句を詠むひとがどれほど多く、すごいことかあらためて思う。こうした地味であっても確かな営みが、実戦で核兵器を使わせない原動力になってきたのかもしれない。

横山さんに好きな俳人はどなたですかと尋ねた。高屋窓秋です。即答だった。一週間かけて、その理由をしっかり教えていただいた。高屋窓秋は、水原秋櫻子の『馬酔木』に属し、新興俳句の若き希望として、圧倒的な支持を受けた。客観写生とはまったく違う主観の尊重。ほかに例を見ない言語感覚と繊細な映像感覚は多くの若者を夢中にさせた。窓秋こそが、新興俳句のトップランナーだった。

『馬酔木』に山口誓子が入会する使者となったのも高屋窓秋だった。窓秋は、『馬酔木』を離れ、1938（昭和13）年に『京大俳句』に加盟。その年の6月、満州の新京に渡り、満州電信電話株式会社の新京本社放送部に勤務した。渡満中わずかな句をつくった。戦後はラジオ東京（現・TBS）に勤務、退職後は関連会社の役員を務めた。およそ二〇年の沈黙を破って１９７０（昭和45）年、ふたたび俳句を発表した。そしてまた中断、再開。１９９９年、88歳でこの世を去った。
横山さんを興奮させた窓秋の句を紹介したい。

頭の中で白い夏野となつてゐる
白い靄《もや》に朝のミルクを売りにくる
虻《あぶ》とんで海のひかりにまぎれざる
いま人が死にゆくいへも花のかげ
ちるさくら海あをければ海へちる

窓秋は、１９８４（昭和59）年、74歳の時の『星月夜』で、初めて核兵器について本格的に詠んだ。そこには「詩」という言葉がいくつも登場する。窓秋にとって俳句は詩であり、詩によって原爆と対峙したのだ。

詩の冬や悩めるものは核を抱く
核の詩や人肉ふたり愛し死す
核の冬ひとでの海は病みにけり
核の冬思想とともに神凍る

詩の泉さらさら流る爆心地

現代俳句の世界16『富澤赤黄男　高屋窓秋　渡邊白泉』の高屋窓秋の句の最後から二つ目が『詩の泉さらさら流る爆心地』だった。窓秋は、戦争の時代、その世相の暗鬱さを告発する句をつくった。『河終る工場都市にひかりなく』『孤児が死んだ誰が泣く涙』『英霊を抱き明けたる河の汚穢《おえ》』『胸はあつく君のむかふに戦火がある』『脱獄の荒地の満月はひろし』といった、社会性の強い句をつくっていた。そして長い沈黙を破り、老境のなかで最後のテーマのひとつとしたのが核戦争であった。高屋窓秋の1931（昭和6）年の句に『ある晴れた夏の朝の幻想』と題した句がある。

雲の峰と時計の振子頭の中に

橋本多佳子

終末時計を連想させる句でもある。長崎忌原爆俳句大会の横山哲夫さんが、窓秋に惹かれる理由がすこしわかる気がする。

横山哲夫さんにもうひとつ伺いたいことがあった。それは俳人・橋本多佳子のことである。多佳子は、1899（明治32）年東京生まれ。結婚とともに小倉に住んだ。夫は大阪の建設会社の社長の息子・橋本豊次郎。大分で十万坪の農場を経営し、小倉の洋館は『櫓山荘』と称して文芸サロンになった。そこで、高浜虚子、杉田久女、吉岡禅寺洞らと出会い、もっぱら久女から俳句の手ほどきを受けた。その後、山口誓子の愛弟子となり、西東三鬼・平畑静塔・秋元不死男・石橋辰之助らと親交を結び、斬新な俳句で戦後の句界のスターとなった。1954（昭和29）年には、大ファンだった寺山修司が多佳子に会いに奈良を訪れることもあった。多佳子は同じ年の5月、横山哲夫の父・横山白虹に案内され、長崎に三泊した。

浦上天主堂は被爆の跡に仮堂を建て、孤児たちを収容していた。そこで多佳子は句を詠んだ。

露白光遅れて来たりて十字切る
露の玻璃神父に赤光孤児に紫光

当日は、たいへんな雷雨。案内役の横山白虹ははらはらしたが、そのうち光が差してきた。多佳子には多くの名句がある。その中で、浦上天主堂での句に注目するひとはいない。だが、待てよと思った。多佳子が夫の豊次郎を病気で亡くしたのは1937（昭和12）年9月のこと。病の床にある夫を見送るにあたって、多佳子が詠んだ句がある。

月光にいのち死にゆくひとと寝る
月光は美し吾は死に侍《はべ》りぬ

最愛のひとの死に際し、多佳子は光のなかで見送ろうとしていた。人生のなかでの光。それは希望であり、慈しみであり。悲しみであった。多佳子の句は、いつも光を追い求めていた。

昏《くら》ければ揺り炎《も》えたたす螢籠

いなびかり北よりすれば北をみる

人生のもっとも大事な局面での光。多佳子は原爆に向きあう時も雷雨が止んだ後の太陽の光を、これまでの人生と重ねて詠んだのではなかったか。素人のわたしの力説を、横山哲夫さんは、微笑みながら受け止め、それでよいのではないでしょうかと言った。

この本の冒頭、寺山修司が『死は立ったまま眠っている』といい、俳句のひとつひとつもまた自立し、屹立していることを、原爆を詠う俳人たちの業績をたどる中で知った。原爆という残酷な兵器によって死んだひとびと。死者もまた俳句という道具を欲していたのではなかろうか。

取材を始めて、かれこれ8年になる。

仙台の大学生の時、言葉となにか、ひとが分かり合うとはなにかに深く悩んでいたわたしは、聴覚障害のひとの心理学を専攻することにした。言葉の本質がつかめるかもしれないと思ったからだ。

同期の学生はたったふたり。人気のないゼミだった。大学院生室の机が空いていたので、三年の時から机をもらい、そこを自分の居場所に決めた。そしてある時からなぜか俳句に目覚めた。自分でつくるより、名句を知りたい、集めたいと思った。先輩たちにもわかってもらえるように、自分で選んだ今日の俳句を貼りだした。すぐれた句から、ちかちかと光線が発しているように見えた。どの句が好きか、先輩たちに投票してもらったこともある。山本健吉の『現代俳句』はバイブルだった。

卒業後、放送局で仕事をするようになり、最初に赴任したのは京都局だった。当時は動物生態の撮影や科学番組を志向していたが、科学の素養が欠けていることがわかった。当時京都市内には、古本屋がいっぱいあった。休みの日には、古本屋を訪ねて歩くのが日課になった。店の前には一冊一〇円とか、高くて一〇〇円の句集が山のように積んであった。そのほとんどが名前を聞いたことがない自費出版の句集だった。わたしはテレビの仕事をしながら、映像と言葉の関係の面白さに魅了され、それを理解する秘密が俳句にあるような気がした。そこで思いついたのは、名も知らぬ句集を買い集め、自分が見つけた名句を集大成することだった。下宿の部屋は句集でいっぱいになった。だが、いくら読んでも読んでも、こころにひっかかる俳句は多くなかった。そんなこんなで、いつの間にか句集集めは立ち消えになった。

次に俳句に出会ったのは、冒頭にも書いたが、寺山修司が出演する番組だった。寺山の俳句に心奪われ、寺山が好きだった橋本多佳子の句を全部知りたいと思った。

俳句が好きだった父は生きている間に、『不精髭』という句集を出したこともある。そして、八年前、広島の福屋百貨店の近くのアカデミイ書店で『句集広島』に出会ったことが、今回の無謀な挑戦を行うきっかけとなった。

10年前わたしは、ビキニ事件を絵にしたベン・シャーンの評伝『ベン・シャーンを追いかけて』（大月書店）を書いた。その後、『ヒロシマを伝える　詩画人・四國五郎と原爆の表現者たち』（WAVE出版）を著した。今回は、原水爆をテーマにした三作目となる。
　先日、『詩画人　四國五郎』を著した四國光さんから興味深い話を伺った。戦地に向かうにあたって、父の四國五郎が持っていったのは、『季寄せ』であった。『季寄せ』は、歳時記のコンパクト版。それを肌身離さず持ち歩き、故郷を思い、生きる支えとした。厳しいシベリアの収容所でも、『季寄せ』はいつも五郎のそばにあった。念願がかない帰還。そこで弟の直登が原爆で死んだことを知る。不思議な縁だが、直登さんが入隊した広島の部隊のまかないは、わたしの母も担当していたようだ。『季寄せ』は多くの兵士の命の綱だった。高浜虚子が編集した『季寄せ』の戦中版は1945年7月刊行になっている。まだまだ戦争が続くと思っていたのだろうか。

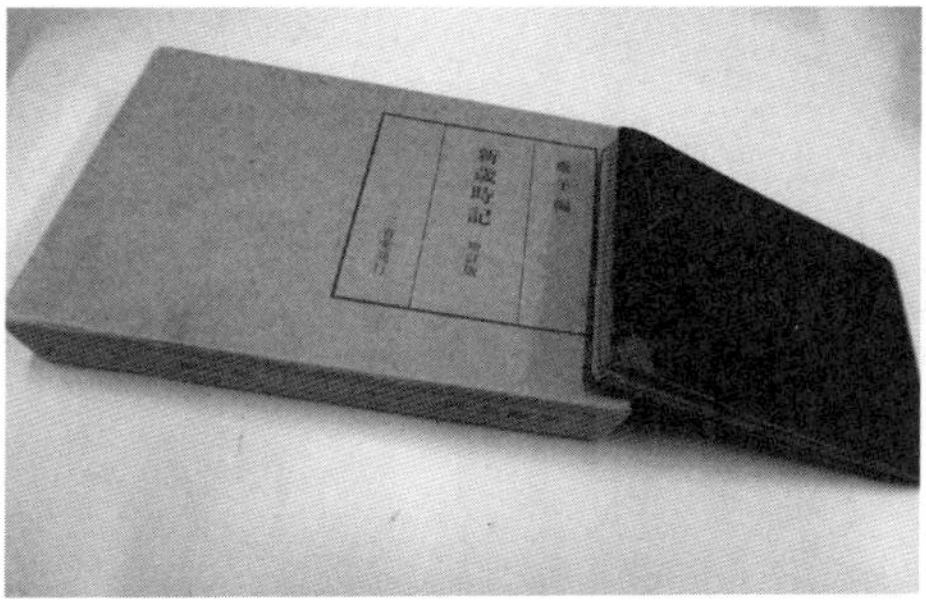
『季寄せ』

　それにしても俳句というものは、なんと奥深く興味深いメディアだろう。わずか一七音。目の前の何かに丸腰で向き合い言葉にする。名人も素人も同じ条件で句をつくる。いいものはいい、よくないものはよくない。すべてとは言わないが、素人にも一瞬で見極めがつくところが恐ろしい。いつもいつも真剣勝負でなくてはならない。
　原爆忌という季語がある。いつのころからか定着し、いまやだれも異を唱えるひとはいない。『原爆忌』という言葉を使った場合、残りはわずか一二音。そのなかで勝負するなんて至難の業だが、みんなそれをやってきているから気が遠くなる。

思えば、8月6日、8月9日、あとビキニ事件でなくなった久保山愛吉さんの命日の9月23日、あるいは福島原発事故が始まった3月11日。毎年これらの日に、居住まいを正し、こころを静かに、死者たち、被害者に向きあい、それを言葉にし、共有することを続けるってなんてすごいことだろう。うまい、下手、そうしたことは大した問題ではない。こうした営みを続けることが貴いことのように思える。

ビキニ事件と同じ年に生まれたわたしは、70歳になった。年々記憶力が怪しくなるが、それでも俳句なら覚えられるし、再現でき、共有できる。声に出して、耳で聴いて共有できる。

わたしと同じ年に生まれ、伝統的な俳風で知られ、日本を代表する俳人に長谷川櫂がいる。東日本大震災を詠った句集でも知られる。その長谷川が、２０１９年、広島原爆資料館を訪ね、句をつくった。

三輪車一つが語る核の冬　　　長谷川櫂
散らばるや冬の花びら被爆服
広島や空に真冬の髑髏《しゃれこうべ》

リニューアルされた広島原爆資料館には学生たちとも何度も訪れた。死者たちが身にまとっていた服や靴、弁当箱。現物が残っていることの迫力にただ圧倒される。たとえ歳月がたっても、その悲劇をしっかり受け止めそれを言葉にしていく作業。そこにわたしは、俳句の可能性をみる。長谷川が確かな言葉を見つけようともがき、俳句にしたことに敬愛の思いをいだく。

大好きな染色家に志村ふくみさんがいる。石牟礼道子さんといっしょに夢幻能を実現させたこともある。その志村さんがこんなことを言っていた。着古したぼろ布をほぐして糸にする。短い糸をつないで玉にし、それで織物を織る。襤褸織《ぼろおり》というのだそうだ。このことと俳句をつくる、あるいは句集を編むということは似ているように思う。

ひとつひとつの名もない俳句。しかしそれが集まると、とんでもない世界が構築される。どんなに悲惨な局面に立っても、人間は言葉を紡ぐ。その崇高さと豊かさが、極限においてこそ際立つ。そこで言葉が、音が湧き出てくるのだ。われわれが俳句という器を持ち、その器を信頼し、格闘をつづける。俳句があってほんとうによかった。原爆、核兵器というもはや人類が手に負えなくなった巨大な化け物に対して果敢に立ち向かい決してひるんではならない。俳句はきっとそう言っているにちがいない。


この本の校正をしている2024年10月、日本被団協がノーベル平和賞を受賞したというニュースが飛び込んできた。ただただ驚き、その日は一日うれしくて泣いていた。わたしの祖父や母もきっと喜んだことだろう。

埼玉県の南浦和の生活協同組合の会議室には、『ノーモアヒバクシャ記憶遺産』の拠点がある。全国各地の被団協の活動の資料を一か所に集め、将来の公開と研究のために役立てること目的としている。そこでほとんどたったひとりで作業を続けてこられたのが、栗原淑江さんだ。栗原さんとのご縁をいただいたことがきっかけで、日本被団協代表委員の岩佐幹三さん、田中熙巳さんたちとの交流が始まり、学生たちと一緒につくった映像作品に結実した。武蔵大学で開催する『被爆者の声を受け継ぐ映画祭』には、被団協の方たちが必ず来てお話ししてくださる。今回、オスロでの受賞式に出席される直前の田中熙巳さんから、本の帯文をいただいたことは望外の喜びである。

本の表紙を飾る蟬の絵は、鉛筆画家の木下晋さんにお願いして描いていただいた。天にも昇る気持ちだ。わたしは木下さんの鉛筆画の虜になり、山形・湯殿山注連寺や鎌倉の松久寺の本堂の天井に描かれた合掌の絵を見に伺ったこともある。ここ一〇年木下さんのファンとして追っかけを続け、学生と共に映像作品もつくった。

原爆俳句のなかで、もっとも多く登場するのが蟬を詠った句だ。原爆投下直後、いのちの音がすべて失われたようなときでも、蟬は鳴き声を響かせていた。地下の穴にもぐっていて、惨禍をまぬがれたのだ。木下さんが描いた蟬は、羽化したばかりで、翅はまだ透明だ。この世にあらわれた蟬は生きていることの証しとして、これからまさに鳴き声を立てようと身がまえる。木下さんの蟬に誘われ、死者は眠り、生者は生きていく。

取材を始めて8年、お世話になった多くの方が亡くなられた。長崎・五島の山本奈良夫さん、広島の木村里風子さん、『第二芸術論』を手伝ったこともある無着成恭さん、被団協の岩佐幹三さん、本の完成が間に合わなかったことをお許し下さい。

京大俳句については、新谷陽子（亜紀）さんに、たくさんの資料とともに教えていただいた。広島の戦後の俳句は、飯野幸雄さん、鈴木厚子さんにお知恵をいただいた。新俳句人連盟については、石川貞夫さん、飯田史朗さん、田中千恵子さん。久保山忌俳句大会は、市田真理さん、安田和也さん、蓮沼佑助さん。『句集広島』のコンサートでは小暮沙織さん、島田牙城さん。口語俳句については、島田市の田中陽さん。長崎原爆俳句大会では、横山哲夫さん、平田周さん、山本敬子さん、山田貴己さん、関口達夫さん、山福朱実さん、田原夏子さん、田原共子さん、田原直子さんにお世話になった。川柳については、乱鬼龍さん、笠原眞弓さんにご教示をいただいた。

広島原爆文学資料保全の会の土屋時子さん、池田正彦さん、河口悠介さん、広島平和記念資料館の菊楽忍さん、そして四國光さんにいつものように助けていただいた。

1950年代、峠三吉・四國五郎らとともに活動したただひとりの生き残り、伊達みえ子さんと息子の純さん。貴重なお話と資料をありがとうございました。沖縄の俳句については野ざらし延男さん、福島の俳句は中村晋さん、日本放送協会の文芸部長小野蕪子の調査にあたっては、大森淳郎さん、村上聖一さんのお力をお借りした。

句集の収集にあたっては、西荻窪の音羽館、盛文堂書店、今野書店、三鷹の水中書店、阿佐谷のコンコ堂、荻窪の古書ワルツ、竹中書店、広島のアカデミイ書店、江古田の snowdrop、釧路の古書かわしまが頼りだった。大久保の俳句文学館、しんぶん赤旗編集部、西東京市ひばりが丘図書館・長岡弘芳文庫、北海道文学館など各地の書店や施設にお世話になった。

日本被団協の濱住治郎さん、工藤雅子さん、ギャラリー古藤の田島和夫さん、大﨑文子さん、『被爆者の声をうけつぐ映画祭』の有原誠治さん、斉藤とも子さん、大牟田聡さん、横山由紀子さん、岡崎弥保さん、森口豁さん、川嶋均さん、目良誠二郎さん、長井暁さん、太田恵さん、高野真光さん、馬場朝子さん、川森基次さん、宇佐美義久さん、仙波洋一さん、永田恒一さん、いつも励ましをありがとうございます。また、オタクソース第四代社長・故佐々木輝雄さん、川岸浩司さん、双和寛子さんに社史や社是についてご教示いただいたことに感謝申し上げます。

この本は、武蔵大学の出版助成を受けることができました。高橋徳行学長、粉川一郎社会学部長、研究支援課・深瀬史穂さん、学部横断プロジェクトの笠原一絵助教、伊藤普子さんに感謝申し上げます。

本の刊行の道筋をつけてくださった大月書店前部長の岩下結さん、社長の中川進さんにお礼を申し上げます。中川さんがいつもかけてくださる温かい言葉に励まされ、ゴールにたどりつくことができました。最後に、連れ合いの永田久美子さん、永田敬愛さんに深くお礼を申し上げます。

2024年11月　永田浩三　4年生が卒業制作に奮闘する編集室にて

【主な参考図書・文献】

全体にかけて

長岡弘芳『原爆文学史』風媒社　１９７３年
長岡弘芳『原爆民衆史』未来社　１９７７年
長岡弘芳『原爆文献を読む』三一書房　１９８２年
大原三八雄・木下順二・堀田善衛編『日本原爆詩集』太平出版社　１９７０年
『ヒロシマ・ナガサキ』コレクション戦争と文学19　集英社　２０１１年
楠本憲吉『一筋の道は盡きず　昭和俳壇史』近藤書店　１９５７年
飯田蛇笏『現代俳句の批判と鑑賞』創元文庫（創元社）　１９５１年
栗林農夫『俳句と生活　その歴史と伝統』岩波新書（岩波書店）　１９５１年
金子昌熙『戦後の俳句をどう読むか』宝文堂　１９６８年
橋本喜夫『いのちの俳句鑑賞』書肆アルス　２０２３年
塩田丸男編著『十七文字の禁じられた想い』講談社　１９９５年
高柳克弘『究極の俳句』中公選書（中央公論新社）　２０２１年
宇多喜代子『戦後生まれの俳人たち』毎日新聞社　２０１２年
宮坂静生編『俳句必携　１０００句を楽しむ』平凡社　２０１９年
長津功三良・鈴木比佐雄・山本十四尾編『原爆詩一八一人集』コールサック社　２００７年

はじめに

寺山修司『寺山修司の俳句入門』光文社文庫　２００６年
寺山修司『海に霧　寺山修司短歌俳句集』集英社文庫　１９９３年
寺山修司『花粉航海』ハルキ文庫　２０００年
寺山修司『寺山修司俳句全集　増補改訂版』あんず堂　１９９９年
松井牧歌『寺山修司『牧羊神』の時代』朝日新聞出版　２０１１年
高取英『寺山修司　過激なる疾走』平凡社新書　２００６年
吉本隆明『戦後詩史論』思潮社　２００５年
嶋岡晨『イメージ比喩』飯塚書店　１９９６年
嶋岡晨『詩のある俳句』飯塚書店　１９９２年
嶋岡晨『現代の秀句』飯塚書店　１９８８年
塚本邦雄　寺山修司『火と水の対話』新書館　１９７７年
塚本邦雄『百句燦燦』講談社文芸文庫　２００８年
岩佐幹三　被団協新聞と岩佐さんへのインタビュー（２０１７年）
永田耕衣『永田耕衣俳句集成　而今』沖積舎　１９８５年

第1章

あらきみほ『図説・俳句』日東書院　２０１１年
岡井隆　金子兜太『短詩型文学論』紀伊國屋書店　１９７７年

正岡子規『俳人蕪村』講談社文芸文庫　1999年
萩原朔太郎『与謝蕪村』岩波文庫　1988年
長谷川宏『日本精神史　近代編　上下』講談社選書メチエ　2023年
中村稔『与謝蕪村考』青土社　2023年
清水孝之校注『與謝蕪村集』新潮日本古典集成　1979年
小山文雄『陸羯南』みすず書房　1990年
山口誓子『誓子俳話』東京美術　1972年
『自選自解・山口誓子句集』白鳳社　1969年
戸恒東人『誓子　わがこころの帆』本阿弥書店　2011年
ロラン・バルト　宗左近訳『表徴の帝国』ちくま学芸文庫　1996年
エイゼンシュテイン　佐々木能理男訳編『映画の弁証法』角川文庫　1953年
山田和夫『エイゼンシュテイン』新日本新書　1998年
篠田正浩『エイゼンシュテイン』岩波書店　1983年
宇多喜代子『ひとたばの手紙から』角川ソフィア文庫　2006年
長谷川素逝『句集　定本素逝集　現代俳句叢書3』臼井書房　1947年
『富澤赤黄男　高屋窓秋　渡邊白泉集　現代俳句の世界16』朝日文庫　1985年
川名大『渡邊白泉の一〇〇句を読む』飯塚書店　2021年
川名大『戦争と俳句『富澤赤黄男戦中俳句日記』『支那事変六千句』を読み解く』創風社出版　2020年
川名大『俳句に新風が吹くとき　芥川龍之介から寺山修司へ』文學の森　2014年
中村裕『疾走する俳句　白泉句集を読む』春陽堂　2012年
今泉康弘『渡邊白泉の句と真実』大風呂敷出版局　2021年
『『京大俳句』を読む会会報』第1号〜第4号　2010年〜2017年
新谷亜紀『満蒙開拓移民の俳句』俳句文学館紀要　第22号　2022年
原知子・米田恵子・新谷亜紀『満州俳句　須臾の光芒』（西田もとつぐ著）を読む』『俳句史研究』第二十九号　大阪俳句史研究会　2024年
西田もとつぐ『満州俳句　須臾の光芒』リトルズ　2020年
田島和生『新興俳人の群像『京大俳句』の光と影』思文閣出版　2005年
井筒紀久枝『大陸の花嫁』岩波現代文庫　2004年
波止影夫『波止影夫全句集』文琳社　1984年
大河喜栄『蠍座の軌跡』蠍座現代俳句研究会　1989年
『プロレタリア短歌・俳句・川柳集』日本プロレタリア文学集・40　新日本出版社　1988年
栗林一石路を語る会『私は何をしたか　栗林一石路の真実』信濃毎日新聞社　2010年
現代俳句協会青年部『新興俳句アンソロジー　何が新しかったのか』ふらんす堂　2018年

橋本夢道『橋本夢道前句集』未来社　1977年
細谷源二『泥んこ一代』春秋社　1967年
小野賢一郎『戦争と梅干』寶雲舎　1941年
大政翼賛会文化部『軍神につづけ』大政翼賛会宣伝部　1943年
木村敏男『北海道俳句史』北海道新聞社　1978年
菊地滴翠『樺太の俳句』北海道新聞社　1983年
樽見博『戦争俳句と俳人たち』トランスビュー　2014年
鈴木蚊都夫『俳壇真空の時代　終戦から昭和20年代の軌跡』本阿弥書店　1997年

第2章

今泉恂之介『俳句史の真実』NPO法人双牛舎　2017年
桑原武夫『第二芸術』桑原武夫全集　第3巻　朝日新聞社　1968年
桑原武夫『啄木の日記』桑原武夫全集　第1巻　朝日新聞社　1968年
桑原武夫『虚子の散文』桑原武夫全集　補巻　朝日新聞社　1972年
桑原武夫『文学入門』岩波新書　1950年
桑原武夫編訳『啄木　ローマ字日記』岩波文庫　1977年
無着成恭編『山びこ学校』岩波文庫　1995年
無着成恭『無着成恭の詩の授業』太郎次郎社　1982年
無着成恭『人それぞれに花あり』太郎次郎社　1984年
無着成恭『忸怩戒』水書坊　2004年
市川一男『口語俳句』俳句研究社　1960年
まつもと・かずや『戦後世相史と口語俳句』本阿弥書店　1992年
『戦後口語俳句　主流賞作品集成　1951～2000』書肆青樹社　2001年
岸本マチ子『吉岡禅寺洞の軌跡』文學の森　2013年
樽見博『自由律俳句と詩人の俳句』文学通信　2020年
鈴木六林男『鈴木六林男全句集』牧神社　1978年
『俳句研究　特集・鈴木六林男』俳句研究社　1976年9月号
『証言・昭和の俳句』上　角川選書（角川書店）　2002年
佐藤鬼房『佐藤鬼房俳句集成　全句集』第一巻　朔出版　2020年
新俳句人連盟編集『俳句人創刊号』1946年11月1日
富安風生『俳句の作り方味あひ方』髙山書院　1945年
沢木欣一『昭和俳句の青春』角川書店　1995年
小野十三郎『詩論』真善美社　1947年
小野十三郎『小野十三郎雑話集　千客万来』秋津書店　1972年
三好達治『定本　三好達治全詩集』筑摩書房　1964年

第3章

『中国文化』原子爆弾特集号・復刻　中国文化復刻刊行の会　1981年

『原民喜全集　普及版』全3巻　芳賀書店　1966年
『原民喜全集』全2巻　芳賀書店　1965年
岩崎文人『原民喜』勉誠出版　2003年
小海永二『原民喜　詩人の死』国文社　1978年
松本滋恵『わたしのフィールドワーク　原民喜と峠三吉』金沢印刷　2014年
梯久美子『原民喜』岩波新書　2018年
永田浩三『ヒロシマを伝える　詩画人・四國五郎と原爆の表現者たち』WAVE出版　2016年
栗原貞子・吉波曽死新編『原爆歌集・句集　広島編』日本の原爆記録　第17巻　日本図書センター　1991年
『日本の原爆文学　⑬　詩歌』ほるぷ出版　1983年
『日本の原爆文学　⑭　手記／記録』ほるぷ出版　1983年
現代詩人会編『死の灰詩集』宝文館　1954年
大原三八雄『世界原爆詩集』角川文庫　1974年
三宅泰雄・檜山義夫・草野信夫監修『ビキニ水爆被災資料集』東京大学出版会　1976年
句集広島刊行会『句集　広島』近藤書店　1955年
飯野幸雄「戦後広島の俳句の復興者たち」『占領期のメディアと検閲　戦後広島の文芸運動』勉誠出版　2013年
鳴澤花軒『花軒遺稿　わが句ものがたり』十一房出版　1979年
鳴澤花軒『ひろしま忌に想ふ』広島俳句協会会報　第14号　1969年10月1日
『鳴澤花軒先生を偲ぶ』広島俳句協会会報　第35号　1977年12月25日
富澤赤黄男『富澤赤黄男全句集』沖積舎　1995年
『アサヒグラフ』1952年8月6日号　朝日新聞社
飯沢匡『権力と笑のはざ間で』青土社　1987年
小沢節子『『原爆の図』描かれた〈記憶〉語られた〈絵画〉』岩波書店　2002年
岡村幸宣『《原爆の図》全国巡回』新宿書房　2015年
川口隆行編著『〈原爆〉を読む文化事典』青弓社　2017年
丸木俊『幽霊』朝日新聞社　1972年
丸木位里　赤松俊子『画集普及版　原爆の図』青木文庫　1952年
島田牙城『里』里俳句会　邑書林　2022年11月号
島田牙城『里』里俳句会　邑書林　2023年9月号
小暮沙優『原爆句集『広島』を歌う』アクションつなぐ（島田牙城）2023年
大塚茂樹『原爆にも部落差別にも負けなかった人びと』かもがわ出版　2016年
柴田杜代編集責任『黒雨以後』第1号　黒雨以後の会　ひろけい印刷所　1958年
鈴木厚子「ひろしまの祈り」『雉』三篠句会　2014年
野田誠『野田誠全句集』沖積舎　1993年

第4章

柳原一由（天風子）編集『句集　長崎』平和教育研究集会事務局　1955年
『原爆俳句1954／2020』長崎原爆忌平和祈念俳句大会実行委員会　2021年
柳原天風子『長崎原爆忌平和祈念俳句大会記念　柳原天風子俳句抄』　2003年
隈治人『原爆百句』土曜俳句会　1988年
金子兜太編『現代俳句を読む』飯塚書店　1985年
金子兜太『わが戦後俳句史』岩波新書　1985年
金子兜太『人間講座　漂泊の俳人たち』日本放送出版協会　1999年
金子兜太『中年からの俳句人生塾』海竜社　2004年
金子兜太『俳句　短詩形の今日と創造』北洋社　1972年
金子兜太『金子兜太集』第4巻　筑摩書房　2002年
『兜太』Vol.1 藤原書店　2018年
齋藤愼爾『金子兜太の〈現在〉定住漂泊』春陽堂書店　2020年
酒井弘司『金子兜太の一〇〇句を読む』飯塚書店　2004年
石寒太『金子兜太のことば』毎日新聞出版　2018年
井口時男『金子兜太　俳句を生きた表現者』藤原書店　2021年
中村草田男「現代俳句の諸問題」『中村草田男全集』第13巻　みすず書房　1986年
中島斌雄『現代俳句のすすめ　中島斌雄文集』沖積舎　2003年
松尾敦之『火を継ぐ』俳句地帯叢書第1集　平戸文化協会　1946年
松尾あつゆき『原爆句抄』文化評論出版　1975年
竹村あつお編『花びらのような命』龍鳳書房　2008年
平田周『松尾あつゆき日記』長崎新聞新書　2012年
平田周『このかなしき空は底ぬけの青』書肆侃侃房　2015年
小崎侃『慟哭　松尾あつゆき『原爆句抄』木版画集』長崎文献社　2015年
日野百草『評伝　赤城さかえ』コールサック社　2021年
阿野露團『読本長崎学芸事典』形文社　2011年
橋本夢道『無礼なる妻　新装版　橋本夢道句集』未来社　2009年
殿岡駿星『橋本夢道物語』勝どき書房　2010年
殿岡駿星『橋本夢道の獄中句・戦中日記』勝どき書房　2017年
穴井太『俳句往還　穴井太評論集』本多企画　1995年
佐藤文子『明日は日曜　穴井太聞き書きノート』邑書林　2003年
山田かん『山田かん全詩集』コールサック社　2011年
山田かん『長崎・原爆論集』本多企画　2001年
永井隆『永井隆全集』第1巻～第3巻　サンパウロ　2003年
小川内清孝『永井隆』長崎偉人伝　長崎文献社　2018年

藤後左右『藤後左右全句集』ジャプラン　１９９１年
石牟礼道子『石牟礼道子全句集　泣きながら原』藤原書店　２０１５年
石田波郷『俳句哀歌』宝文館出版　１９５７年
石田波郷『石田波郷全句集』角川学芸出版　２００９年
石田修大『わが父　波郷』白水社　２０００年
田原千暉『田原千暉句集　車椅子』現代書坊　１９５６年
田原千暉『平和句抄　火のリレー　日本反核の女たち　増補版』石発行所　１９８９年
田原千暉『炎天に雪降るごとく』鳩の森書房　１９７３年
田原千暉『田原千暉第三句集　石の華』二条印刷　２０００年
田原千暉編『ベトナムとの連帯と支援をうたった俳句集・第一次』ベトナムとの連帯・俳句刊行委員会　１９７５年
田原千暉編『日本平和句集　原爆・沖縄・ベトナム・基地　第一次』俳句集団『石』発行所　１９７６年
田原千暉編『日本平和句集　第二次解説編』俳句集団『石』発行所　１９７８年
核戦争に反対する関西文学者の会世話人会『被爆予定　反戦反核詩歌句集　第一集』核戦争に反対する関西文学者の会　１９８２年
「西東三鬼読本」『俳句』昭和55年4月臨時増刊　角川書店　１９８０年
小堺昭三『密告』ダイヤブックス（ダイヤモンド社）　１９７９年
川名大『昭和俳句の検証』笠間書院　２０１５年
川名大『昭和俳句　新詩精神の水脈』有精堂　１９９５年
川名大『挑発する俳句　癒す俳句』筑摩書房　２０１０年
川名大『現代俳句』上下　ちくま学芸文庫　２００１年
峠三吉『峠三吉作品集』上下　青木書店　１９７５年
湊楊一郎『現代の俳句の１００冊58　裸木』現代俳句協会　１９９０年
田原夏子『田原夏子句集　麦秋』二条印刷　２００３年

第5章

『新俳句連盟機関紙『俳句人』の六〇年』新俳句人連盟　２００７年
『新俳句人連盟七〇年　歴史と作品』新俳句人連盟　２０１６年
『古沢太穂全集　補遺　戦後俳句の社会史』新俳句人連盟　へいわの灯火舎　２０１５年
『原爆句集』原爆忌東京俳句大会実行委員会編・発行　１９８１年
峠三吉・四國五郎『原爆詩集』われらの詩の会　１９５１年
土屋時子・八木良広編『ヒロシマの『河』　劇作家・土屋清の青春群像劇』藤原書店　２０１９年
多摩無名労働者詩集刊行会・尾崎正道編『多摩無名労働者詩集１９７４』揺籃社　１９７４年
永田浩三『ベン・シャーンを追いかけて』大月書店　２０１４年
『未来へ　第五福竜丸とともに　久保山忌句会40回記念俳句作品集』久保山忌句会実行委員会　新俳句人連盟　第五福竜丸平

和協会　２０２１年

第6章

土門拳『ヒロシマ』写真集　研光社　１９５８年
土門拳『死ぬことと生きること』築地書館　１９７４年
土門拳『続　死ぬことと生きること』築地書館　１９７４年
岡井耀毅『土門拳の格闘』成甲書房　２００５年
岡井耀毅『写俳人の誕生』彩流社　２０１４年
都築政昭『火柱の人　土門拳』近代文芸社　１９９８年
早坂暁『この世の景色』みずき書林　２０１９年
早坂暁『夏少女・きけ、わだつみの声』春秋社　１９９６年
森英介『風天　渥美清のうた』大空出版　２００８年
朔多恭『木下夕爾の俳句』牧羊社　１９９１年
朔多恭『菜の花いろの風景　木下夕爾の詩と俳句』牧羊社　１９８１年
木下夕爾を偲ぶ会実行委員会『含羞の詩人　木下夕爾』福山文化連盟　１９７５年
伊東壮『被爆の思想と運動』新評論　１９７５年
伊東壮『新版　１９４５年8月6日　ヒロシマは語りつづける』岩波ジュニア新書　１９８９年
伊東壮『ふみあと』（退官記念随想集）自費出版　１９９８年
山代巴編『この世界の片隅で』岩波新書　１９６５年
栗原淑江『被爆者たちの戦後50年』岩波ブックレット No.３７６　１９９５年
堀川惠子『暁の宇品　陸軍船舶司令官たちのヒロシマ』講談社　２０２１年
田中波月『野　田中波月第二句集』主流社　１９６４年
田中陽『傷』主流社　１９７３年
田中陽『句集　ある抒情詩』文學の森　１９９０年
田中陽『俳句原点』No.１４２号　口語俳句協会　２０１６年
『口語俳句協会三十年史』口語俳句協会事務局　１９８８年
岡崎水都『魚族の列　岡崎水都句集』創文社　１９９７年

第7章

野ざらし延男『沖縄俳句総集』栄光堂印刷　１９８１年
野ざらし延男『句集　眼脈』久茂地文庫　１９７７年
野ざらし延男『天蛇』沖縄現代俳句文庫⑦　脈発行所　１９９４年
野ざらし延男『野ざらし延男句集　日本現代俳人叢書　第三十四集』芸風書院　１９８７年
野ざらし延男編『俳句の弦を鳴らす　俳句教育実践録』沖縄学販　２０２０年
野ざらし延男『俳句の地平を拓く　沖縄から俳句文学の自立を問う』コールサック社　２０２３年
沖縄文学全集編集委員会・海竜社『沖縄文学全集　第4巻　俳句』国書刊行会　１９９７年
高野ムツオ『句集　萬の翅』角川学芸出版　２０１３年
高野ムツオ『語り継ぐいのちの俳句』朔出版　２０１８年

高野ムツオ『鑑賞　季語の時空』角川書店　2020年
高野ムツオ『あの時　俳句が生まれる瞬間』朔出版　2021年
中村晋『第一句集　むずかしい平凡』BONEKO BOOKS　2019年
中村晋　大森直樹『福島から問う　教育と命』岩波ブックレットNo.879　2013年
名古谷隆彦『質問する、問い直す──主体的に学ぶということ』岩波ジュニア文庫　2017年

第8章

原爆川柳保存会編『川柳原爆句集　原子野』緑書房　1995年
田辺聖子『道頓堀の雨に別れて以来なり　川柳作家・岸本水府とその時代』上中下　2000年
坂本幸四郎『新興川柳運動の光芒』朝日イブニングニュース社　1986年
大伴閑人『川柳、もの申す!』岩波書店　2005年
中村義『川柳のなかの中国』岩波書店　2007年
楜沢健『だから、鶴彬』春陽堂　2011年
楜沢健『川柳は乱調にあり』春陽堂　2014年
レイバーネット日本川柳班『反戦川柳句集』レイバーネット日本　2018年
レイバーネット日本川柳班『原発川柳句集』レイバーネット日本　2013年
レイバーネット日本川柳班『がつんと一句!ワーキングプア川柳』レイバーネット日本　2020年
遠丸立・渡辺一衛共編『さあ馬にのって　長岡弘芳遺稿集』武蔵野書房　1994年

おわりに

『原爆俳句1954/2020』長崎原爆忌平和祈念俳句大会実行委員会　2021年
高屋窓秋『高屋窓秋全句集』ぬ書房　1976年
橋本多佳子『橋本多佳子全集』第1巻第2巻　立風書房　1989年
三橋敏雄『三橋敏雄全句集』立風書房　1982年
三橋敏雄『句集　畳の上』立風書房　1988年
遠山陽子『評伝　三橋敏雄』沖積舎　2012年
志村ふくみ『野の果て』岩波書店　2023年
四國光『反戦平和の詩画人　四國五郎』藤原書店　2023年
高浜虚子『季寄せ』三省堂　1945年
永田常次郎・永田浩三編『句集随想　不精髭』武蔵野書房　2011年
長谷川櫂　新年詠7句広島『俳句』角川書店　2020年1月号

◉本文写真提供〈共同通信〉
13ページ　岩佐幹三
46ページ　永田耕衣
238ページ　早坂　暁
305ページ　橋本多佳子

著者

永田浩三（ながた　こうぞう）

1954年大阪生まれ。東北大学教育学部卒業。1977年NHK入社。ラジオドキュメンタリー『おじいちゃん、ハーモニカを吹いて』で芸術祭賞・放送文化基金賞を受賞。ディレクターとして『ぐるっと海道3万キロ』『ドキュメンタリー'89』『NHK特集』『NHKスペシャル』などを担当。プロデューサーとして『クローズアップ現代』『ETV2001』などを制作。菊池寛賞を共同受賞。2009年から武蔵大学社会学部教授。主著『ベン・シャーンを追いかけて』『奄美の奇跡』『ヒロシマを伝える』『NHK、鉄の沈黙は誰のために』『NHKと政治権力』、編著『フェイクと憎悪』など。ドキュメンタリー映画『命かじり』『闇に消されてなるものか』の監督。『60万回のトライ』の共同プロデューサー。江古田映画祭実行委員会代表、高木仁三郎市民科学基金理事。

カバー装画　木下　晋
装幀　守谷義明＋六月舎
DTP　編集工房一生社

原爆と俳句

2024年12月20日　第1刷発行

定価はカバーに
表示してあります

著　者　永　田　浩　三

発行者　中　川　　　進

〒113-0033　東京都文京区本郷2-27-16

発行所　株式会社　大　月　書　店

印刷　太平印刷社
製本　中永製本

電話（代表）03-3813-4651　FAX 03-3813-4656　振替00130-7-16387
https://www.otsukishoten.co.jp/

ISBN978-4-272-50219-6　C0021　Printed in Japan